愛される日は遠く

ダイアナ・パーマー 作

平江まゆみ 訳

ハーレクイン・プレゼンツ・スペシャル

東京・ロンドン・トロント・パリ・ニューヨーク・アテネ・アムステルダム
ハンブルク・ストックホルム・ミラノ・シドニー・マドリッド・ワルシャワ
ブダペスト・リオデジャネイロ・ルクセンブルク・フリブール・ムンバイ

COURAGEOUS

by Diana Palmer

Published by Harlequin K.K., Tokyo, 2013

愛される日は遠く

主要登場人物

ペグ・ラーソン……………………家政婦。
エド・ラーソン……………………ペグの父親。牧場監督。
ウィンスロー・グレーンジ………ペグとエドの雇い主。牧場主。
ジェイソン・ペンドルトン………グレーンジの元雇い主。
グレイシー・ペンドルトン………ジェイソンの妻。ペグの友人。
スタントン・ローク………………グレーンジの仲間。
エミリオ・マチャド………………南米の国バレラの元大統領。
リック・マルケス…………………マチャドの息子。刑事。
バーバラ・ファーガソン…………リックの養母。
クラリス・キャリントン…………フォトジャーナリスト。
マディ・カールソン………………考古学者。
アルトゥーロ・サパラ……………バレラの現大統領。独裁者。

プロローグ

　ペグ・ラーソンは大の釣り好きだ。釣りは誘惑に似ている。といっても、テキサス州コマンチ・ウェルズの小川でスズキやコイを釣るのと、魅力的な大男を釣るのとでは戦術も違ってくるのだが。

　彼女は釣りが恋しかった。いくらテキサス州の南部とはいえ、感謝祭を二週間後に控えたこの時期は川岸で過ごすには寒すぎる。これが早春であれば、生き餌の容器と素朴だが頼りになる竿を用意して、川岸に陣取るのもいいだろう。そして、釣り糸の先に重りと浮き――五歳の時に父親からもらった赤と白の派手な浮きをつけるのだ。

　だが、釣りのシーズンまではまだ何カ月もある。

　今、彼女が狙っているのは別の獲物だった。

　鏡をのぞき込み、ペグはため息をついた。愛嬌のある顔だが美人とは言いがたい。淡い緑色の大きな瞳。長く伸ばしたブロンドの髪はいつも輪ゴムか手近にある紐でポニーテールにまとめている。背は高いほうではないが、脚は長く、スタイルもまずまずだ。彼女は輪ゴムを外して髪を下ろし、淡いブロンドの髪が金色のカーテンのような輝きを帯びるまで念入りにブラシをかけた。それから、ほんの気持ち程度に口紅を塗り、数カ月前の誕生日に父親からプレゼントされたコンパクトのパウダーをはたいた。鏡の中の自分を眺めると、またため息がもれた。

　暖かい季節なら、古いジーンズをカットしたショートパンツをはくのもいいだろう。ぴったりとしたTシャツを着て、小さいが張りのある胸を見せびらかすこともできる。だが、十一月では戦術が限られてしまうのだ。

今はいているジーンズも古いものだった。何度も洗濯したせいであちこちが色落ちしていたが、彼女の丸いお尻や長い脚に馴染(なじ)んでいる。柔らかなコットンでできたピンクの長袖のトップスも、円いネックラインこそ控えめだが、セクシーと言えなくもない。少なくとも、ペグはセクシーだと思っていた。彼女は十九歳にしてはおくてなほうだった。高校には婚前交渉を当然視する早熟な級友も大勢いたが、そういう人々とはあまり関わらないようにしていた。

性の問題を巡って級友たちと交わした議論を思い返し、ペグはくすりと笑った。本当に友人だと思えるのは自分と同じ考え方の人々——信仰が危機に瀕(ひん)したこの時代に教会に通う人々だ。幸い、テキサス州ジェイコブズビルでは彼女は多数派に属している。高校にはさまざまな文化的背景を持つ生徒がいて、すべての生徒の権利が守られていた。しかし、地元の女の子たちの大半はプレッシャーや強制には屈しなかった。ペグと同じように、己の道徳観を貫いた。彼女の望みは結婚し、家庭を築くことだった。自分のものと呼べる家を持ち、庭を花壇だらけにすることだった。そして、その望みをウィンスロー・グレーンジにかなえてほしいと考えていた。

今、ペグと父親のエドはグレーンジの新しい牧場で働いていた。この牧場はグレーンジがボスの妻グレイシー・ペンドルトンを助けた見返りに手に入れたものだった。グレイシーは政権奪還のために資金を必要としていた南米の元指導者に誘拐された。グレーンジは傭兵(ようへい)チームを率い、夜中にメキシコへ侵入してグレイシーを救出した。その恩に報いるため、心優しき億万長者のジェイソン・ペンドルトンは、コマンチ・ウェルズの広大なペンドルトン牧場の一画を与え、牧場監督と家政婦——エドとその娘ペグも移住させたのだった。

それまでエドはペンドルトン牧場で働いていた。

ペグは以前からハンサムで謎めいたグレーンジに思いを寄せていた。グレーンジは黒髪で背が高く、日に焼けた顔に鋭い目をしていた。かつて彼はアメリカ陸軍に所属し、少佐としてイラク戦争に赴いた。しかし、型破りな行動が原因で高等軍法会議にかけられそうになり、それを回避するために除隊した。彼の姉はジェイコブズビルの男のせいで自殺したという噂もあった。彼はそうした修羅場をくぐり抜け、今は南米の元指導者――アマゾンの熱帯雨林地帯にある祖国バレラの奪還を目指すエミリオ・マチャドに協力していた。

ペグは外国のことはよく知らなかった。そもそもテキサス州を出たことすらなかった。飛行機には一度だけ乗ったことがあるが、それは友人の父親が所有する農薬散布用のプロペラ機だ。世界に関しても、男性に関しても、彼女は絶望的なほどうぶだった。

だが、グレーンジはペグが本当はうぶな娘だということを知らなかった。彼女のほうもグレーンジに話すつもりはなかった。この数週間、ペグはあの手この手でグレーンジを誘惑してきた。もしテキサス南部に彼を釣り上げる女性がいるとすれば、それは自分でなくてはならないと心に決めていた。

もちろん、誘惑の方法には気を遣った。ペグの望みはグレーンジと結婚することであり、だらしない女と思われることではないからだ。彼女はグレーンジと暮らすことを夢見ていた。今、彼と同じ家に暮らしているが、それはあくまでも家政婦として住み込んでいるに過ぎない。彼女はいつでも好きな時にグレーンジに触れたかった。彼を抱きしめ、キスをして……ほかにも色々なことをしたかった。

グレーンジの近くにいると、ペグの体は奇妙な反応を示した。収縮するような、膨張するような感覚で、かつて経験したことのないものだった。彼女はデートというものをほとんどしたことがなかった。

たいていの男性には興味が持てなかったからだ。私はどこかおかしいのかもしれない。そうペグは考えていた。女友達とのショッピングは楽しかった。一人で映画を観に行くのも好きだった。しかし、一部の女の子たちのように、毎晩男の子と出かけたいとは思えなかった。だから、彼女は一年中花壇の世話ばかりしていた。春と夏には菜園作りにも精を出した。花や球根は同好の士であるグレイシー・ペンドルトンが分けてくれた。おいしい有機野菜を食べられるということで、グレーンジもペグのガーデニング熱を大目に見てくれていた。

そういうわけで、ペグはめったにデートをしなかった。一度、感じのいい男性に誘われて、サンアントニオに喜劇を観に行ったことがある。観劇そのものは楽しかったが、相手の男性は帰りに自分が泊まっているモーテルに立ち寄らせたがった。つまりはそういうことだったのだ。次にデートをした相手は彼女をサンアントニオの動物園へ連れていった。そこで爬虫類を見せたあげく、自分の家族のニシキヘビたちにも会ってほしいと言い出した。相手そのものに不満はなかったが、このデートも不首尾に終わった。ペグは蛇が苦手ではなかった。その蛇が攻撃的ですぐ噛みつこうとしない限りは。だが、大勢の蛇たちと一人の男を共有したいとは思わなかった。続いてデートをした相手は保安官のヘイズ・カーソンだった。ヘイズは本当にいい人で、マナーもユーモアのセンスも申し分なかった。一緒に観に行ったファンタジー映画も最高だった。だが、ヘイズにはほかに意中の女性がいた。ヘイズ自身が気づいていないとしても、みんながそのことを知っていた。ヘイズがペグとデートをしたのは、自分がミネット――地元の週刊紙のオーナーに気がないことを実証するためだった。ミネットはその芝居にだまされた。しかし、ペグはだまされなかったし、気持ちがよそにある男性と恋に落ちるつもりもなかった。

それを最後にペグはデートに見切りをつけた。ところが、父親がグレーンジの牧場の監督を引き受け、牧場のあちこちでグレーンジと顔を合わせるうち、ペグは彼に夢中になった。グレーンジはめったに笑顔を見せず、自分から話しかけてくることもまれだった。だが、彼が陸軍にいたことはペグも知っていた。彼がとても頭がいいということも。グレーンジは外国語を得意とし、たまにエブ・スコット――コマンチ・ウェルズの隣町ジェイコブズビルにあるテロ対策訓練所のオーナーの依頼で仕事をしていた。エブも含めて、地元には傭兵上がりの男性が何人もいたが、彼らもエミリオ・マチャドの政権奪還作戦に協力するという噂だった。ペグもマチャド将軍を応援していた。無実の人々を投獄し、拷問している悪の独裁者を早く倒してほしかったのだ。

唯一の気がかりは、作戦を指揮するグレーンジのことだ。グレーンジはイラクでの戦闘を生き延びた兵士だが、どんなに優れた兵士でも命を落とさないという保証はない。ペグは彼の身が心配だった。自分がどんなに気を揉んでいるか、彼に伝えたいと思いながら、いまだに口に出せずにいた。

ペグはグレーンジのために腕を振るい、さまざまな料理とデザートをこしらえた。礼儀正しいグレーンジはそのたびにきちんと礼を言った。しかし、ペグに目を向けても、本気で彼女を見てはいないようだった。業を煮やしたペグは彼の気を引くための作戦を立てた。そしてこの数週間、作戦を実行しつづけてきたのだ。

ペグは胸元の開いたブラウスを着て、納屋でグレーンジを待ち伏せした。わざと前屈みになって物を拾った。グレーンジがそのことに気づいていたのは間違いない。だが、彼はすぐに目を逸らし、初産を間近に控えた純血種の雌牛について話しはじめた。

次に彼女が試したのは、家の中で偶然を装って接触する戦術だった。戸口でグレーンジとすれ違う時は、胸と胸が重なるほどぎりぎりの距離を通り、彼の反応をうかがった。しかし、グレーンジはまたしても目を逸らした。咳払(せきばら)いをすると、雌牛の様子を確かめるために家から出ていった。

体当たりの誘惑に失敗したペグは新たな戦術を編み出した。グレーンジと二人で会話をする時は必ずきわどい話題を持ち出すようにしたのだ。

ある日、彼女は納屋にいたグレーンジにコーヒーを運び、こう切り出した。「ねえ、知ってる？　最近は効果抜群な避妊方法があるんですって。百パーセント近い確率らしいわ。だから、女性側が本気で妊娠を望んでいない限り、避妊に失敗することはないわけよ」

グレーンジはまじまじと彼女を見返した。それから咳払いをして、納屋を出ていった。

ペグは懲りずに挑戦した。父親が友人たちとポーカーをするために出かけた夜のことだ。キッチンにいたのはグレーンジと彼女の二人だけだった。

ペグはグレーンジのほうへ身を乗り出した。彼の広い肩にそれとなく胸を押しつけ、アイスクリームを添えた自家製のアップルパイと二杯目のブラックコーヒーを並べた。「雑誌で読んだんだけど、男性のサイズは問題じゃないんですって。肝心なのは……まあ、大変！」

彼女はあわてて布巾をつかんだ。グレーンジがコーヒーをひっくり返したからだ。

「火傷(やけど)しなかった？」こぼれたコーヒーを拭きながら、彼女は尋ねた。

「いや」グレーンジは冷ややかに答えて立ち上がると、カップに改めてコーヒーを注(つ)ぎ、パイの皿を手にしてキッチンから立ち去った。やがて、彼の部屋のドアが閉まった。ばたんという派手な音とともに。

誰もいなくなったキッチンを見て、彼女は問いかけた。「私、何かいけないことを言った？」

あの戦術もグレーンジには通用しなかった。だったら、次は控えめにセクシーさをアピールする戦術よ。とにかく何か手を打たなきゃ。もうじき彼は南米に行ってしまう。次はいつ会えるかわからない。考えただけで胸が潰れそうだわ。何か方法を見つけなきゃ。彼を振り向かせて、私を好きにさせる方法を。私にもっと男性についての知識があればいいのに。雑誌も本も読んだわ。インターネットでも調べてみた。でも、どうやって男性を誘惑すればいいのか、私にはさっぱりわからない。

ペグは顔をしかめた。本当は誘惑なんてしたくない。私はただ彼を結婚するしかないと思うほど夢中にさせたいだけ。だからといって、彼を罠にかけて、結婚に持ち込むのはいやだわ。私はただ彼に愛してほしいのよ。

そのためにはどうすればいいの？

グレーンジはデートさえしないわ。一度か二度、地元の女性と出かけたことがあるし、グレイシー・ペンドルトンに片思いをしていたという噂もある。けれど、彼は遊び歩かない。少なくとも、このコマンチ・ウェルズでは。でも、軍隊にいた頃は女性と知り合う機会も多かったんじゃないかしら？　ワシントンで開かれた上流社会のパーティにも出たことがあると言っていたし。パーティにはお金持ちのきれいな女性が大勢いたはずよ。その中には私みたいに彼に心を奪われた女性だっていたかもしれない。彼にはどれくらい経験があるのかしら？　私より豊富なことは確かよね。私は自分より世慣れた男性の気を引こうとしている。無鉄砲もいいところだわ。

最後にもう一度鏡の中の自分を見やってから、ペグは新たな作戦を開始した。

グレーンジはリビングルームでテレビに向かい、じきに彼が行くことになるアマゾンのジャングルで撮影されたアナコンダの特別番組を観ていた。「すごいわね、この大きさ！」ペグは声をあげ、彼が座るソファの肘かけに腰を下ろした。「ねえ、知ってた？　アナコンダは雌が発情期を迎えると、雄が何キロも先からやってきて、ボールみたいに丸まって交尾するのよ。その交尾が……」

グレーンジは立ち上がり、テレビを消した。そして小声で悪態をつきながら玄関を出ると、力任せにドアを閉めた。

ペグはため息をついた。「これで彼を捕まえられなかったら、私はどこかの橋の下に水死体で浮かぶことになりそうだわ」自分の言ったことがおかしくて、彼女はぷっと噴き出した。

そこに彼女の父親エド・ラーソンが怪訝な顔をしてやってきた。「今、納屋でウィンスローとすれ違ったが、これまでに訊いたこともないひどい言葉を使っていたぞ。俺がどうしたと尋ねたら、この国を出るのが待ちきれない、もしアナコンダを捕まえたら、箱詰めにして特別便でおまえに送ってやると言っていた」

ペグは目を丸くした。「なんですって？」

「変わった男だよ」エドはかぶりを振りながら家の中に入った。「実に変わった男だ」

ペグはにんまり笑った。どうやら手応えはあったみたいね。私はグレーンジから感情を引き出した。たとえその感情がただの怒りだったとしても。

翌日、ペグはデザートにココナッツケーキを焼いた。ココナッツケーキはグレーンジの大好物だ。彼女はケーキをアイシングで覆い、上にココナッツをまぶし、さらに赤いチェリーで飾りつけをした。

緊張感の漂う静かな夕食が終わるのを待って、ペグはケーキをテーブルに運んだ。

「ココナッツケーキか」エドが声をあげた。「上出来だぞ、ペグ。おまえの母親がよく作っていたケーキとそっくりだ」ケーキを一口味わうと、彼は目をつぶり、笑みを浮かべた。

数年前に癌で亡くなったペグの母親は料理の名人だった。ペグが知る中でも最も心優しい人物の一人で、思いやりと共感で敵を友人に変える能力を持っていた。ペグはまだ本物の敵と出会ったことがないが、もしそういう状況になったとしても、母親を手本に解決できたらと思っていた。

「ありがとう、パパ」彼女は穏やかな口調で答えた。

グレーンジも自分のケーキを食べていた。だが、砂糖漬けの赤いチェリーに差しかかったところでためらいを見せ、チェリーを皿の片隅に押しやってから残りのケーキを平らげた。

ペグは無邪気に見開いた瞳を彼に向けた。「好きじゃないの……チェリー？」思わせぶりに唇をすぼめて、彼女は問いかけた。

グレーンジはエドの眉がつり上がるような言葉を口にした。それから顔を赤らめ、ナプキンを放り出すと、官能的な唇を真一文字に結んで立ち上がった。

「申し訳ない。僕はこれで失礼する」

エドは唖然として娘を見つめた。「いったいどうしたんだ、最近のウィンスローは？ あんなにいらついている男は見たことがないぞ」押し殺した声でつぶやき、彼は自分のケーキを食べ終えた。娘の表情には気づいていないようだった。「たぶんバレラに行くせいだな。気が立つのも当然だ。わずかな手勢で独裁者を倒さなきゃならんのだろう。その軍事作戦を立案し、実行する立場となれば、俺でも緊張するね」

緊張するのはいいけど、理由は別であってほしいわ。自分がグレーンジに言ったことを思い出し、ペグは頬を赤らめた。あれはちょっと下品すぎたかしら。私らしくない発言だったわ。もう少し遠回しに攻めるべきよ。やりすぎて彼に嫌われるのはいやでしょう。口下手な自分が恨めしいわ。私のせいで彼は日に日にいらだちを募らせている。彼の怒りが別のところに飛び火する可能性もあるのよ。もし私がやりすぎたら、パパはここでの仕事を失うかもしれない。戦術を練り直すべきだわ。もう一度。

二日ほど悩んだ末、ペグは作戦を微調整することに決めた。髪をカールし、とっておきのドレスを着た彼女は、グレーンジが柵のチェックから戻ってくる頃合いを狙ってリビングに座り、録画してあった『サウンド・オブ・ミュージック』を観はじめた。

リビングルームに入ってきたグレーンジは、自分の定位置に陣取っているペグを見てためらい、ソファのかたわらに立った。

「ずいぶん古い映画を観ているんだな」

ペグは微笑した。「古くても音楽は最高だわ。それに、これはおとぎ話みたいな恋物語なのよ。修道女が名のある紳士と恋に落ちて結婚するの」

グレーンジの片方の眉が上がった。「君の好みからしたら、少々おとなしすぎないか?」皮肉めいた口調で彼は尋ねた。

ペグは大きな緑色の瞳で彼を見上げた。「それ、どういう意味?」

「アナコンダの交尾と避妊方法はどうなった?」

彼女は息をのみ、唖然とした表情で問い返した。「あなたはアナコンダも避妊するべきだと思っているの? アナコンダがどうやって避妊具を……ねえ、どうかした?」

グレーンジは猛烈な勢いでリビングルームを離れた。だが、彼がドアから出る間際、ペグは確かに耳にした。彼の低くソフトな笑い声を。

1

「僕はキャトルマンズ・ボールに行く気はありません」ウィンスロー・グレーンジはきっぱりと断言し、相手の男性をにらみつけた。黒っぽい瞳には好戦的な光があった。

　彼のボスはただ微笑しただけだった。ジェイソン・ペンドルトンは自分の右腕の人となりを知り尽くしていた。「行けば楽しめるぞ。君には息抜きが必要だ」

「息抜き！」グレーンジは両手を振り上げ、背中を向けた。「僕はこれから隠密作戦のスペシャリストたちと南米に行くんですよ。残虐な独裁者に支配された国家を奪還するために……」

「そのとおりだよ」ジェイソンは穏やかに切り返した。「だからこそ君には息抜きが必要なんだ」

　グレーンジはボスに向き直った。両手をジーンズのポケットに突っ込み、顔をしかめる。「僕は人間は苦手です。社交もうまくできません」

「僕が社交上手に見えるか？」ジェイソンは聞き返した。「僕が企業のお偉方や政府の監視官、連邦会計監査官と付き合っているのは、そうせざるをえないからだ。それでも、なんとかやっている。君もやろうと思えばできるはずだ」

「まあ、そうでしょうが」グレーンジは長々と息を吐いた。「戦闘を指揮するのは久しぶりなんです」

　ジェイソンは片方の眉を上げた。「妻が君の今のボスに誘拐された時は、メキシコに行って彼女を救出してくれたじゃないか」

「あれはただの侵入です。今回は戦争ですから」グレーンジは再びボスに背中を向けた。柵に両腕を預けて、丸めた干し草を食む牛たちをぼんやりと眺めた。「僕はイラクで部下たちを失いました」

「それは君の上官が愚かな命令を出したせいだ。君自身の能力とは関係ない」

グレーンジはむっつりと答えた。「あの男が軍法会議にかけられた時は胸のつかえが下りました」

「当然の報いだ」ジェイソンもグレーンジと並んで柵に寄りかかった。「君は優れた指揮官だよ。祖国を再び民主化するために戦う元国家元首にとって、なくてはならない存在だ。もし君が成功すれば――僕はそうなると信じているが――どこかに君の銅像が建つだろうね」

グレーンジは声をあげて笑った。

「だが、キャトルマンズ・ボールは伝統行事だ。地元の人間は全員参加し、地域の重要な大義のために寄付をする。そして、交流とダンスと会話を楽しむ。君だって楽しんだことくらいはあるだろう？」

グレーンジは顔をしかめた。

「これだから軍隊上がりは困るんだ」ジェイソンはため息をついた。

「その言い方はないでしょう」グレーンジは反論した。「僕の軍隊経験がなかったら、グレイシーは今頃死体になって、どこかの溝に横たわっていたかもしれませんよ」

ジェイソンはかぶりを振った。「毎日そのことを考えるよ」本当は思い出したくもないが、彼の妻は危うく死ぬところだったのだ。彼とグレイシーは試練を乗り越えて結ばれた。まもなく初めての子供も生まれる。結婚した直後にグレイシーは妊娠したと思い込んだが、それは勘違いだった。だが、今度は間違いない。妊娠六カ月目に入り、彼女はとても嬉しそうだ。幸せな結婚生活。しかし、今に至る道のりは平坦なものではなかった。

「僕はグレイシーをデートに誘うつもりでした。彼女があなたと結婚する前の話ですが」グレーンジはわざとボスを挑発した。「新しいスーツまで買ったんですよ」

「無駄金じゃなかっただろう。あれなら今でも充分に着られる。あれを着てキャトルマンズ・ボールに出ればいい。それに」にやりと笑って、ジェイソンは付け加えた。「僕に文句を言うのはお門違いだ。君には土地をやっただろう。サンタ・ガートルーディスの純血種の種牛付きで」

「あれはやりすぎです」グレーンジはきっぱりと断言した。「そこまでする義理はなかった」

「いいや。君はこのうえなく貴重な部下だ。あれはボーナスだよ。当然の報酬だ」

「ありがとうございます」グレーンジは微笑したが、すぐに渋い表情に戻った。「でも、エド・ラーソンと彼の娘は余計でしたね」

「ペグは気立てのいい子だよ。料理の腕も抜群だ」

グレーンジの黒っぽい瞳が険しくなった。「でも、僕を追い回すんです。四六時中。おまけに、ろくなことは言わないし……」

「それは色々としゃべりもするだろう。まだ十九歳かそこらなんだから……」

「あの子は僕を誘惑しようとしているんですよ！」

思わず口走ってから、グレーンジは赤面した。

ジェイソンの眉がつり上がった。「ヴィクトリア女王の時代はもう終わったぞ」

「十九歳の子供と火遊びをするなんて」グレーンジの答えは素っ気なかった。「僕は教会に通い、税金を払っています。寄付もしています。酒も飲まない人間なんです！」

ジェイソンはかぶりを振った。「参ったね。君は処置なしだ」

「処置なしの人間なら、周りにいくらもいるでしょう」グレーンジは指摘した。「この国の離婚率は最悪だ。経済もがたがた。それなのに、企業は自分たちが儲けることしか頭にない……」

ジェイソンは片手を上げた。「申し訳ないが、僕は感謝祭の翌週にニューヨークで用事があってね」

「そんなに長々と演説するつもりはありませんよ」

「演説ならよそでやってくれ。それよりキャトルマンズ・ボールの件だが、ペグを同伴しないなら、誰を誘うつもりだ？」

グレーンジは追いつめられた表情になった。「僕一人で行きます」

「そんな真似をしたら、一カ月は噂の種にされるぞ」

グレーンジの唇が真一文字に結ばれた。「とにかくペグは連れていきません！　彼女の父親はうちで働いているんですよ。彼女だってそうだ」

「従業員とパーティに出た人間なら過去にも大勢いる。なんなら、ここで名前を列挙してやろうか」ジェイソンがからかった。

教えてもらわなくても、グレーンジはすでに彼らの名前を知っていた。そうしたカップルの多くが最後は結婚に至っていることも。だが、この話題は追及しないほうがよさそうだ。

ジェイソンは続けた。「わずか三時間程度のことだ。何がいけない？　それに、君はキャトルマンズ・ボールの二日後にはこの国を離れるんだろう？」

「ええ」

「楽しい思い出作りと考えればいい」

グレーンジは身じろいだ。視線を逸らし、豊かな黒髪をかき上げる。「ペグにはパーティ用のドレスを買う金はないでしょう」

「町に新しくブティックができただろう。デザイナーのベス・トルーマンは商売熱心で、町に住む妙齢の女性の半分は彼女の作品のモデルにされたらしい。

薬剤師のナンシーを覚えているか？　彼女は緑色のドレスを手に入れ、それをあるイベントに着ていって、地元のテレビ局の取材を受けた。彼女の助手のボニーは真っ赤なドレスで車の流れを止めた。その同僚のホリーでさえ金色のドレスを持っている。ペグもベスからドレスをもらっているよ」

「で、そのドレスの色は？」グレーンジは皮肉っぽい口調で尋ねた。

「それは当日のお楽しみだ」ジェイソンはにやりと笑った。「グレイシーの話だと、最高にゴージャスなドレスらしいね」

グレーンジはなおもためらった。

「彼女を誘え」ジェイソンは真顔で言った。「君はずっと一人で生きてきた。誰ともデートをせずに。そろそろ男が女を好む理由を思い出したらどうだ」

グレーンジの黒っぽい瞳が細められた。「グレイシーの差し金ですね。そうでしょう？」

ジェイソンは肩をすくめ、唇をすぼめた。「妊娠中の女性は妙な欲望に取りつかれる。苺のアイスクリームにピクルスをトッピングしたいとか、マンゴーを添えたかき氷が食べたいとか、友達がパーティに出られるように計らいたいとか……」彼はきらめく瞳でグレーンジを見やった。「君だってグレイシーを興奮させたくはないだろう？」

「痛いところを突いてきますね」グレーンジはぶつぶつ言った。

ジェイソンの顔に笑みが広がった。

グレーンジは肩をすくめた。「わかりました。僕は武器のテストや訓練で忙しい身ですが、一晩くらいなら都合がつきます。行きたくもないパーティにペグを連れていけばいいんでしょう？」

「愛想よくふるまうんだぞ」ジェイソンはうなった。

「一度くらいはできるよな？」

グレーンジの声が尖った。「愛想なんて、くそくらえだ。僕は愛想のいい人間じゃない。イラクでは前方部隊にいた元少佐です」

「将軍のために敵を籠絡して降参させなきゃならないんだろう。いい練習になるじゃないか」

グレーンジは冷ややかに微笑した。「敵を降参させるのに愛想はいりません。新型の自動小銃と手榴弾がありますから」

ジェイソンは無言でかぶりを振った。

グレーンジが自分のランチハウスに戻った時、ペグはキッチンにいた。このランチハウスもジェイソンから半ば強引に贈られたものだった。名目上はグレーンジは今でも広大なペンドルトン牧場の監督だ。しかし、暇がある時は自分の牛たちを世話し、大きな白いランチハウスを修理することができた。ペグの給料はグレーンジが払っていたが、エドの分はジェイソンが出してくれていた。

ジェイソンの寛大さに対して、グレーンジは感謝していた。ジェイソンは律儀な男性で、妻を救ってくれたグレーンジを大の恩人だと思っている。だからこそ、金を受け取ろうとしないグレーンジに別の形で報いることにしたのだ。土地と家に種牛までつければ一財産分の価値になる。それでも、一度こうと決めたジェイソンを止めることは誰にもできなかった。グレイシーもぜひにと言い張った。結局、根負けしたグレーンジはありがたくボスの申し出を受け入れた。過分とも言える報酬だが、それだけ危険な任務だったことも事実だ。人質救出作戦は短時間で終わり、犠牲者も出さずにすんだが、彼が死ぬか、部下を失う可能性もあったのだ。感謝祭が終われば、彼らはマチャド将軍の侵入部隊として無慈悲な独裁者からバレラを解放するために南米へ向かうことになる。その時も同じように作戦遂行できることを彼は望んでいた。

ペグは十九歳で、長いブロンドの髪に緑色の瞳、茶目っ気たっぷりの笑顔を持つ快活な娘だ。五年前に母親を悪性の腫瘍で亡くして以来、父親と二人きりで生きてきた。父と娘はペンドルトン牧場で働いていたが、グレーンジに恩義を感じるジェイソンの一存でこの古い家で暮らすことになったのだった。

二人はこの変化をあっさりと受け入れた。父親のエドは小さな牧場の監督という立場に満足していた。給料はペンドルトン牧場で働いていた時と同じ額をジェイソンからもらえるうえ、仕事は楽になり、自由な時間が増えたからだ。ペグも三人分の食事を作るだけでよくなった。とはいえ、パイやケーキを作れないペンドルトン牧場の宿舎のシェフが料理上手な彼女を頼って、しょっちゅうお裾分けをねだりに来ていた。それでも、ペグはいやな顔一つせず、料理をすることを楽しんでいた。

「君は大学に行くべきだ」キッチンに入るなり、グレーンジは宣言した。

ペグはミートローフをオーブンに入れ、ちらりと彼を見やった。笑いながらジャガイモの鍋をかき混ぜる。「そうね。来学期はハーバードに行くわ。その前にパパに学費を工面してもらわなきゃ」

グレーンジは彼女をにらみつけた。「奨学金をもらえばいい」

「オールCの成績だったのに？」

「働きながら学ぶという手もある」

ペグはくるりと振り返り、グレーンジを見上げた。長く明るいブロンドの髪は二本の三つ編みにまとめられている。エプロンを使わないせいで、スウェットシャツとジーンズには油の染みがついていた。彼女は自分より頭一つ背が高い男性と視線を合わせ、スプーンを突きつけた。「それで、私は何を学ぶわけ？」

「家政学はどうだ？」

ペグの目つきが険しくなった。「私に大学へ行って、共同寮に住めというの？」

「共同寮？」

「見ず知らずの男女が同じ部屋で暮らす寮のことよ。私が知らない男性のいるアパートメントで服を脱いだりすると思う？」

グレーンジはまじまじと彼女を見返した。「冗談だろう？」

「冗談じゃないわ。大学には夫婦寮もあるけど、結婚していない学生には男性のルームメイトか女性のルームメイトか選ぶ権利がないのよ」ペグの目つきがさらに険しさを増した。「私は、物事にはそれなりの正しいやり方があると言われて育ってきたわ。だから、自分と同じ考え方の人たちがいる場所で暮らしているの」彼女は肩をすくめた。「トフラーという人が書いた古い本を読んだことがあるけど、彼は三十年も前に予測していたのよ。これからの社会に適応できず、はみ出してしまう人間が現れるだろうって」彼女はグレーンジに向き直った。「それが私よ。社会に適応できないはみ出し者。私には居場所がないの。ジェイコブズビルかコマンチ・ウェルズでしか生きられないのよ」

グレーンジは反論できなかった。確かに、彼女を見ず知らずの男子学生と同じ寮に住まわせたいとは思わない。僕だって、見ず知らずの女性との共同生活を押しつけられるのはごめんだ。この十年の間に世界はそこまで変わってしまったのか？

彼は壁にもたれかかった。「君の言い分はもっともだ。でも、近くの大学に通うという選択肢もあるだろう。あるいは、インターネットで通信教育を受けるとか」

「それは私も考えたけど」

グレーンジはペグの愛らしい唇を観察した。丸みを帯びた顎。優雅な首。一番のチャームポイントは緑色の瞳だな。でも、化粧もせずに髪を三つ編みにしていると子供にしか見えない。

　彼の視線に気づき、ペグはにんまり笑った。「興醒めよね」

　グレーンジは目をしばたたいた。「なんだって？」

「この三つ編みとすっぴんよ。これじゃ男性には受けないわ。ファッションとお化粧に興味のない女は、だいたい頭がいいでしょう？　男性は頭のいい女は好きじゃないから」

　グレーンジは片方の眉を上げた。「僕個人としては、付き合うなら賢い女性がいいね。僕は政治学のほかにアラビア語研究でも学位を持っている」

　ジャガイモの茹で具合を確かめていたフォークが宙で止まる。「あなた、アラビア語を話せるの？」

　グレーンジはうなずいた。「方言もいくつか使い分けられる」

　ペグは視線を落とした。「ふうん」今まで考えたこともなかったけど、彼は大学を出ているんだわ。私とは全然違う。私に大学に行けと言ったのは、自分の話についてこられない女はつまらないって意味？　それとも、私を厄介払いしたいって意味？

　ペグの不安げな表情に気づき、グレーンジは眉をひそめた。ジェイソンの話だと、ペグは地元のデザイナーからドレスを手に入れたらしい。ほかに誘う相手もいないし……。

「今度のキャトルマンズ・ボールだが、一緒に行くか？」彼はぶっきらぼうに尋ねた。

　わずか五秒の間に、ペグの疑念と悲嘆は幸福感に変わった。彼女は目を丸くしてグレーンジを見つめた。「私と？」

「君の親父さんにパーティドレスが似合うとは思えないが」

「パーティ」戸惑いとともにペグはつぶやいた。

　グレーンジはうなずき、あっさりと言いきった。

「僕は、パーティは嫌いだ。でも、二時間くらいなら辛抱できると思う」

ペグもうなずいたが、まだぽかんとした様子だ。

「行きたいか？」グレーンジは念を押した。彼女の反応がまったく読めなかったからだ。

「ええ！」

グレーンジは笑った。興奮するペグの手からフォークがすっぽ抜け、見事流しに着地した。彼の笑い声がさらに大きくなった。「いいトスだ。君はNBAを目指すべきかもしれない」

「でも私、フットボールはやらないわ」

NBAはバスケットボールだ。グレーンジはそう指摘しかけてやめた。にこにこ笑っているペグがあまりに愛らしかったからだ。彼は頬を緩め、黒っぽい瞳をきらめかせた。「ただの冗談だよ」

「なんだ」

グレーンジは壁から背中を起こした。「じゃあ、僕は仕事に戻る。土曜日は六時前後に出発しよう。会場でカナッペみたいなものが出されるから、夕食は親父さんの分だけ用意すればいい」

ペグはうなずいた。「了解」

彼は微笑を返し、キッチンから出ていった。

吹きこぼれた湯で、ペグはジャガイモの存在を思い出した。新たに用意したフォークで茹で具合を確認し、鍋を火から下ろす。この私がパーティに出るなんて。なんだかシンデレラになったみたい。彼に恥をかかせないように、ちゃんとお化粧をして、髪を整えなきゃ。きっと人生で最高に幸せな夜になるわ。宙を歩いているような気分のまま、彼女は大きなボウルでジャガイモを潰しはじめた。

「キャトルマンズ・ボールに行くんだって？」グレーンジとの夕食を終えると、エド・ラーソンは娘をからかった。

ペグの頬が赤く染まった。食事の間も彼女はずっと赤い顔をしていた。グレーンジが家畜の様子を見に出ていった時は救われた気分になったほどだ。

「そうなの。もうびっくりよ。まさか彼が私を誘うなんてね。グレイシーとジェイソンにけしかけられたせいだと思うけど」彼女は悲しげに付け加えた。

「きっと断りきれなかったのね」

「俺はいいことだと思うよ」エドは真顔でコーヒーをすすった。「彼のチームはエミリオ・マチャドとともにまもなく国を離れるって噂だ。革命はお遊びじゃないからな」

「そんなに早く？」ペグは思わず口走った。今回の任務については彼女も知っていた。小さな町では秘密を保つことは難しい。しかも、ジェイコブズビルでカフェを営むバーバラの養子リック・マルケスは、マチャド将軍の息子であることが最近判明したのだ。

「ああ」

「彼は死んでしまうかもしれないわ」

「いや、あの男は死なんよ」エドは微笑した。「ウィンスローは陸軍で少佐まで務めた男だ。イラクでは特殊作戦部隊にいたが、無事に生還した。今度も元気に戻ってくるさ」

「そう思う？　本当に？」

「本当だとも」

ペグはため息をついた。「人はなぜ戦うのかしら？」

エドは遠くを見るようなまなざしになった。「くだらない理由で戦うこともあれば、真に愛国的な理由で戦うこともある」そこで彼は娘に視線を移した。「今回の場合は、独裁者の暴走を止めるため、やつの政策に異議を唱える人々が自宅で射殺されることを阻止するためだ」

「ひどい話！」

エドはうなずいた。「マチャド将軍は優秀な人材だ」

を登用し、民主的な政府を作った。民衆の声を聴くために国内を巡り、人々と対話した。さまざまな委員会を設置し、先住民グループの代表を議会に迎え、地域の振興につながる自由貿易協定を結ぶために近隣諸国とも話し合った」彼はかぶりを振った。「そういった交渉のためには国を留守にすることもある。その留守中に、悪魔がマチャドの盟友たちを逮捕し、軍の監視下に置いて、政府を転覆させたわけだ」

「なかなかやるわね」ペグは皮肉を口にした。

「アルトゥーロ・サパラは将軍の右腕であり、政治的にも力を持っていたからな。政府を乗っ取ったサパラは、テレビ局とラジオ局を閉鎖し、各新聞社のオフィスに監視役を配して、自分に直接報告が上がってくるようにした。そうやってマスメディア全体を牛耳ったうえに、あちこちに監視カメラを置き、スパイたちに人々を見張らせた。噂じゃ、サパラに嫌われた人間は……いつの間にか姿を消すそうだ。数カ月前にも、国際的に名の知られた大学教授が二人行方知れずになった」

「嘘みたい」

「自分の身にそんなことが起きるわけがない。たいていの人間はそう考えるが」エドはため息をついた。「大衆が不正を見て見ぬふりをしていれば、どこでも起こりうることなんだよ」

「そこまでひどい状況だとは知らなかったわ」

「マチャドは身を粉にして働き、バレラを民主主義国家にした。その努力が水の泡になるのを黙って見ているつもりはないと言ってる。準備に何カ月もかかったが、今は人手もあるし、資金もある。あとは反撃あるのみだ」

「彼が勝つといいけど」ペグは眉をひそめた。「グレーンジが死ぬのはいやだわ」

「おまえはあの男を見くびっているな。あの男はそう簡単には死なんよ。しかも、考え方が独創的だから、マチャドにとっては貴重な存在だろう。たとえば」瞳をきらめかせながら、エドは熱弁を振るった。「第二次世界大戦の北アフリカ戦線でのことだ。ロンメル元帥率いるドイツ軍はイギリス軍に対して多勢に無勢の状態だった。だが、敵軍にはそのことを知られたくない。そこでロンメルは兵士たちに町を行進させた。角を曲がってはまた同じ場所を通らせ、それを何度も繰り返して大軍がいるように見せかけた。トラックの後部に巨大な送風機や飛行機のエンジンを取りつけ、砂塵を舞い上がらせて、縦隊の規模をごまかした。そういうトリックを使って、長期間にわたって敵をだましつづけたわけだ。これこそ独創的ってもんじゃないか」

「やるじゃない。知らなかったわ。ドイツにそんな将校がいたなんて」

エドは唖然として娘を見返した。「知らなかっただと？　おまえは学校で第二次世界大戦のことを習わなかったのか？」

「習ったわよ。のちに大統領になったアイゼンハワーって将軍のこととか。あと、チャーチルとかいうイギリスの指導者のことなんかも」

「モンゴメリーのことは？　パットンは？」

ペグは目をしばたたいた。「誰なの、その人たち？」

エドはコーヒーを飲み終え、テーブルから立ち上がった。「ハーバード大学の教授ジョージ・サンタヤーナは言った。〝過去を記憶にとどめられない者は過去を繰り返すことになる〟と。高校の歴史はこのままでいいのか！」

「現代史でしょう」ペグは顔をしかめた。「覚えなきゃならない日付ばかり多くて、大きな出来事がないのよね」

「偉大な伝説の宝庫じゃないか」

「パパから見ればそうかもね」

娘をにらみつけてから、エドは苦虫を噛みつぶしたような表情でぼやいた。「俺たちみたいな古い人間が死んだら、世界は浅はかな連中の手に委ねられるわけか」

「私は浅はかじゃないわ」ペグは抗議した。「ただ歴史が好きじゃないだけよ」

エドは小首を傾げた。「グレーンジは歴史好きだぞ」

ペグは目を逸らした。「そうなの？」

「特に軍事史がな。俺ともよく議論を戦わせている」

ペグは肩をすくめた。「インターネットで調べればすむことじゃない」

「書棚に本があるだろう」エドはあきれ顔で言った。「正真正銘の本が！」

「あれは死んだ木よ。本を作るには木を殺す必要があるわ。インターネットを利用すれば、ちゃんとした電子書籍がいくらでも手に入るのに」

エドは両手を振り上げた。「俺はもう行くぞ。これ以上聞いていたら、おまえは本屋も図書館も必要ないと言い出しかねん」

ペグはためらった。「本屋や図書館が減っていくのは悲しいことだわ。世の中には古本でさえ買えない人が大勢いるでしょう。でも、図書館に行けば、豊富な知識を無料で学ぶことができる。学校以外で学ぶことができなくなったら、人はどうすればいいのかしら？」

エドは戻ってきて、娘を抱擁した。「やっぱり、おまえは俺の子だ」彼はくすくす笑った。

「まあ」ペグは笑みを返してから視線を落とし、爪先を床にこすりつけた。「心にもないことを言っちゃって」

エドは笑って、その場を立ち去ろうとした。

ペグは父親の背中に問いかけた。「パイはどうする？」

「一時間くらい待ってくれ。夕食が腹に落ち着くまで！」

「わかったわ」

ペグは温めたコーヒーカップを手に家の中を通り抜け、裏口を出て納屋に入った。グレーンジは籐を張った木製の古い椅子に座り、サンタ・ガートルーディス種の若い雌牛に付き添っていた。ボッシーと名付けられた雌牛は初めて身ごもっていたが、かなりの難産が予想された。自分では認めようとしないが、グレーンジはこの雌牛のことをひどく気にしていた。

「あんな大きな雄牛に種付けされて」感謝の笑みとともにコーヒーを受け取りながら、彼はぶつぶつぼやいた。「父親があれだと知っていたら、身重の雌牛なんて買わなかったんだが」

ペグは表情を曇らせた。出生体重の比率については彼女も知っている。初産の場合、生まれてくる子牛は小さいほうが望ましい。だが、ボッシーは大柄な雄牛に種付けされたので、推奨されている出生体重よりも重い子牛を産むことになるだろう。下手をすると、ボッシーの命も危ぶまれるのだ。

「無事にお産できればいいけど」

「いざとなったら獣医を呼んで、一晩中付き添ってもらうよ。費用がいくらかかってもね」

ペグは笑った。「ドクター・ベントリー・リデルならただでやってくれるわ。大の動物好きだもの」

「けっこうなことだ。彼の義理の弟も動物みたいなもんだから」

「そんなに傭兵が嫌いなの？」ペグは好奇心から尋ねた。

「傭兵を全否定するわけじゃない。エブ・スコットのところの傭兵たちは粒ぞろいだ。でも、リデルの義弟のケル・ドレイクはな。彼は職業軍人でありながら、その責務をすべて放棄した。それもアフリカで冒険するためにだぞ！」

「アフリカも南米も似たようなものじゃないの？」

「全然違う。アフリカでは多くの勢力が覇権争いを繰り広げている。アフリカに送られた支援物資の大半は飢えた人々には届かず、高値で換金されることになる。一部の軍司令官はそうやって私腹を肥やしているんだ」グレーンジはかぶりを振った。「確かに、銃では問題を根本的に解決することはできない。でも、二つの宗教が対立している地域では、外交も機能しない。そこに階級闘争や部族間の衝突、貪欲な企業まで加わると……」

「じゃあ、あなたがいいと思う人は？」ペグは質問を挟んだ。

「ジョージ・パットンだ」

そういえば、パパもそんな名前を口にしていたような気がする。彼女は笑った。「誰なの、その人？」

グレーンジは目をむいた。

「私は若いんだから」ペグは言い訳した。「知らないことがあってもおかしくないでしょう」

グレーンジは長々と息を吸い込んだ。確かに彼女は若い。幼いと言ってもいいくらいだ。そう思うと、彼は落ち着かない気分になった。「パットンは第二次世界大戦で活躍した有名な将軍だ。北アフリカやヨーロッパ戦線を中心に、連合軍側の司令官として数々の作戦を率いた」

「ああ、あのパットンね！」ペグは叫んだ。「北アフリカにいたロンメルというドイツの将軍の話をパパから聞いたばかりよ。映画では観たことがあるけど、あれって実話だったの？」

グレーンジはくすくす笑った。「一部はね。僕は陸軍士官学校でパットンの遠い親戚と一緒だったよ」

「すごい！」

彼はコーヒーを飲み終えた。「だいぶ冷えてきたな。君はもううちに戻れ」

ペグは差し出されたカップを受け取った。「そうね」

「コーヒーをありがとう」

「どういたしまして」彼女は肩をすくめ、雌牛に視線を投げた。ボッシーがつぶらな茶色の瞳で人間たちを見つめていた。「無事に赤ちゃんが生まれることを祈るわ」

グレーンジは微笑した。「僕もそう祈ってる。ありがとう」

ペグは笑顔でうなずき、納屋をあとにした。

翌朝、納屋の前には獣医のトラックが停まっていた。一晩中ボッシーの身を案じていたペグは、朝食の支度も後回しにして裏口から飛び出し、納屋へと走った。

グレーンジは柱にもたれ、獣医と話をしていた。彼女が入っていくと、二人は同時に振り返った。

「うまくいったの？」ペグはためらいがちに問いかけた。

グレーンジは破顔した。「男の子だ。母子ともに元気だよ」

ペグはほっと息を吐いた。「よかった！」

彼女のあからさまな安堵の表情を見て、グレーンジはにんまり笑った。

「よかったら朝食を食べていきませんか？」ペグは獣医に話しかけた。「ビスケットとソーセージと卵を用意しますから。うちには雌鶏がいるし、彼が――」グレーンジを指し示す。「冷凍庫からあふれるほどポークソーセージとリブとロインを買ってくれたんです」彼女はにっこり笑った。「私たち、お金持ちですから！」

男性二人が笑った。

「ぜひ食べていってくれ」グレーンジも口添えした。「彼女はいつも大量に料理するんだ。味もなかなかだよ」

ペグは頬を赤らめ、緑色の瞳をきらめかせた。

「そんなふうに言われたら、張りきらざるをえないわね」

「では、お言葉に甘えようかな」

「すぐ準備します」ペグは家に駆け戻った。グレーンジが私の料理を褒めてくれた。今なら空も飛べそうだわ。

2

「君の義弟は最近どうしてる?」グレーンジが獣医に問いかけた。

ベントリー・リデルはおどけた視線を返した。

「ケル・ドレイクか。本人はのらりくらりと話をはぐらかして教えてくれないが、伝え聞くところによると、仲間と南アフリカで何かのプロジェクトに関わっているみたいだね。それも銃がらみのプロジェクトらしい。僕はあえて訊かないようにしているが」何か言いたそうなグレーンジの顔を見て、獣医は付け加えた。「訊くだけ無駄だよ。ケルはロークと組んで何かやっていたが、ロークは今度、君と海外に行くそうだね」鋭いまなざしで締めくくった。

「ローク」グレーンジはかぶりを振りながらため息をついた。「あの男か」

「ロークって何者なの？」ペグが口を挟んだ。

「君が知る必要のない人間だ」グレーンジはぴしりと決めつけた。「あいつは……」

「はい、そこまで」くすくす笑いながらベントリーが片手を上げた。「レディの前だぞ」

「そうだった」グレーンジはコーヒーをすすり、ペグに笑顔を向けた。

ペグは笑った。

「ロークは一筋縄ではいかない食わせ者だ」グレーンジは続けた。「悪党の扱いには慣れている我がジェイコブズビルの警察署長キャッシュ・グリヤでさえ彼を避けている。政府機関の秘密捜査官としてグリヤの下で働いていたキルレイブンは、彼の妻になった女性を巡ってロークと殴り合いの寸前まで行ったらしい」

「色男ってやつか？」エドが尋ねた。

「とんでもない」グレーンジは答えた。「本人がそう思っているだけさ」

「でも、たいした人脈の持ち主らしいぞ」ベントリーが言った。「かつてアフリカ諸国のほとんどの紛争に関わっていたK・C・カンターという億万長者がいるだろう。ロークはその億万長者の隠し子だという噂(うわさ)だ」

「その男の話なら読んだことがある」エドが答えた。

「実に興味深い人物だ」

「カンターは一度も結婚しなかった。恋をしたことはあるが、相手の女性は修道女になったとか。彼には名付け子がいるが、その名付け子はワイオミングで牧場を営む裕福な一族と姻戚関係にあるらしい」

「ほう！」エドは感嘆の声をもらした。「これだから人間ってのは面白い」

「ええ、まったく」ベントリーは腕時計に目をやった。「もう行かないと。三十分後に手術の予定があってね」椅子から立ち上がると、獣医は笑顔で付け加えた。「朝食をありがとう、ペグ」

「どういたしまして。奥様によろしく伝えてください。キャピーは高校の先輩なんです。とてもよくしてもらいました」

「伝えておくよ」ベントリーはにっこり笑った。「じゃあ、また」

男性たちが獣医を見送る間に、ペグは食卓を片付けた。使った皿を食洗機に並べてから、キャトルマンズ・ボールに使えそうなアクセサリーをさがすために二階へ向かう。彼女はうっとりと考えた。今の私はシンデレラよ。

ペグは植え付け――特に球根の植え付けが大好きだった。ヒヤシンス、チューリップ、ラッパズイセン。今植えている球根が来春には鮮やかな花を咲かせ、あたりを香りで満たすことを彼女は知っていた。ヒヤシンスの香りはどんな高価な香水よりもすてきなのよね。彼女は一人考えた。高価な香水がどんなものかは私だって知っているわ。化粧品売り場であれこれ試しているから。実際に買うお金もないのに、サンアントニオのショッピングモールに行くと、つい化粧品売り場に寄ってしまう。まあ、めったにない遠出なんだから、めいっぱい楽しまなきゃもったいないものね。

ヒヤシンスの球根を植え終えると、彼女は地面から立ち上がった。白いスウェットシャツが泥で汚れていた。おそらく髪にも泥がついているだろう。それでも、彼女は土いじりが好きだった。球根を分けてくれたジェイソン・ペンドルトンの妻グレイシーもそうだ。ガーデニングの愛好家はたいてい会ったとたんに意気投合する。植物を愛する者同士の仲間意識があるのだ。

グレーンジが納屋の前で車を停め、エンジンを切って降りてきた。彼はペグに歩み寄り、納屋の横に作られた長方形の花壇を見て顔をしかめた。

「最高の肥料に近いほうが便利でしょう」ペグは指摘した。

一瞬考えてからグレーンジは気がついた。ペグは効果の高い有機肥料――動物の排泄物のことを言っているのだ。彼はくすりと笑った。「なるほど」

「ミセス・ペンドルトンが球根をくれたの。彼女の庭で採れた立派な球根よ。でも、もしあなたがどうしてもいやだと言うなら……」

グレーンジは首を左右に振った。「僕はかまわないよ。君の好きにするといい」

「パパはマーケットに出かけたわ」ペグは緑色の瞳をみはった。「私を襲うなら今がチャンスよ」

グレーンジはペグをにらみつけた。ペグが彼をからかうのはいつものことだ。気にくわないのは、そのからかいをだんだん無視できなくなりつつある自分自身だった。「いや、遠慮しておく」

ペグも彼をにらみ返した。「あなたは氷河期の遺物ね。今の時代は誰でもしていることなのに！」

「君も含めて？」

「当然じゃない」ペグは鼻で笑った。「私は十四歳の頃からセックスしているわ」

黒っぽい瞳がさらに暗く翳った。グレーンジはショックを隠そうとした。彼女は遊び歩くタイプには見えないんだが。僕には人を見る目がないんだろうか？

「セックスくらい何よ！」ペグは叫んだ。「あなたってほんと時代遅れな人間ね！」

グレーンジはきびすを返し、猛然とした足取りで納屋に入った。ペグはふしだらな娘なのか？　そんなことは考えたくもない。時代の流れだかなんだか知らないが、僕はそういう生き方は認められない。

ペグは移植ごてを振り回しながら納屋までグレーンジのあとを追ってきた。「あのね、人は古い考えに縛られる必要はないの。昔と今じゃ時代が違うのよ。テレビを観たってそうだわ。何もないまま結婚する人間なんて一人もいないんだから！」

　グレーンジは険しい目つきで振り返った。「だから、僕はテレビを観ないようにしている」

「女は聖女でなくてはならない。ひらひらの服を着て自分を見せびらかすのはいいけど、噂になるようなことはしちゃいけない。それがあなたの考えなの？」

「じゃあ、君は女は娼婦のような格好をするべきだ、口を開くたびに下品な言葉をまき散らすべきだと考えているわけか？」

　ペグは移植ごてを放り出して詰め寄った。「私が怖いんでしょう？」彼女はからかった。「あなたは私に夢中なのよ。でも、私のことを若くて世間知らずだと思っているから――」

　ペグの言葉は予想もしなかった素早い動きに断ち切られた。グレーンジが彼女を納屋の壁に押しつけたのだ。たくましい体をペグの体に重ねると、グレーンジはキスをした。心臓が止まりそうなほど巧みで執拗なキスだった。

「くそっ」キスを続けながら、彼は悪態をついた。ペグの腰を両手でとらえ、不意に目覚めた痛いほどの欲望の証をこすりつける。

　ペグは怯え、挑発したことを悔やんでいた。彼女には、まともにキスをされた経験がなかったのだ。過去に一度だけ内気な少年にキスをされたことがあるが、あまりいい思い出ではない。彼女の心の中にはずっとグレーンジがいた。だから、デートもせずにいたのだ。

　でも、今は怖くてたまらないわ。グレーンジは私が経験豊富だと思っているのよ。私がばかなことを言ったせいだわ。どうしたらいいの？　ペグは途方に暮れた。興奮した男の体を感じるのはこれが初めてだ。彼女は威嚇されているような気分になった。唇が強引にこじ開けられた。それは大人ぶっているだけの少女には受け止めきれない本物の大人のキスだった。

ペグはグレーンジの胸に両手を突き当て、顔を背けようとした。なんとか彼のキスから逃れると、声を詰まらせながら訴えた。「待って……お願い」

グレーンジは頭がくらくらしていた。ペグの味はフランス産の最上級のシャンパンを思わせる。柔らかく温かな体はいい匂いがする。彼は天国にいる気がした。ペグは今までに会ったどんな女性よりも彼を興奮させた。

ペグにはセックスの経験がある。本人がそう吹聴したのだ。にもかかわらず、彼女は僕を押しやろうとしている。消え入りそうな声で必死に訴えている。グレーンジははっと我に返った。顔を上げ、淡い緑色の大きな瞳をのぞき込む。その瞬間、彼は確信した。ペグがまだ男を知らないことを。

「じっとしてろ！」腰を引き離そうとするペグに向かって、彼は吐き捨てた。

その切羽詰まった口調がペグの動きを止めた。ペグは何度も唾をのみ込んだ。グレーンジはゆっくりと身を引き、両手を拳に握って後ろを向いた。まっすぐに伸びた背中が激しく震えていた。

だが、そのことに気づく余裕はペグにはなかった。彼女自身の体も震えていたからだ。ペグは壁に寄りかかり、胸の前で両腕を組んだ。変だわ。胸が腫れているみたい。ほかの部分も腫れている気がする。これはどういうことなの？　保健の授業を真面目に受けておくべきだった。考古学の本なんて読んでいないで、先生の退屈な話をちゃんと聞いておくべきだった。理屈を知っているからといって、現実に役に立つとは限らないみたいだけど。

一分ほどすると、グレーンジは大きく深呼吸をして再び彼女に向き直った。

ペグは彼と目を合わせることができなかった。頬を真っ赤に染め、ただぐったりとしていた。

その頼りなげな様子がグレーンジの怒りを和らげた。彼はペグに歩み寄り、大きな両手で卵形の顔をとらえて、強引に視線を合わせた。

「この嘘つきめ」言葉はきついが、彼の顔には笑みがあった。怒っているようには見えない。

ペグはまた唾をのみ込んだ。

グレーンジは前屈みになった。キスで彼女のまぶたを閉じさせ、しょっぱい涙を味わった。「泣かないでくれ」彼は優しくつぶやいた。「君は安全だ」

ペグの唇が震えた。初めて知る愛撫。それは強引なキスよりもはるかに強烈な体験だった。

ペグは柔らかなフランネルのシャツに両手を当て、その下に息づく筋肉を、ぬくもりと心臓の鼓動を感じた。そして、自分の肌と接する彼の唇の感触を味わった。

「これでわかっただろう。はったりで強がっても誤解を生むだけだって」グレーンジがつぶやいた。

「ええ。考古学の雑誌ばかり読んでいないで、真面目に保健の授業を受けるべきだったわ」ペグはとぎれとぎれに答えた。

グレーンジが顔を上げた。「考古学？」

ペグは弱々しい笑みを返した。「私は土を掘り返すのが好きなの。種や球根を植えるのも遺跡の発掘をするのも似たようなものじゃない？」

グレーンジは小さく笑った。「一理あるかな」

ペグはおぼつかない気分で黒っぽい瞳を探った。

「怒っていないの？」

グレーンジは首を左右に振った。「でも、少しばかり自分を恥じている」

「なぜ？　悪いのは私なのに」ペグは率直に認めた。

「私がどうかしていたの。ごめんなさい」

グレーンジはため息をついた。「こっちこそ、すまなかった」

ペグは彼の表情をうかがい、不安を口にした。

「まだ私をキャトルマンズ・ボールに連れていきたいと思ってる？」

黒っぽい瞳が細められた。「もちろん」そう答えたグレーンジの声には、ベルベットのように柔らかい深みがあった。

ペグは頬を赤らめて微笑した。「よかった！」

グレーンジは彼女の鼻にキスをした。「ほら、もう行って。僕は雌牛の様子を確認しなきゃならないんだ」

「子牛もでしょう」ペグは指摘した。「ボッシーは、お母さんになったんだから」

グレーンジの眉が上がった。

「ごめんなさい」

彼はくすりと笑って言い直した。「僕は雌牛と子牛の様子を確認しなきゃならない」

ペグはにっこり笑い、納屋を出ようとした。

「ペグ」

彼女は振り返った。グレーンジにかかると、私の名前も魔法みたいに聞こえるわ。

「僕の父親は牧師だった」グレーンジは静かに告げた。

自分が彼に投げつけた言葉を思い出し、ペグは真っ赤な顔でうめいた。「いやだ、私ったら」

「父は狂信者じゃなかった。でも、人はどう生きるべきかという点については確たる信念を持っていて、精神の気高さと尊厳を一生保つことができなければ、人間は動物と同じになると言っていた。芸術と同様に信仰も文明の礎だと言っていた。この二つが力を失えば、社会も衰退すると」

ペグはグレーンジの表情を探った。改めて彼に近づきながら言う。「考古学の雑誌にエジプト文明のことが書いてあったわ。まずは芸術が生まれて、それから信仰が生まれた。信仰は何世紀にもわたって人々とともにあったと。ローマみたいにあまりに多くの国や文化を吸収しすぎると、うまく混合させることができなくて、最後は国が割れて内部抗争が起きるんですって」

グレーンジは微笑した。「君は大学に行って、人類学を学ぶべきだ」

「チャンスがあればね」

「ジェイソン・ペンドルトンはあちこちの大学で奨学金を設けている。もし君にその気があれば、彼が支援してくれるはずだ」

ペグの頬が赤く染まった。「ほんと？　ほんとにそう思う？」

「ああ」

彼女は顔をしかめ、ためらいがちにつぶやいた。「でも、寮は男女共用よね」

そういえば、ペグは前にも同じようなことを言っていた。僕がうっかりしていた。彼女の挑発に乗る前に思い出すべきだった。男と同じ寮には住みたくないという女が、気軽に男と遊ぶわけがないじゃないか。

グレーンジは彼女の髪に触れた。「キャンパスの外に住むという選択肢もある」

ペグは視線を上げ、黒っぽい瞳の奥を探った。「あなたとパパの面倒は誰が見ることになるの？」

グレーンジははっとした。ペグがどれだけまめに自分の世話をしてくれているか、今にしてようやく気がついたのだ。洗いたてのリネン。埃一つない家具。馬に乗って柵のチェックに出かける時は、いつも鞍袋にちょっとした食べ物が入れてある。コートも必ずクローゼットの前のほうにかけられ、すぐに取り出せるようになっている。

短い沈黙ののち、彼は真顔で言った。「君は僕を甘やかしている。それは褒められたことじゃない。僕は人生の大半を軍で過ごし、厳しい生活を送ってきた。生ぬるい生活には慣れたくない」

「その心配はないと思うわ」ペグは請け合った。「あなたには洗練された荒々しさがあるもの。ポエニ戦争でローマの将軍スキピオと戦った時のハンニバルもきっとそんな感じだったんじゃないかしら」

グレーンジは目をしばたたいた。「よく知っているな。それなのに、パットンとロンメルのことは知らないっていうのか？」

ペグは肩をすくめた。「あなたは現代の軍事史が好きなんでしょう。私は古代史が好きなの」彼女はにっこりした。「ハンニバルが用いた戦術にこんなのがあるわ。毒蛇を壺に入れて、敵の船に投げ込むの。敵の乗組員たちはバッタみたいに海に飛び込んだはずよ」

「悪い子だ」グレーンジは彼女に向かって指を振り、唇をすぼめた。彼の官能的な唇は激しいキスのせいでまだ少し腫れていた。「でも、悪い戦術じゃない。現代の戦争にも使えそうだ」

「それは無理ね。爬虫類の愛護団体に蛇を非人道的に扱うなと抗議されちゃうもの」

グレーンジはぷっと噴き出した。「ありそうな話だな。我々は中国人が言うところの興味深い時代に生きているわけだ」

ペグの眉が上がった。

「中国の古い呪いの言葉だよ。〝あなたが興味深い時代に生きますように〟それは危険な時代という意味だ」

「まあ」

グレーンジはため息をつくと、笑みを浮かべながらペグの顔を観察した。美人とは言えないが、顔立ちは整っている。目はきれいな緑色だし、唇はとてもキスをしやすい。意に反して、彼の視線はその唇に釘付けになった。「今後は僕をからかわないでくれ。僕はそんなに我慢強い男じゃない。君が望まないことをしてしまうかもしれない」

ペグは抗議したい気持ちを抑え、顔をしかめた。

「なんとでも言って」

グレーンジは前に進み出た。彼女の両肩に手を置き、言葉を選びながら言う。「君に文句があるわけじゃない。僕は真面目な人間だ。遊び歩いたことは一度もないし、女を使い捨ての物みたいに扱う男も好きじゃない。今の世の中にはそういう男がごまんといるけどね」

「つまり、男女はまず結婚するべきだというのがあなたの考えなのね」言ってしまってから、ペグは顔を真っ赤にした。これじゃ、まるで彼にプロポーズを迫っているみたいだわ。

グレーンジはわずかに身じろいだ。「僕もいつかは結婚すると思う。でも、今はだめだ。僕はこれから危険な作戦に関わることになる。ほかのことに気を取られている余裕はないんだ。わかるね?」

ペグのみぞおちが締めつけられた。考えたくもないけど、彼が傷を負う可能性もあるんだわ。でも、私は彼のそばにはいられない。傷の手当てをしてあげることもできない。最悪の場合……いいえ、考えてはだめ!

「心配するな。僕はベテランの戦術家だ。自慢するつもりはないが、戦術にかけては人後に落ちないと思う。だから、マチャド将軍は僕に戦いの指揮を任せることにしたんだよ」

「知ってる」ペグは小声でつぶやいた。「パパもあなたの指導力を高く評価しているのよ。あなたみたいな人が軍を除隊させられたのは恥ずべきことだと言っていたわ」

　グレーンジは肩をすくめた。「物事が起きるにはそれなりの理由がある。人との出会いもまたしかり。僕の父はそう信じていた。僕も同じだ」

　ペグはふっとほほ笑んだ。「私もそう思うわ」

　グレーンジは彼女の柔らかな唇に人差し指を当てた。「僕は君と出会えてよかったと思っている」低い声でつぶやくと、彼は身を引いた。「でも、君と僕はただの友達だ——今のところは。わかるね？」

　ペグはため息をつき、つっけんどんに尋ねた。「じゃあ、私が買った避妊具は返品すべきなの？」

　グレーンジは声をあげて笑い、かぶりを振って歩き出した。

「それは〝ノー〟ってこと？」ペグは彼の背中に問いかけた。

　グレーンジは片手を上げ、そのまま歩きつづけた。

　キャトルマンズ・ボールの当日、ペグは緊張のあまり朝食のビスケットを焦がしてしまった。こんな失態は十二歳で料理を習うようになって以来初めてのことだ。

「本当にごめんなさい！」彼女は父親とグレーンジに平謝りした。

「たまの失敗くらいどうってことはないさ」グレーンジは軽く受け流した。「ベーコンエッグのほうはちゃんとできている。それに、僕たちは小麦粉をとりすぎている気もするし」

「フランケンシュタインのような小麦粉をな」エドがぶつぶつ言った。

　二人は彼に訝るようなまなざしを向けた。

　エドは咳払いをした。「最近じゃ、多くの穀物が遺伝子操作されている。それが遺伝子操作されたものか、されてないものか、ラベルを見ただけじゃわからない。それはまあいい。問題なのは花粉だよ。遺伝子操作された穀物の花粉が風に運ばれ、遺伝子操作されていない穀物につく。研究所の天才どもはその事実に気づいてないのかね」

「遺伝子操作の何が問題なんだ？」グレーンジは尋ねた。

「そういう資料があるんだ。今度あんたにも見せてやるよ」エドはむっつりと言った。「人が自然の秩序を乱すのは間違いだ。噂じゃ、人間の体外受精でも同じことが始まっているらしい。髪や目の色を変えたりするためにな」彼は身を乗り出した。「人間と動物の遺伝子を組み合わせる研究も進んでいるって話だぞ」

「その部分は事実だよ」グレーンジは答えた。「遺伝病の治療を目的として、遺伝子構造の組み換えが研究されているんだ」

エドはグレーンジをにらみ返し、指を突きつけた。

「今に鳥やジャッカルの頭を持った人間が出てくるぞ。エジプトの象形文字に描かれているようなやつが！　あれはエジプト人たちの想像の産物だと思うか？　俺はそうは思わないね。彼らは進んだ文明を持っていて、実際にああいう人間を作り出したんだ。そうに決まっとる！」

ペグは立ち上がり、不安げに周囲を見回した。

「何をやっている？」エドが問いかけた。

「誰もいないことを確かめているのよ」ペグは答えた。「パパの話を聞かれないように」

グレーンジは噴き出した。「エド、さすがにその理屈には無理があるよ」

エドは顔を赤らめた。「バーバラ・ファーガソンに毒されてきたか。ジェイコブズビルの〈バーバラズ・カフェ〉で昼を食べていると、たまに彼女が話しかけてきてな。インターネットで見たニュースについて話し合ったりするんだよ」

「その手のニュースサイトはタブロイド新聞と似たようなもんだから」グレーンジは警告した。「バーバラは胡散臭いサイトから情報を仕入れているみたいだな。この前は、ライデン瓶に入れておけば、電子機器を電磁パルスから守れると言っていた。それはファラデー箱の間違いだと僕は指摘した。それでも彼女が納得しないから、スマートフォンで検索して、科学的な文献を見せてやったよ」

「なんてこった。となると、俺のライデン瓶もゴミ箱行きか」エドは瞳をきらめかせ、にやりと笑った。

「本当にライデン瓶を作れるなら、ぜひ教えてほしいね」グレーンジは言った。

「そんな目で見るな」エドは応じた。「俺の専門は畜産だ。物理じゃない」

「私なんて、高校の物理は最初の三週間で脱落して、生物に変更しなきゃならなかったのよ」ペグはため息をついた。「物理は好きだったんだけど、頭がついていけなくて」

「僕は大学で物理を学んだよ」グレーンジは言った。「成績もまずまずだった。でも、政治学のほうが性に合ったな」

「マチャドが政権の座に返り咲いたら、あんたを登用するかもな」エドはからかった。「軍の最高司令官あたりに」

グレーンジはくすくす笑った。「その可能性については僕も考えた。政府軍を立て直して、政治改革に協力するのも悪くないね」

ペグは気持ちが沈むのを感じた。作戦が成功しても、グレーンジは南米から戻ってこないつもりなの？　私は二度と彼に会えないの？　彼女はこっそりとグレーンジを観察した。彼は私の人生で最も大切な存在よ。納屋でキスをされたあの日から、私は眠れない夜を過ごしている。彼は私を求めている。それは断言できるわ。本人は隠そうとしているけど、態度の端々に現れているもの。でも、彼はまだ結婚する気はない。かといって、気軽に女性と遊ぶ人でもない。

ペグの鬱々とした思いが伝わったのか、グレーンジが不意に頭を巡らせ、彼女と視線を合わせた。ペグの頬が真っ赤に染まり、全身に雷に打たれたような衝撃が走った。だが、二人の間に起きていることを父親に悟られてはいけない。彼女はあわてて視線を逸らした。

エドは鈍い男ではない。彼は娘とボスを交互に見比べた。だが、その場では何も言わなかった。

その後、キャトルマンズ・ボールの支度をするために部屋へ戻ろうとしたところで、ペグは父親につかまった。

「おまえとグレーンジはどうなっているんだ?」エドは静かに問いただした。

ペグはため息をついた。「残念だけど、どうもなっていないわ。彼は牧師の息子なの。気軽に女性と遊ぶような人じゃないのよ」

エドは目を丸くしてから、いきなり笑い出した。「冗談だろう?」

ペグは両手を掲げた。「本人がそう言ったのよ。彼はお酒を飲まない。タバコも吸わないし……羽目も外さない。彼は婚前交渉には反対の立場なの。でも、当分は誰とも結婚する気はないんですって」

「ほほう!」エドの表情が明るくなった。彼の中でグレーンジの株がさらに上がったようだ。

「だから、パパは心配しなくていいの。パーティのあとにモーテルに立ち寄るなんてことにはならないから」ペグは悪戯っぽいまなざしで付け加えた。

エドは肩をすくめた。「やれやれ。こんな世の中で俺はどうやって生きていけばいいんだ」

「でも、ここは原始時代みたいな土地だから」ペグが指摘した。「お仲間がいっぱいいるわ」

エドはにやりと笑った。「ああ。ここは昔のままだ。町の広場を見てみろ。あの気合いの入ったクリスマスの飾り付けを。電飾にモミの木。サンタクロースにトナカイ」

「町のオフィスも飾り立てたツリーだらけよ」ペグは笑った。「私、クリスマスって大好き」

「グレイシー・ペンドルトンもそうらしいな。サンアントニオのペンドルトン家は光のショーみたいに飾られているし、ここの牧場もクリスマスカラーで光り輝いている」

「今夜は私も輝くわ。デザイナーから借りた新しいドレスを着て」ペグは宣言した。「ヘアメイクは美容のプロから教わったし、ママが遺してくれた真珠もあるし」彼女の表情が翳った。母親が亡くなって五年がたつが、彼女もエドもいまだに悲しみを引きずっていた。

「おまえの母親はパーティが大好きだった」エドは寂しげな微笑を浮かべた。「といっても、めったにパーティには出なかったが。彼女も俺と同じで、どこにも居場所がないはみ出し者だった。俺たちにはお互いしかいなかった」

ペグは父親を抱きしめた。「パパにはまだ私がいるじゃないの」

「ああ。そして、おまえには俺がいる」抱擁を返してから、エドは娘から身を引いた。「今夜がおまえの人生で最良の夜になるといいな」

ペグの笑顔が期待に輝いた。「そうなる可能性はあると思うわ」

ドレスは銀色に黒のアクセントを配したものだった。スカートはくるぶし丈で、柔らかな生地が女性的な曲線を描きながら広がっていた。弓形にカットされた胸元には片方の肩から斜めにドレープがかけられ、ペグのクリーム色の肌をいっそう際立たせている。

ネックレスとイヤリングは真珠でそろえた。淡いブロンドの髪は幾筋かカールを垂らした形で結い上げ、イミテーションの真珠の櫛で留めた。化粧は最小限にとどめた。顔にパウダーをはたき、口紅を塗っただけで、アイラインやマスカラは使わなかった。靴は親切なブティックのオーナーからドレスに合うパンプスを借りていた。手持ちの靴は古いローファーが一足あるだけで、あとはスニーカーばかりだったからだ。おしゃれにうつつを抜かすだけの財力はなかったのだ。

支度が調うと、ペグは鏡をのぞき込んだ。そこに映る自分を見て、にっこりと笑った。どんなに着飾っても、私は美人にはなれない。でも、歯並びはいいし、唇と目もなかなかよ。これならパーティ会場でどんな美女と顔を合わせても、見劣りせずにすみそうだわ。といっても、美女の大半は既婚者だから、ライバルを心配する必要はないと思うけど。

ペグはいいコートを持っていた。去年の冬、父親から買ってもらったものだ。だが、廊下のクローゼットをのぞき込んだとたん、彼女は表情を曇らせた。ショッキングピンクのコートは、オートクチュールのドレスには合わないわね。でも、今夜は寒いし、強い風も吹いている。何か羽織らないわけにはいかないわ。

彼女はあせって自分のクローゼットを引っかき回した。見つかったのはスウェット素材のジャケットと、くたびれた革のショートジャケットだけだ。しゃれたドレスに合いそうなものはそこにはなかった。

途方に暮れていると、玄関のドアにノックの音が響いた。父親がボッシーと子牛の様子を見に納屋へ行ったことを思い出し、彼女は玄関へ向かった。

ドアを開けたペグは驚きに目をみはった。そこに立っていたのはペンドルトン牧場の古参のカウボーイだ。彼は肩からガーメントバッグを提げていた。

「ミス・ペグ、あんたにお届け物だよ」にんまり笑うと、カウボーイはガーメントバッグを差し出した。「ミセス・ペンドルトンからだ。あんたにはドレスに合うコートがいるから、自分のを貸してやるってさ。丈がちょっと長いかもしれんが、これで問題ないだろうと言ってた」

ペグは涙が出そうになった。「まあ、ご親切に！」

老カウボーイが微笑した。「今夜はえらくきれいだな」

「ありがとう」ペグは頬を赤らめ、受け取ったガーメントバッグを開けた。中にはミンクの襟がついた黒いコートが入っていた。本物のミンクだわ。彼女は襟をなで、喜びに喉を詰まらせた。「ミセス・ペンドルトンに伝えて。大切に使わせてもらいます。本当に感謝してますって！」

「彼女は遠慮するなと言ってたよ。楽しい夜を過ごしてくれ」

「ありがとう」ペグは満面に笑みを浮かべた。

カウボーイは笑みを返し、運転してきた牧場のピックアップトラックに戻っていった。

ペグは自分の部屋に引き返した。滑らかな裏地のついたコートに袖を通し、鏡の前に立ってみる。鏡にはきれいな女性が映っていた。これがあの地味なペグ・ラーソンなの？ 彼女はかぶりを振った。

「ほんと、シンデレラみたい。いいえ、シンデレラそのものよ！」

あとは真夜中に馬車がカボチャに戻り、すてきなドレスがぼろ切れにならないことを祈るのみだわ。

3

グレーンジが着替えのために帰宅したのは、出発予定時刻の三十分前だった。ペグは自分の部屋から出なかった。ぎりぎりまでグレーンジと顔を合わせたくなかったからだ。階下からシャワーの音が聞こえてくると、彼女は小型テレビの前に座った。ニュースを観(み)ながらグレーンジを待つつもりだった。だが、ニュースがあまりに暗い内容だったため、すぐにヒストリー・チャンネルに切り替えた。番組のテーマは武器の発展で、原始時代の猟師たちが用いる槍(やり)が弓に変わっていった経緯を追い、オジロジカの俊敏さに対応したものだろうという人類学者の見解が紹介されていた。

時間を忘れてテレビに見入っていたペグは、ノックの音ではっと我に返った。彼女は時計に目をやり、顔をしかめた。テレビを消してから、小走りでドアに向かう。

ペグは息せききってドアを開けた。真っ赤な顔が愛らしい。ダークスーツに蝶(ちょう)ネクタイを締めたグレーンジは言葉を失い、まじまじと彼女を見つめた。

「私、変じゃない?」ペグは期待を込めて尋ねた。

「文句なしだ、ハニー」グレーンジは低く穏やかな口調で答えた。〝ハニー〟という思いがけない呼びかけに、彼女の胸は喜びではち切れそうになった。

「準備はできた?」

「ええ!」ペグはコートをつかんだ。

グレーンジはペグの背後に回り、コートを着せかけた。コートの滑らかな裏地が彼女の腕を滑っていく。

「これ、さっきミセス・ペンドルトンから届いたのよ。私がドレスに合うコートを持っていないだろうと思って、気遣ってくれたのね」

グレーンジは彼女の両肩に手を置いた。「親切な女性だ」

「ええ、本当にすてきな人」

「君もすてきだよ」グレーンジは両手の親指でコートの背中をなでた。頭を下げて、彼女の首の付け根にそっと唇を押し当てる。

ペグは驚きに息をのみ、全身を震わせた。

「君はキャンディみたいな味がする」柔らかく温かな肌を味わいながら、グレーンジはささやいた。

ペグは頭をのけ反らせ、荒い息を繰り返しながらまぶたを閉じた。大きな手が彼女の腰をとらえた。

グレーンジは彼女を振り向かせ、喉にキスをした。そこから下へと唇を移動させ、真珠のネックレスを通り過ぎ、胸を覆う生地の先端までたどり着いた。

官能的な唇の動きにショックを受け、ペグは思わず小さなうめき声をもらした。

「この生地を引き下げれば」グレーンジはつぶやいた。頭がくらくらしていた。「君の胸を味わえる。そこに隠れている甘い蕾(つぼみ)に出合える」

ペグは身震いし、体を弓なりに反らした。期待に胸をときめかせながら、自ら柔らかな生地をずらしはじめる。グレーンジの開いた唇が、胸の膨らみに押しつけられる。彼女はうめき、震える体を反らして懇願した。一秒ごとに高まっていくこの耐えがたい欲望から、自分を救ってほしかったのだ。

「ちくしょう」グレーンジはうなった。

彼はペグの背中に手を這(は)わせ、探り当てたファスナーを下ろした。生地を引きはがし、形のいい胸からつんとそびえる薔薇(ばら)色の蕾を眺めると、その片方を口に含んだ。

ペグはこらえきれずに悲鳴をあげた。その声がグレーンジの欲望をさらに駆り立てた。彼は甘い肌を味わい、胸の頂に舌を這わせた。ペグの体にかつて経験したことのない衝撃が走った。

ペグは彼の着ているスーツのジャケットに爪を立てた。頭がぐるぐる回っている。全身が燃えるように熱い。初めて知る欲望に体がうずいていた。

熱い静寂の中、どこからかトラックのエンジン音が聞こえてきた。続いて、ドアの閉まる音がした。

「あれは……パパだわ！」ペグはかすれ声で叫んだ。

その声はグレーンジには届いていなかった。彼は顔を上げ、硬く尖った胸の頂に見入った。胸の膨らみを手にとらえると、柔らかな肌を再び味わおうとした。「パパ？」

「パパよ」ペグはなんとか声を絞り出した。

グレーンジは柔らかな胸の膨らみを手で包み込んだ。「くそ」

ペグは彼の真似をし、震える声で笑った。

グレーンジは顔を上げると、深呼吸で興奮を静めた。ドレスの生地を握ったまま、かすかに赤くなった胸の膨らみを見て微笑する。それは彼の情熱が残した痕跡だった。「きれいだ」

ペグは頬を赤らめた。なんだか体がこわばっているみたい。彼もそうなのかしら？

グレーンジは哀れっぽい表情でペグの背中に両手を回した。しぶしぶファスナーを引き上げ、自分が彼女に残した痕跡を隠す。幸い、ドレスの表面にはなんの痕跡も残っていなかった。

ペグは畏怖のまなざしで彼を見つめていた。

グレーンジはかすかに震える人差し指を彼女の唇に当てた。「行こうか」

ペグは無言でうなずいた。

先に部屋を出たのはグレーンジだった。ペグは化粧台に歩み寄ると、これもデザイナーから借りた小さなイブニングバッグを持って、彼のあとに続いた。

二人が玄関へ続く廊下まで来たところで、エドが入ってきた。

エドは二人の顔を交互に見比べて思った。立派な紳士淑女だ。妙に顔が赤い気もするが。「お似合いだぞ」エドは笑顔で冷やかした。「名士のカップルみたいだ」

「ありがとう、パパ」ペグが笑みを返した。

グレーンジはくすりと笑った。「えせ名士がせいぜいだろう。僕たち労働者が本物の名士と間違えられるわけがない」

「俺は労働者のほうが好きだね」エドは答えた。

「二人とも、今夜は楽しんでおいで」

「そうするわ」ペグは答えた。「じゃあね、パパ」

「夜中までには戻るよ」グレーンジはエドにほほ笑みかけた。「明日はやることが山ほどあるから」

エドは重々しくうなずいた。「だからこそ今夜くらいは楽しんでこい」

「ああ」グレーンジはペグの腕を取った。「行こうか。あまり遅刻したくはないからな」

玄関を通り抜けながら、ペグは父親に向かってウインクした。

ジェイコブズビルの市民会館へと車を走らせながら、グレーンジは考えつづけた。さっきの僕は完全に我を失っていた。あのタイミングでエドが帰ってこなかったら、どうなっていたことか。僕はずっと女っ気のない人生を送ってきた。ペグが僕を慕っているのは明らかで、僕は彼女に抵抗できなかった。おまけに、彼女の寝室のドアは開きっぱなしで、奥からベッドが手招きしていた。つまり、僕たちはエドに救われたようなもんだ。

ペグはそわそわと落ち着かなかった。グレーンジの沈黙が気になっていた。私は彼に抵抗できない。どうしても彼が欲しい。でも、彼は気軽に女性と遊ぶ人じゃないし、結婚する気もないのよ。だったら、私たちはどうなるの？　あと数日でグレーンジは遠くに行ってしまう。もう二度と会えないかもしれない。ようやく彼に近づくことができたばかりなのに。この胸には今もうずきが残っているのに。

ペグはそれとなくグレーンジの様子をうかがった。彼は怒っているの？　私のはしたない反応に腹を立てているの？　私は抵抗するべきだったのかしら？　でも、なぜ？　彼は経験を積んだ大人よ。私の気持ちに気づいていないわけがないわ。でも、彼はいつも君は若いと言うばかり。あれは彼にとって若すぎるという意味なの？　私の年齢が二人の障害になっているの？

「自分を拷問するのはよせ」グレーンジが彼女に視線を投げた。

びくりと体を震わせてから、ペグは笑った。「どうしてわかったの？」

「イブニングバッグが変な形になっている。ずっとひねっていたんだろう」

「大変！」ペグは顔をしかめ、バッグの皺(しわ)をなでつけた。「これ、借り物なのに」

「借り物？」

「ええ。ドレスと靴もね。シンデレラのお出かけセットなの」彼女はグレーンジのほうへ身を乗り出した。「真夜中にはぼろ切れになっちゃうのよ」

「たとえぼろを着ていても、君はきれいだよ」

ペグは頬を染めた。「ほんと？」

「本当だ」グレーンジは温かなまなざしで彼女を見やり、視線を無理に道路へ戻した。

ペグは不安げに彼を見つめた。好奇心に負けて、唐突に問いかけた。「映画に出てくる傭兵(ようへい)って、自動小銃とかロケット弾とかを持っているでしょう。あなたたちもそうなの？」

グレーンジは彼女に視線を投げて笑った。「ああ。

ただし、僕の専売特許は情報収集および地元グループとの連係だ」

「じゃあ、銃を撃つ必要はないのね？」ペグは念を押した。

無駄に彼女を心配させてなんになる？　そう考えて、グレーンジは微笑した。「もちろん」

ペグの肩から力が抜けた。

彼女には話さなかったが、グレーンジは仕事以外の時間はエブ・スコットの施設で過ごし、部下たちとともに最新型の兵器や遠距離から使える道具の訓練を続けていた。今回の作戦は首尾よく運んだとしても無傷ではすまないだろう。生還できない者たちも大勢出るかもしれない。彼らには罪のない人々を苦しめる独裁者を倒すという大義がある。だが、かなりの現金が見返りとして支払われるのも事実だ。グレーンジには目標があった。ジェイソン・ペンドルトンから贈られた感謝の気持ちではなく、自分で稼いだ金で身を立てるという目標が。グレーンジは自らの手で自分の帝国を築きたかった。危険を伴う目標だが、危険を避けていては飛躍は望めない。しかも、マチャドは作戦が成功したあかつきにはグレーンジを政府に迎えたいとも言っている。それも無視できない話だ。もっとも、グレーンジ自身は海外への移住など今までに考えたこともなかった。

「怖い顔」ペグの言葉でグレーンジは現実に引き戻された。

彼ははっとしてペグに視線を投げた。ペグのことはどうしたらいいんだろう？　彼女はまだ若く、十九歳にしかならない。そんな彼女を慣れ親しんだ土地から引き離し、危険だらけの新しい環境に放り込むことは……考えただけでも耐えられない。そもそも、今回の作戦は何カ月後に終わるかわからない。下手をすると何年も続く可能性さえある。敵の部隊とその能力については、着々と情報収集を進めている。うちの部隊は精鋭ぞろいだ。だとしても、攻撃にはバレラ国内のグループの協力がいる。やるべきことはまだ山とある。

ややしばらく間を置いて、グレーンジは答えた。「ちょっと考え事をしていたんだ」

ペグは微笑した。「考え事なんかしないで。私たち、これからパーティに出るのよ。明日のことなんて忘れましょう。いいわね?」

「わかったよ」

クリスマスに向けて、ジェイコブズビルの市民会館はヒイラギの枝や金色のベル、きらきらしたテープで飾られていた。巨大なツリーは地元の児童施設や動物保護センターの有志たちが飾りつけたものだった。キャトルマンズ・ボールの目的はこの二つの施設への寄付金集めなのだ。

集まった町民たちもおしゃれに着飾っていた。薬局に勤めるボニーは、地元のデザイナーから手に入れた真っ赤なドレスに身を包み、ロールスロイスで町にやってきた牧畜業者と寄り添っていた。牧畜業者はもう青年とは呼べない年齢に見えたが、背が高く、日に焼けていて、なかなか魅力的な男性だった。

その男性はグレーンジのことを知っているらしく、グレーンジの横で足を止めた。グレーンジと握手をしながら自己紹介した。「マックスウェルだ。あとでちょっと話せないかな」

グレーンジは重々しくうなずいた。「わかった」

「どこで彼と知り合ったの?」ペグはボニーに耳打ちした。

ブロンドの髪を優雅にカールさせたボニーは、満面に笑みを浮かべて言った。「彼が友達の薬を買いにうちの薬局に来たの。信じられる? ちょっとおしゃべりしたら、十六世紀のチューダー王朝の話で盛り上がっちゃったのよ」

「幸運を祈るわ」ペグはささやいた。

ボニーはかぶりを振った。「なんだか夢を見てるみたい」

牧畜業者の男性はボニーの手を握り、ペグたちにほほ笑みかけると、ダンスフロアへ向かった。

薬剤師のナンシーは緑色のドレスを、同僚のホリーは金色のドレスを着ていた。並んで立っていた二人は、かぶりを振りながらボニーとそのエスコート役を目で追った。

「彼にはハンサムなお友達が二人ばかりいないのかしら？」ペグが小声でからかうと、女性たちは声をあげて笑った。

「ほんとにね」エレガントな緑色のドレスを見下ろして、ナンシーはため息をついた。「でも、こんなふうに着飾った私たちなんて、前は想像もできなかったわ」

「殿方も放っておかないわよ」近づいてくる地元の牧場監督に気づいて、ペグは小声でつぶやいた。ハンサムな牧場監督はナンシーの前に進み出て一礼し、ダンスに誘った。

ナンシーはかぶりを振りながらダンスフロアへ向かった。

「なんの話をしていたんだ？」ペグをダンスフロアへ誘導しながら、グレーンジは尋ねた。

「借りたドレスとホリデーシーズンの魔法の話よ」ペグは笑顔で彼を見上げた。なんてハンサムなの。こうして彼とダンスフロアにいることが信じられないわ。誘惑作戦は大失敗だと思っていたのに、今の彼は私を抱いて踊っている。一時も私と離れたくないように見える。

実際、グレーンジは二人の老婦人と踊った以外はずっとペグのそばに貼りついていた。

ほかのカップルたちの視線に気づき、彼は苦笑した。「みんなに噂(うわさ)されそうだな」

ペグは肩をすくめた。「人は噂をするものよ。私は気にしないわ。あなたは？」

グレーンジは首を横に振った。「全然気にならないね。でも、僕はじきに町を離れる身だから」

ペグの表情が曇った。

グレーンジは彼女を引き寄せた。「考えるな。明日のことは忘れるんだろう？」

「ええ」ペグは体をすり寄せ、まぶたを閉じた。しかし、心の中ではすでに別れを意識していた。つらい別れになることを覚悟していた。

二人は最後のダンスまでフロアで粘った。それから、グレーンジはペグをジャスティンとシェルビーのバレンジャー夫妻に託し、ロールスロイスの牧畜業者とともに外へ出ていった。

「何やら一大事が進行中のようだね？」ジャスティンがペグに尋ねた。

「そのようね」ペグははにかんだ笑みを返した。ジャスティンとシェルビー、そしてジャスティンの弟カルフーンは巨大な飼養場を共同所有する大金持ちだ。しかも、シェルビーはジェイコブズビルの創設者ビッグ・ジョン・ジェイコブズの直系の子孫でもある。二人のロマンスは波瀾万丈だったが、今は子供たちも大きくなり、幸福な家庭を築いていた。

ほどなくグレーンジが戻ってきた。満足げな表情だ。「そろそろ帰ろうか。いいパーティだったな。募金もいっぱい集まっていればいいが」

「大丈夫」ジャスティンはにやっと笑い、妻に腕を回して引き寄せた。「過去最高額に達したそうだ」

「それはよかった」

「南米では気をつけろよ」グレーンジと握手をしながら、ジャスティンは言った。「大義は気高いものだ。でも、高くつく」

「ああ、わかっている。ありがとう」

「私たち、あなたのためにお祈りするわ」シェルビーが言葉を添えた。「お元気でね」

グレーンジは笑顔でうなずき、ペグとともに会場をあとにした。外に出ると、ちょうどボニーがロールスロイスで去っていくところだった。

「これは放っておけないわ！」ペグが叫んだ。「ニュースを聞きもらさないように、薬局に行く用事を作らなきゃ」

グレーンジは笑った。「女は噂話が大好きだからな」

「あら、男だって噂話をするわよ」

ペグの指摘に、彼は顔をしかめてみせた。

ペグはこのまま帰りたくなかった。彼がどこか――人気のない裏道あたりで車を停めることを期待していた。しかし、グレーンジが車を停めたのはペグの自宅の玄関前だった。家の中には彼女の父親がいた。明かりが煌々とともっている。

ポーチに上がると、グレーンジは真剣な表情で言った。「僕たちはすでに一線を越えた。これ以上話をややこしくする必要はないと思う。僕はこれから向かう場所に、これからやるべきことに気持ちを集中しなければならない。集中力の欠如は命取りになりかねない」

未来が現実となってペグの心を締めつけた。ずっと考えないようにしてきたが、もう事実から目を背けることはできない。グレーンジは戦争に行くのだ。正式に認められた戦争ではないとしても。彼は二度と帰ってこないかもしれない。ペグはパニックに駆られた表情になった。

グレーンジは彼女の唇に人差し指を当てた。「僕は除隊前は少佐まで務めた男だぞ。自分のやるべきことがわかっていない男は少佐にはなれない。わかるね？」

ペグは唾をのみ込んだ。「ええ」

グレーンジは優しくほほ笑んだ。「楽しいクリスマスを」

「あなたも」ペグは眉をひそめた。「私、まだあなたへのプレゼントを用意していないの。何か送ってもいい？　厚手の靴下なんてどう？」彼女は軽口で場の雰囲気を和らげようとした。

「熱帯雨林に厚手の靴下はどうだろう？」

ペグはため息をついた。「虫除(むしょ)けや蛇の餌は？」

「そっちのほうがいい。向こうの進捗状況については君の父親に知らせるようにするよ。でも、時間はかかるかな。携帯電話は持っていくが、あれを使うと敵に気づかれて、空爆を受ける危険性がある。相手は一国の軍隊だ。敵の兵士の大半はマチャドが訓練した者たちだが、隊を離脱して我々に味方する人間はそうはいないだろう。人は急な変化を嫌うものだからな」

「私もそうよ」ペグは同意した。「あなたにずっとここにいてほしいわ」

「家にいるだけじゃ歴史は動かない。僕の性分にも合わない」

ペグはため息をついた。「わかってる。でも、くれぐれも気をつけて」

「そのつもりだ」

リビングにはペグの父親がいる。それを承知のうえで、グレーンジは顔を近づけた。息も止まるほどの優しさで彼女にキスし、淡い緑色の瞳をじっとのぞき込んだ。「君は僕の人生で最も特別な人間だ。僕は必ず帰ってくる。僕はずっと一人きりだった。これ以上一人きりではいたくない」

彼のまなざしにペグは息をのんだ。「私……私も同じ気持ちよ」

グレーンジは彼女のまぶたにキスし、舌の先でそっと愛撫(あいぶ)した。「僕のかわいいペグ。きっと帰ってくるよ。あっと言う間に」

ペグはうなずき、無理に笑顔を作った。「その約束、絶対に守ってね」

グレーンジは微笑した。「おやすみ、シンデレラ」彼は再び顔を近づけた。最後にもう一度強くキスをしてから、二人並んで家の中に入った。

ペグは痛いほどの思慕とともに彼の姿を目で追った。〝君は僕の人生で最も特別な人間だ〟〝これ以上一人きりではいたくない〟あれは重い言葉だったわ。まるで誓いみたいに聞こえたもの。私は期待していいのよね？　希望を抱いていいのよね？

翌朝、グレーンジはエミリオ・マチャドのキャンプへ赴き、装備を調えたのち、部下たちと話をした。ペグのことは考えなかった。彼女の唇の柔らかな感触を思い出しても、気が散るだけだ。今の彼に余計なことを考える余裕はなかった。

マチャドはむっつりと言った。「今の我々には人員も設備もある。君とミスター・ペンドルトンのおかげで資金も増えた。だが、航空部隊はないし、輸送部隊も……」

「それでも革命は起こせます。重要なのは熱意と情報です」グレーンジは指摘した。「情報活動なら任せてください。抵抗運動を組織するのはお手の物です。イラクでも地元の部族を組織しました。バレラでもできるはずです」

マチャドは微笑した。「君のおかげで自信が持てたよ。これは正義のためだとわかってはいるが、私は一度失敗しているからね。私が浅ましい裏切り者に国を託して留守にしたせいで、多くの命が失われてしまった。マディはどうなっただろう？」重い口調で彼は付け加えた。「彼女はアメリカの考古学者で、私の友人だった。首都近くのジャングルで重要な発掘調査をしていたんだが、その後の消息がわからない。敵に捕まったのであれば、もうこの世にはいないだろう。本当に悔やんでも悔やみきれない。大学にも外国人教授が二人いたが、彼らも消息不明だ。たぶん彼らも死んでいる。私のせいだ。私が迂闊だったばかりに、多くの人々を犠牲にしてしまった」

「過去や未来については考えないことです」グレーンジは助言した。「今するべきことだけを考えてください」

マチャドはため息をついた。「君の言うとおりだ。そうそう。アメリカの高級雑誌の記者から連絡があったぞ。我々に同行したいそうだ」彼は雑誌をグレーンジに手渡した。「名前はクラリス・キャリントン……」

「キャリントン！」グレーンジはいきり立った。

「どうやって我々の作戦をかぎつけたんだろう？まったく、迷惑な話だ！」

「何者だ？」

「名家のご令嬢ですよ。僕が中東にいた時に取材で来ていたんですが」グレーンジはぶつぶつと説明した。「四カ月ほど前、陸軍時代の友人たちと出たワシントンの社交的な集まりでまた彼女と顔を合わせることになったんです。自分の足下にひれ伏そうとしない僕の態度にプライドが傷ついたんですかね。彼女は僕を追い回しはじめました。僕が冷淡にあしらうと、ますますむきになって、僕の宿泊先にまで現れるようになったんです」

「なるほど」

「自分になびかない男はいないと思っているんですよ」グレーンジは冷たく言い放った。「勘違いもいいところだ」

「それで君の情報をかぎ回っていたわけか。で、今度の件を聞きつけた。もちろん、私は同行を断るつもりだが」

「ありがとうございます」

雑誌の表紙を眺めていたグレーンジは、ある見出しに気づいて眉をひそめた。そのページを開き、渋い表情になる。「くそっ!」

「今度はなんだ?」

「前に僕が話した将校のことを覚えていますか? 僕の戦術を自分が考えたものだと言い張った男です。僕はそのせいで軍法会議にかけられ、彼に不利な証言をすることになったんです」

「ああ」

「彼が自殺したそうです」

「自殺!」

「あの件はマスコミでも派手に報じられました。僕は事を大きくしたくなかった。彼にも家族がいますからね。でも、彼は別のスキャンダルにも関わっていたんです。脅迫と設備資金の横領がからんだスキャンダルに」記事に目を通し、グレーンジはため息をついた。「この記事によると、彼の息子は僕を責めているようです。父親が死んだのは軍法会議で不利な証言をした将校のせいだと。この息子のことは僕も知っています。以前から精神的な問題を抱えていた青年で、彼の父親はそのせいだと言っていました。でも、僕にはドラッグが一番の問題のように思えました。彼には裕福な母親がいたんです。その母親は亡くなったんですが、全財産を彼に遺し、夫には一セントも遺さなかった」グレーンジは雑誌を置いた。「つまり、彼には腐るほど金があって、僕が父親を死に追いやったと思っているわけです。そして、例のセレブ記者は戦争報道を口実に僕を誘惑しようともくろんでいる」グレーンジはマチャドに目を転じた。「僕はあなたの足手まといになるかもしれませんね」

マチャドは微笑を返した。「友よ、人は皆それぞれの重荷を背負っている。君はこれくらいでへこたれる男じゃないだろう。さあ、君の部下たちと話をしよう。出発の段取りの最終確認をするんだ」

部隊の移動についてはすでに手配されていた。グレーンジの率いる傭兵チームはマチャドの友人が所有する古いDC - 三で南米の沿岸部にある小さな都市へ飛び、そこからブラジルのアマゾナス州の州都マナウスの北に位置するバレラを目指した。バレラ国内でも、マチャドの友人らによってレジスタンス部隊が組織されつつあった。部隊といっても戦闘能力はないに等しいが、強い意志と有効な手段さえあれば、小さな集団が国家を転覆させることは可能だし、実際にそうなった例も少なくない。マチャド自身もかつての右腕サパラの不意打ちで国を追われた。ならば、今度はサパラを不意打ちにすればいい。綿密な計画と優れた戦術さえあれば、できないことではないはずだ。

バレラ国内にある秘密の飛行場へ向かうDC - 三の機内で、グレーンジはマチャドに戦闘プランの概要を説明した。

「あなたの政府を奪還するには、奇襲が最も有効な手段だと思われます」彼は地図上の小さな首都メディナを指し示した。「軍の心臓部はここ、メディナの地下本部にあります。こちらにはバンカー・バスター爆弾の用意もありますが、わずか二発のみなので、全面攻撃を仕掛けるとなれば、軍事通信と戦術ネットワークをたたくと同時に、全マスメディアと飛行場を制圧しなければなりません。それに、コラリ、サリナ、ドブリにある軍司令部も」耐水性の地図につけられた三つの赤い点を指さし、彼はくすりと笑った。「軍司令部といっても、どれもジェイコブズビルより小さな町です。四五口径のコルトACPがあれば、一人で制圧できるでしょう」

マチャドはため息をついた。「奇襲は難しいだろう。サパラは愚かではない。スパイを何人も使っている」

「わかっています」グレーンジは表情を改め、背筋を伸ばした。「最も困難なのは各人を攻撃の際の役割に馴染ませることですよ。手はすでに打ってあります。メディナにはあなたのかつての軍司令官ドミンゴ・ロペスがいますね。彼と接触するために部下二人を農民に変装させ、メディナに送り込みました。二人ともメキシコ系移民なので、正体を見破られる心配はないでしょう。海軍の特殊部隊にいた爆破のプロで、うちのチームでも屈指の精鋭たちです」

「それは頼もしいな」マチャドは言った。

「ベースキャンプの設営については、僕のかつての部下で道具や武器の調達を得意とする男と、優秀な南アフリカ出身の傭兵に任せました。ヘイズ・カーソンという追跡のプロもいます。彼はネイティブ・アメリカンで素行がいいとは言えませんが、バレラのどの方言も話せます。電子機器に精通したアイルランド人も同行させました。コンピュータのことならなんでもお任せという男で、ウイルスコードの達人です」

マチャドの眉が上がった。「ウイルスコード?」

グレーンジはにやりと笑った。「エブ・スコットのところに来る前、ショーン・オベイリーはイギリス陸軍に所属していたんです。イラクでは旧式のソフトウェアを搭載した古いパソコンを使って、敵の軍事情報ネットワーク全体をダウンさせました」かぶりを振りながら、彼は付け加えた。「その功績で彼は勲章を授与されています」

「君はいい部下に恵まれているな」マチャドはつぶやいた。「今度の作戦で彼らが傷ついたり命を落としたりしないことを祈るばかりだ」

「僕もそう祈っています。でも、犠牲が伴わない戦いなどありません。我々は皆、全力を尽くす覚悟ですが、短期間で決着がつかない可能性もある。だからこそ、最初に向こうの情報通信網と地対空ミサイル、マスメディアを押さえる必要があるんです」

「地対空ミサイルか」マチャドはため息をついた。「あれは私がロシアから手に入れた最新式のものだ。当時は敵対する近隣諸国からの防衛手段になると考えたんだが、私の読みが甘かった。まさか自国民を脅かす存在になるとはな」沈鬱な表情で彼は続けた。「サパラはためらうことなくメディナを破壊するだろう。住民もろともに。権力の座を維持するためなら、誰彼かまわず殺害するだろう」

グレーンジは将軍の肩に手を置いた。「我々は自分たちがやるべきことをやるだけです。すでに大勢の罪のない人々が犠牲になっています。我々が行動しなければ、犠牲者は増えるばかりですよ」

「わかっている」マチャドは悲しげに微笑した。「わかりすぎるほどわかっているよ」

二階のデッキから兵士の一人が下りてきた。「機長があと一時間ほどで着陸だと言っています。到着地はこの機がぎりぎり着陸できる程度の小さな飛行場です。数キロ先の川沿いにある寒村を除けば、周囲には何もありません。どうやらサパラは石油会社の予備調査チームを受け入れるためにその飛行場を造った模様です」

「ああ」マチャドはむっつりと答えた。「そして、サパラは調査の邪魔になる先住民たちを殺しはじめた。今なお残っている者たちもいるが、多くの先住民は土地を追われた。なんとかしなければならない問題だが……ともあれ、あそこは着陸には最適の場所だ」彼の黒い瞳がきらめいた。「私が初めてバレラに侵入した日も、あの飛行場に着陸した。近隣の住民たちも我々に味方してくれるはずだ」

グレーンジは肩をすくめた。「では、今回は二度目の勝利になるわけですね」

「そうなることを心から願っているよ」

部隊は夜陰に紛れて着陸を果たした。飛行機は一部の隊員たちとともにマナウスへ向かい、当面はそこで待機することになっていた。グレーンジは長くジャングルでの戦いを経験していなかった。彼が最後に戦った場所は中東の砂漠地帯だった。だが彼のチームには、周囲の環境に溶け込むようにコンピュータでデザインされた最新の迷彩服が用意されていた。

一行はテントを張ってベースキャンプを設営し、調理のために小さな火をおこした。彼らの存在は敵に知られていないので、この時点ではまだ発見を恐れる必要はなかった。コーヒーができあがると、隊員たちから歓声が起こった。パック詰めした食料も配られた。ジャングルは初めてという兵士も多かったが、じきに慣れるものと思われた。

食事とコーヒーを平らげると、グレーンジは立ち上がった。「僕はこれから先遣隊と連絡を取り、彼らが集めた情報の内容を確かめてくる」

彼は敵に傍受されにくい周波数と盗聴防止装置を使い、ブラッド・ドゥナガンと連絡を取った。かつて彼の下で中隊長を務めていたドゥナガンはマナウス経由でメディナ近郊まで入り込んでいた。そこに第二のキャンプを設営し、今は侵入部隊の小隊編制に励んでいる。

「首尾はどうだ?」グレーンジは静かに問いかけた。

「戦車二両とスカッドミサイルの発射装置が二基、ロケット発射装置が数基、トラック一台分の武器弾薬。あとは現政権に憎しみを抱き、街の配置を熟知している先住民が約五十人といったところか」

「上々の成果だな」

「そうだといいが……」

「こっちの成果も伝えてくださいよ」たき火のそばにいたオベイリーが笑いを含んだ声で呼びかけた。

「オベイリーがゲーム用のコンピュータを入手して、スタックスネット型のウイルスを作った。こいつをバレラ軍にプレゼントするそうだ」

「さすがはオベイリーだ！」ドゥナガンが叫んだ。「彼に伝えてくれ。褒美にトラックを買ってやるって」

「トラック？」オベイリーは文句を言った。「ジャガーにしてください！」

「ジャガーは無理だな」グレーンジはくすくす笑った。「そんな金があったら、まず自分のを一台買う。君のはそのあとだ」

「わかりましたよ。じゃあ、いい音響システムがついたトラックで手を打ちましょう」

「わかった」グレーンジは無線機に向き直った。「ブラッド、オベイリーのプレゼントの準備ができたら信号を送るから、全員を配置してくれ。始める前に部隊を集結させ、それぞれの持ち場につかせるんだ。合図があるまでは誰一人動かないこと。わかったな？」

「了解」ドゥナガンは即答した。

「今回の作戦には一分の狂いもない精確さが求められる。わずかなミスも許されない」

「わかってる。準備しておくよ」

「また連絡する」

　無線機のスイッチを切ると、グレーンジは背中を起こし、眉をひそめた。作戦はすんなりとはいかないだろう。不確定要素が多すぎる。友好国の政府にかけ合えば、支援部隊を融通してくれたかもしれない。でも、それは問題外だ。今の世界経済と中東情勢を考えれば、バレラの近隣諸国を刺激するわけにはいかない。今度の作戦が成功すれば、協力してくれる国も出てくるだろう。でも、決め手になるのは僕の戦術と寄せ集め部隊の力量だ。なんとか成功できればいいんだが。

4

こういう複雑な軍事行動の問題点は、組織の連係と情報収集だ。グレーンジは鬱々と考えた。地形、天候、野生動物や外部の人間からの脅威、バレラ政府内の状況。とにかく不確定要素が多すぎる。一方、レジスタンス側の武力と航空支援能力は限られている。重要なのは完璧なタイミングだ。もし市民から犠牲者が出れば、今はマチャドに味方している者たちも敵に回るかもしれない。

幸い、マチャドには政権内に連絡の取れる味方がいた。マチャドのかつての補佐官、ドミンゴ・ロペス将軍が密かにメッセージを送ってきたのだ。以前のロペスはバレラ屈指の戦術家として軍の参謀長を務めていたが、今は独裁者アルトゥーロ・サパラの物資調達係という立場に甘んじている。屈辱の降格を受け入れたのは、マチャドを支援しているからだ。いつかマチャドが戻ってくることが彼にはわかっていた。その時はマチャドに協力し、軍を動かして小男の独裁者に立ち向かう覚悟だった。

「あいにく、我々には無視できないタイムテーブルがある」ベースキャンプで開かれた会議の席で、マチャドはグレーンジに言った。「天候だ。あと数日で月が変わり、雨季に入る。早期に作戦を終了させられなければ、我が隊は悲惨な状況に陥るだろう。モンスーンの季節に熱帯雨林を移動することは不可能だ」

「わかっています」グレーンジはため息をついた。「でも、僕はジャングルで戦闘訓練を受けていますし、隊にはその道のプロも複数います。南アフリカや中南米で地域戦を経験した強者たちがね。頭が痛いのはジャングルを知らない連中ですよ」彼は両手を掲げた。「なにしろ、なた（マチェーテ）を持ってきた者が二名もいて……」

マチャドは豪快に笑った。「マチェーテでジャングルを切り開いて進む。アメリカの映画ではお約束だな」

「ええ。でも、ジャングルのプロでもミスは犯します。こちらでは感染症も猛威を振るっていますし、近くに医療設備を確保したいところですね。ちなみにマチェーテを持参した二名ですが、僕が下生えを切り開く時は剪定（せんてい）ばさみを使うんだと説明しても、信じてくれませんでした。蛇についても説明してやったんですが」グレーンジはかぶりを振った。「少し前にロークのチームが合流しました。その中にショーン・オベイリーがいるんですが、彼はイラクに行くまで蛇を見たことなかったんです。アイルランド出身ですからね。で、ここに来て、スルククと顔を合わせ……」彼はブッシュマスターの現地名を使った。「下着を交換する羽目になった。まあ、襲われなかっただけましですよ。繁殖期のスルククは村まで人間を追ってきて、挑発されなくても襲ってくるといいますから。オベイリーにはここでコンピュータの番をさせることにします。そのほうが彼も安全だし、我々も安全だ」

「ジャングルの中でも、悲鳴は遠くまで聞こえるからな。私が頼んだ武器は用意できたか？」

「ＲＰＧ‐七ロケット発射装置とＡＫ‐四七自動小銃、ウージーの短機関銃ですね」うなずいてから、グレーンジはかぶりを振った。「現代兵器はどんどん進化しているのに、我々が使っている兵器ときたら。やれやれですよ」

「古い武器は長持ちする。扱いやすいし、壊れにくい」マチャドはにやりと笑った。「私が初めてバレラを征服した時も、そういう武器を使った。あとはわずかな軽砲と戦車が二両あるのみだった」

「でも、それはF‐二二や攻撃型ヘリコプター（アパッチ）による空からの攻撃が可能になる前の話でしょう」

「今回は我々もそういうものが使えるわけか。不意打ちには効果的だろうな」

「ええ。我々がこうして秘密裏にバレラ国内に入れたのも、優秀なパイロットのおかげです。ヘリコプターを使わずにすんで幸いでしたね。あれは面倒極まりない」

「そこが私にはよく理解できなかったんだが、つまり、あのヘリコプターの操縦士たちは、兵士一人一人を調べてからでなければ隊の搭乗を許さないということか？」

「そうです」グレーンジはむっつりと答え、その理由を説明した。

マチャドはため息をついた。「なるほど。それは驚きだ」

「エブ・スコットにヘリコプターを使うように言われた時は僕も驚きました」グレーンジは苦笑した。「でも、ヘリコプターは最終手段です。僕は今でも、最低限の武力で内側から政権を倒せると考えています」

「ロペス将軍——いや、サパラによって降格されたから今は大佐か——は軍の動向に関する最高機密にアクセスできる。彼ならほかの軍幹部に適切な提案をし、我々が侵入した際も敵方に知られずにすむよう助けてくれるはずだ」

「彼が最初の粛正を生き延びられて幸いでした」

「生き延びられなかった者も大勢いる」マチャドの表情が険しくなった。「機会さえあれば、私は彼らの恨みを晴らしたいと思っている。今のところ、我々の最大の強みはサパラ自身だ。サパラは近隣諸国からの贈り物であるコカの葉の中毒になっている。中毒が悪化するにつれて現実から乖離（かいり）し、自分が国民からどれほど憎まれているか理解できなくなりつつある」

「中毒は愚かな行為です」グレーンジは言いきった。

「僕はタバコも酒もやりません」

「気づいていたよ」マチャドが応じた。

グレーンジは肩をすくめた。「元々は経済的な理由からでした。僕には酒やタバコを買う金がなかったんです。でも、それがいつしか習慣になり、今ではこだわりになっています」

「アルコールは危険だ。特に今回のような作戦では」

「だから、隊員たちにも禁酒を命じました。タバコも禁止しようとしたんですが、暴動が起こりかねない雰囲気になりました」グレーンジは説明した。

「それで、喫煙の時間と場所を限定するだけにとどめました。タバコの匂いはこちらの存在を敵に知らせる危険なものです。人の話し声や銃声のように」

「危険は大きいが」マチャドはグレーンジの肩に手を置いた。「もし成功すれば、見返りもまた大きいぞ。それは私が保証する」

「必ず成功しますよ」グレーンジはにやっと笑った。

「ここで弱気は禁物です」

「そのとおりだ。必ず成功するためにはな」

コーヒーを飲みながら、オベイリーは落ち着かなげに周囲を見回した。「まったく、今じゃ夢にまで蛇が出てくる始末ですよ」グレーンジをにらみつけ、ぶつぶつぼやく。

「ここに蛇がいることは、南米での任務を受けた時点でロークから説明されただろう」グレーンジはたしなめた。

「蛇といっても、ヨークに住んでいる姉のところの庭にいるような小さなものだと思ったんですよ。あんなウミヘビじゃなく！」

「ブッシュマスターだ」ロークがくすくす笑った。一つしかない茶色の瞳をきらめかせながら、彼はアイルランド人の隣に腰を下ろした。ポニーテールに結んだ長いブロンドの髪に手を這わせ、虫がついていないことを確かめる。「どうせたいしたサイズじゃなかったんだろう」

「僕もあれを見ましたが」別の新兵が口を挟んだ。「かなりでかかったですよ！」

「襲ってくる時は特にでかく見えるんだよ！」オベイリーがロークに言い返した。

そして、ロークはにやりと笑い、布と掃除道具を広げた。自分の四五口径コルトACPを磨きながら話を続けた。「以前、二十世紀初頭に南米で行方不明になった探検家に関する本を読んだことがある。探検家はイギリス人の大佐で、名前はパーシー・フォーセットといった。フォーセットは男たちを引き連れて、白人が足を踏み入れたことのない土地に入り、その冒険談を書き記した。その彼が聞いた話だが、ある男が川で洗濯をしていて、誰かに肩をたたかれたそうだ。最初は右肩、次に左肩。男は気のせいだろうと思いながら振り返った。すると、そこにスルククの目があった。スルククは攻撃的で命取りだと言われている。男は悲鳴をあげて逃げ出した。ところが、スルククは男のあとを追ってこなかった。どうやらそのスルククにはユーモアのセンスがあったらしい」

グレーンジは笑った。「僕が聞いた話はちょっと違うな。一匹のスルククがキャンプを襲った。キャンプにいた人間の半分が食い殺されたって話だ」

「蛇なんか大嫌いだ！」オベイリーが怒声をあげた。

「だったら、職業を間違えたな」ロークは助言した。「ダブリンに戻って、また中古車のセールスでもやれよ」

オベイリーは顔をしかめた。「中古車を売っても、たいした金にはなりませんよ。でも、この任務を全うできたら、僕は故郷の伝説になれるし、大金も手に入る。もし勝てば、マチャド将軍が約束してくれている成功報酬ももらえますしね」

「もし？」ロークは眉をつり上げ、片目を覆う黒いアイパッチをわずかにずらした。「言葉に気をつけろ！」

「すみません」オベイリーはしかめ面で謝罪した。「我々は必ず勝つってことを忘れてました。でも、ほんの一瞬ですよ。本当です」

グレーンジはかぶりを振り、その場から立ち去った。

彼は不安な思いでジャングルを眺めた。危険だらけの場所。ジャガーや蛇は言うまでもないが、小さな危険もある。蚊はデング熱やマラリアを媒介する。乾季の今はまだいいが、一カ月もたたないうちに状況は変化するだろう。雨季に入れば、地面はぬかるみ、我々は虫や水を介した感染症に悩まされることになる。もし一カ月以内に成功できなければ、雨季が終わるまで作戦を中止せざるをえない。その間を利用して、バレラを支配するコカイン中毒の狂人は支持者の協力を取りつけるだろう。それだけは避けなければならない。となれば、限られた時間の中で決着をつけるしかない。

最も望ましいシナリオは首都メディナで無血クーデターを起こすことだ。戦うだけの人員はそろっている。航空支援も軽砲も用意してある。でも、もしマチャドの友人のロペスに影響力があれば、軍を内部から切り崩すことができる。さらに、メディナ市内に特殊チームを配置することができれば、ジャングルに精通した兵士たちの力を借りて、先住民グループを味方につけることができる。そうすれば無血クーデターを成功させられるかもしれない。

先住民からの協力を得るには、まずは交渉チームを送り込むことだ。マチャドが初めて政権を奪取した際も支援してくれた人々はメディナの周辺に暮らしているが、サパラに政権が移って以来、そのうちの一割が殺害されたという。つまり、彼らもサパラに恨みを抱いているわけだ。交渉はロークに任せよう。変装した交渉チームがメディナに潜入し、先住民の説得に当たっている間に、マチャドのチームはパラシュート降下でメディナ入りする。そして、軍司令部の近くで支援グループと合流する。

もし打つ手がなくなったら、その時はメディナ近郊のジャングルで戦うことになる。これは短期決戦だ。ぐずぐずしていると何が起きるかわからない。僕は銃撃戦で何人の部下を、友を失うことになるのだろう？　考えただけでも吐き気がする。僕は前にも部下たちを死なせた。自ら戦場に送り出した部下たちを。戦時下の指揮官は皆そうせざるをえない。たとえどんなにつらくても。

グレーンジは軍法会議にかけられたのちに自殺した上官のことを考えた。あの男には気の毒な結果になってしまったが、ほかにどうすればよかったというのだろう？　もし僕が彼の命令に従っていたら、うちの隊は全滅していた。隊を救ったのは僕の機転と戦術だ。でも、彼は軍法会議を免れるために、名誉除隊を餌に僕を軍から追い出した。僕は取り引きに応じた。ところが、酒に酔った彼の腹心の部下が真相をぶちまけた。その結果、彼は軍法会議にかけられ、不名誉除隊の処分を受けた。彼は面目を失い、軍から得ていた高給を失った。ギャンブルで莫大な借金を抱えていた彼は、それを苦に自殺した。でも、精神を病んだドラッグ中毒の息子は、悲劇の原因は僕にあると思っている。

グレーンジはかぶりを振った。誰が人を自殺に追い込むような真似をするものか。それに、悲劇なら僕自身も体験している。十代になったばかりの頃、ドラッグに手を出してしまったせいで、僕は姉を失った。当時、姉には恋人がいたが、相手の父親は交際に反対していた。その父親に、僕の悪い仲間が犯した殺人の罪を僕に着せると脅されて、姉は自ら命を絶った。僕を救うために死を選んだのだ。確かに僕は救われたと言えるだろう。それを機に更生して、模範的な市民になったのだから。でも、誰もが立ち直れるわけじゃない。上官の息子はどうだろう？少なくとも、僕を殺すためにここまで追いかけてくることはないと思う。

それに、ここにいる間はワシントンのセレブ記者に煩わされることもないはずだ。彼女が同行したいと言っても、マチャドが拒否してくれるだろう。ペグはどうしているだろう？　ジェイコブズビルで僕からの知らせを待っているだろうか？　彼女に電話をするわけにはいかないが、盗聴されずにすむ通信手段はいくらもある。そういう裏技はロークの専売特許だ。しかも彼は常に小型のアマチュア無線機を持ち歩いている。

電話が鳴った時、ペグは食器を洗っていた。父親が眼病にかかった雌牛を治療するために外に出ていたので、彼女は両手を拭いて電話に向かう。グレーンジのランチハウスには食洗機があった。だが、わずか二人分の食器のために食洗機を使うのは、水と電気を無駄に使っているようで気が引ける。だから、ペグは食器が少ない時は自分の手で洗うようにしていた。

「はい、ミスター・グレーンジの自宅です」

「ミス・ペグ・ラーソンですか？」聞き覚えのない声が問いかけてきた。

「ええ、そうですけど……」

「僕はビル・ジョーンズ、アマチュア無線家です。今、別の大陸にいる紳士から受信し、あなたにメッセージを届けるように依頼されました。グレーンジという紳士は休暇を満喫しているが、あなたに会えなくてとても寂しい、とのことです」

ペグは息をのんだ。「彼は元気なのね？」

ビルは笑った。「彼がちゃんと目的地に着けるか、心配していたんですね。大丈夫、彼は無事に到着しています。あなたに直接連絡を取ることはできないが、あなたが楽しいクリスマスを過ごせるように祈っている、と言っています。二、三カ月のうちにはあなたに会えるようになりたい、あなたに会いたくてたまらない、とも言っていましたよ」

ペグは心から感謝した。「本当にありがとう。私……私たち、ずっと彼の身を案じていたんです」

「その言葉、彼に伝えておきましょう」

「あと、彼にも楽しいクリスマスを、と伝えてください。それから……体に気をつけてと、早く彼に会いたいと伝えてください」

「わかりました。では」

「よろしくお願いします」

ペグは幸せな気分で受話器を置いた。グレーンジがメッセージを送ってくれた。危険な状況にあるのに、わざわざこんな遠くまで連絡をよこしてくれた。

彼女は裏口から納屋へ向かった。エドは雌牛の目に軟膏（なんこう）を塗り終えたところだった。

彼は笑顔で振り返った。「どうした？」

ペグは満面の笑みを返した。「グレーンジからメッセージが届いたの。無事に目的地に着いて、元気でやっているって。私たちが楽しいクリスマスを過ごせますようにって」

「やれやれ、ほっとしたよ」エドは立ち上がった。「ちょっとばかり心配していたんだ。連絡すると言って旅立ったのに……。まあ、ただの旅じゃないからな。向こうは危険だらけの土地だ。といっても、彼ならうまく切り抜けるだろう」

「そうね」少し間を置いて、ペグは打ち明けた。「実は私も心配していたの」

親子は一緒に家へ戻った。今は樫の木々もほぼ丸裸の状態だ。ペカンの木はわずかに葉を残していたが、実のほうはとっくに消えていた。まだ熟しきらないうちにリスたちが収穫してしまったのだ。

「ショットガンに弾を込めて、あの一番古い木だけでも見張っときゃよかった」エドはぼやいた。「そうすれば、おまえにケーキの材料くらいは残してやれたのに」

「でも、パパだってずっと起きているわけにはいかないでしょう」ペグは指摘した。「そうしたら、向こうは夜襲で攻めてくるわ。リスに勝とうなんて無理な話よ。リスってすごく賢いんだから」

「そうかもしれんな」

「バーバラはペカンの実を注文すると、いつも私に分けてくれるの」ペグはジェイコブズビルにある〈バーバラズ・カフェ〉のオーナーの名前を口にした。「心配しないで、パパ。今年のクリスマスも日本風のフルーツケーキを食べさせてあげるから。約束するわ」彼女が言う日本風のフルーツケーキとは、間にナッツと煮立たせた白砂糖のフロスティングを挟み、上にココナッツとペカンと赤や緑のチェリーを散らした三層の黄色のケーキだった。

エドは安堵のため息をもらした。「俺はあのケーキなしじゃ生きられないよ。おまえの母親も毎年あれを作ってくれた。おまえのお祖母ちゃんもな」

「でも、お祖母ちゃんのケーキは六層仕立てだったのよね。ママにはそんな忍耐力はなかったから、三層に減らして、私に教えてくれた。そして、私はバーバラに教えたの。バーバラの話だと、カフェでもすごく評判がいいんですって。ママが生きていたら、きっと大喜びしていたわ」

エドはうなずいた。「彼女は料理名人だった。おまえもな、スウィートハート」

「ありがとう。でも、私は基本的なものしか作れないわ。独創性がないから」

「独創性も考え物だ」エドの瞳がきらめいた。「あのデンマーク風ポテトの味は忘れられんよ」

ペグは顔をしかめた。「グレーンジもそうでしょうね。あの時、彼は一口味見すると私を見て、これは前にも出てきた料理かと尋ねたわ。私が新作だと答えたら、〝そうか、じゃあ今回限りにしよう〟って言ったのよ」

エドはくすくす笑った。「そこまでひどくはなかったがな。ただ、ジャガイモを甘くするという発想は男には受けんよ。不自然だ」

ペグは目をくるりと回した。「肉とジャガイモ。男はそれしか食べたがらないのよね」

「世界で最もうまいのはシンプルな料理だ」

「そうだとしても、新しい味に挑戦するのは悪いことじゃないわ」

「だったら、肉とジャガイモの新作料理に挑戦しろ」

「してるわよ！」

エドは娘をじろりと見やった。「でも、斬新さが足りない」

ペグはぷっと噴き出し、笑いながら家の中に入った。


翌朝、ペグは父親の薬を買いに出かけた。エドは血圧が高めなので、ドクター・コパー・コルトレーンから利尿剤と降圧剤を処方されていた。ラーソン親子に金銭的な余裕はなかったが、幸い、薬局では彼らでも買えるジェネリック医薬品も扱っていた。

薬はナンシーが調合し、ボニーがカウンターに運んできた。

ボニーのこぼれんばかりの笑みを見て、ペグは興奮気味に問いかけた。「彼から連絡があったの？」ボニーが白いロールスロイスの男とキャトルマンズ・ボールに行ったことは町中の噂になっていた。

「実はね、一昨日彼が電話してきたの」薬代の精算をしながら、ボニーは打ち明けた。「なんとパリからよ！」

「パリ」ペグは目を丸くした。

「あと三週間くらいでアメリカに帰国するから、できればここに立ち寄って、私とサンアントニオで食事したいって」ボニーはかぶりを振った。「この私が、あんなお金持ちに好かれるなんて」

「あなたはみんなに好かれているわ」ペグは指摘した。「でも、すごい話ね！」

「そうでしょう。これが夢じゃないことを祈るばかりだわ」

ペグは身を乗り出した。「試しにつねってあげましょうか？」

ボニーは顔をしかめた。「意地悪ね」

ペグはにんまり笑った。「あら、協力を申し出ただけよ」

その後、ペグは〈バーバラズ・カフェ〉に立ち寄った。バーバラはペグのために新鮮なペカンの実を一袋用意していた。ペグは代金を払おうとしたが、バーバラはきっぱりと断った。「クリスマスにはいつも注文しているから、一袋追加するくらいお安いご用よ」

「なんだか申し訳ないわ」

「あなたにはケーキのレシピも教えてもらったし」バーバラは微笑した。「あのケーキ、お客様に大好評なのよ」

「うちでもそうよ」

バーバラは声をひそめた。「グレーンジから連絡はあった？」

用心深く周囲に目を配りながら、ペグはうなずいた。「目的地に着いたって。聞いたのはそれだけ」

バーバラは下唇を噛んだ。「そう」

「何か私が知らない情報があるの？　お願いだから教えて」

バーバラはペグを店の奥へ引っ張っていった。二人の女性が調理している厨房を抜けて、裏のポーチへ出た。

「グレーンジの戦術を自分の戦術だと言い張って、面倒なことになった将校がいたでしょう？　ほら、グレーンジを軍から追い出した張本人よ」

「ええ」

「あの男が自殺したの」

「それ、本当なの？」ペグは叫んだ。

「それだけじゃないのよ」バーバラはむっつりとした表情で続けた。「彼には頭のおかしな息子がいて、その息子がグレーンジに復讐してやると言っているの」

「グレーンジを見つけようとしても無理よ。運が味方してくれたら話は別だけど」不意にみぞおちが冷たくなったが、ペグはその感覚を無視しようとした。

「そうだといいけど。自殺した将校には仲間がいたわ。その仲間がグレーンジの動きをつかんでいる可能性もあるでしょう」ひそひそ声でバーバラは続けた。「リックが彼の父親――マチャド将軍から聞いたんだけど、今回の作戦に同行させてくれという女性記者がいたらしいわ。その記者はグレーンジを追い回していた、どこかのご令嬢なのよ。それで将軍は同行を認めなかったんですって」

ペグの心臓がどきりと鳴った。「ご令嬢？」

「心配しないで」バーバラはにっこり笑って請け合った。「グレーンジはその女性を嫌っていて、もし彼女の同行を認めたら、自分はこの仕事から降りると言ったそうよ」

ペグは胸をなで下ろした。「とんでもない話ね。そういえば、感謝祭の時は、ここにすごいお客様が見えたんでしょう?」

「ええ、リックの奥さんのお父さんね。彼も将軍なのよ。態度にはちょっと問題があるけど、心根は優しい人だわ」バーバラは笑った。「料理を作るのが大好きでね」

「がぜん興味が湧いてきたわ」ペグは悪戯っぽい笑みを浮かべた。

「しかも、彼は軍の内部事情にも精通しているのよ」バーバラは続けた。「だから、もしグレーンジの元上官の息子に海外へ行く計画があれば、私たちにも情報が入ってくるわ。心配する必要はないけど、いちおうあなたには話しておくべきだと思って」

ペグは思わずバーバラを抱擁した。「ありがとう」

「そうはいっても、心配せずにいられないわよね。私はマチャド将軍のやろうとしていることは正しいと思うわ。でも、とても危険なことだから」

「その話、私にも教えてほしいわ」ペグはため息をついた。「リックもきっとつらい思いをしているんでしょうね。自分の父親が誰か、ようやくわかったばかりなのに」

「ええ。リックは親子の関係を築く前に父親を失うんじゃないかと恐れているわ」

「私たちにできるのは、すべてがうまくいくように祈ることだけね」

「彼らには心強い味方がいるもの」バーバラは言った。「グレーンジの部下のほとんどはエブ・スコットの訓練所の傭兵たちなのよ」

「聞いたことがあるわ。あそこは優秀な傭兵しか受け入れないって」

「まさに精鋭ぞろいよ。私は彼らとは顔見知りなの。みんな、うちで食事をするから。中でもずば抜けて優秀なのがロークという名の南アフリカ人よ」そこでバーバラは顔をしかめた。「そういえば私、彼のファーストネームを聞いたことがないわ」笑ってかぶりを振る。「グレーンジのファーストネームがウインスローだと知ったのもつい最近のことだし」

ペグはうなずいた。「彼のことはみんな、ただグレーンジと呼んでいるものね」

「あなたも？」

ペグの頬が赤く染まった。「ええ、私も」

「彼は誰ともデートしない。一時期、テリー・マドックスと出かけていたことはあるわね。テリーがJ・B・ハンモックと結婚する前の話よ。でも、あれはただの友情だった。その後、彼は一度もデートをしなかったわ」バーバラは笑った。「そんな彼があなたと一緒にキャトルマンズ・ボールにやってきた。あれはちょっとした衝撃だったわね」

「私もびっくりしたのよ」ペグは答えた。「あんなドレスを着ることになるなんて夢にも思わなかったし。我らが町のデザイナー、ベス・トルーマンのおかげね！　それと、コートを貸してくれたミセス・ペンドルトンのおかげだわ！」

「その話、私も聞いているわ。グレイシーとは長年の付き合いだけど、本当に天使みたいな人よ」バーバラはかぶりを振った。「グレイシーがジェイソン・ペンドルトンのせいで苦しんでいた時は、彼をぶん殴ってやりたかったわ」

「二人とも、とても幸せそうに見えるけど」

「今はね。元々二人は仲がよかったのよ。ジェイソンがあのモデルに引っかかるまではね。でも、その話はもういいわ」バーバラは改めてペグを抱擁した。「あなたはペカンを持って帰って、パパにおいしいケーキを焼いてあげなさい。私も仕事に戻らなきゃ！」

「そうするわ。ペカンをありがとう」ペグはいったん立ち去りかけたが、途中で向きを変え、不安げな表情で引き返した。「もしリックの義理のお父さんから情報が入ったり、グレーンジを恨んでいる元上官の息子のことで何かわかったりしたら、私にも教えてもらえる？」

「ええ」バーバラは約束した。「でも、心配はいらないわ。グレーンジなら自分の身を守れるはずよ」

ペグは微笑した。「その点は心配してないわ。でも、もし彼の身に危険が迫っているとわかったら、彼に警告してくれるよう、リックの義理のお父さんに頼んでほしいの。その人はグレーンジの友人なんでしょう？　お願いできるかしら？」

「ええ、そうよ。任せてちょうだい」

ペグは少し肩の力を抜いた。「心配する必要なんてないのよね。わかっているんだけど、やっぱり心配なの」

「大切な人が危険な状況にあったら、誰だって心配するわ」バーバラは穏やかな口調で同意した。

ペグはうなずき、ペカンの包みをつかんだ。

「色々とありがとう」

バーバラは微笑した。「どういたしまして」

ペグは上の空で牧場へと車を走らせた。次から次へと問題が増えていくみたい。私はグレーンジのことが好きよ。グレーンジだって私のことが嫌いじゃないと思うわ。彼は誰ともデートしていなかった。テリーに特別な感情を抱いているのかと思ったけど、二人の間には友情しかなかった。それは喜ぶべきことだわ。

でも、まだ女性記者の問題がある。グレーンジはその記者のことをいやがっているらしいけど、相手はかなりしつこいタイプのようだわ。もし彼女がマチャド将軍の意向を無視して、南米まで押しかけていったら？　グレーンジのキャンプに現れて、彼を色香で惑わせたら？

「色香で惑わせたらですって?」ペグはぶつぶつと言った。「しっかりなさい、ペグ。今は二十一世紀よ。そんな言葉、誰も使わないわ!」

牧場の私道に入っても、ペグの表情は晴れなかった。人は追いつめられると無茶な行動をとることがあるわ。普段は慎重なグレーンジだけど、もしその女性記者が世慣れた積極的な人だったら、強引に彼の心に入り込んでしまうかもしれない。

私はお金持ちじゃないし、美人でもないわ。社交界でのふるまい方なんて知らないし、正式なテーブルセッティングさえわからない。でも、その女性記者はそういうことには詳しいんでしょうね。経験豊富でシックな女性。グレーンジは彼女と私を比較するんじゃないかしら。そして、私に対する見方を変えるんじゃないかしら。

悩みを引きずったまま家に入ったペグは、そこで父親とぶつかった。考え事に集中して、前を見ていなかったせいだ。

「どうした? 体の具合でも悪いのか?」エドがからかいの口調で尋ねた。

ペグは泣きそうな顔になった。「私は正式なテーブルセッティングもできないし、社交界でのふるまい方も知らないわ」

エドは呆気にとられた。「なんだって?」

「ウィンスローを狙っているご令嬢がいるの」ペグはぼそぼそ訴えた。「その人、記者として遠征部隊に同行しようとしたんですって。ずっと彼を追い回しているみたいなの。もし彼女がウィンスローのキャンプに現れたら……」

「まあ、落ち着け」エドはやんわりとたしなめた。「グレーンジは大の大人だ。彼はキャトルマンズ・ボールにおまえを連れていったんだぞ」

ペグはため息をついた。「でも、たぶんその人は美人だわ。ゴージャスなドレスもいっぱい持っているはずよ」

「グレーンジにその気がなければ、どうでもいいことだ」

ペグは父親の表情を探った。「ほんとにそう思う？」

「断言してもいい」エドは娘が手にしているペカンの袋を見やった。「ケーキでも焼いたらどうだ？　役に立つぞ」

ペグは目をしばたたいた。「誰の役に立つの？　私？　それともパパ？」

エドはくすくす笑った。「どっちもだよ。おまえはケーキを焼くことで気が休まるし、俺はそのケーキを食べて幸せな気分になれる」

「ああ、パパ」ペグは父親を抱きしめた。「ありがとう」

「心配するな。グレーンジはばかじゃない。まあ、見てろ」

ペグはうなずいた。「ええ」

その夜、ペグは夢を見た。そこにはジャングルがあり、グレーンジが大きなハンモックに横たわっていた。彼はペグにほほ笑みかけた。黒い髪が乱れている。身につけているのはバミューダパンツ一つで、たくましい胸がむき出しになっていた。

「おいで、ベイビー」彼がささやいた。

ペグはハンモックに近づいた。彼女は赤地に白い花を散らしたサロンを着ていた。南米風というよりもポリネシア風の出で立ちだった。グレーンジがそのサロンを解き、ハンモックの外に放り投げた。引きしまった力強い両手で彼女の胸の膨らみをなで、唇を押し当てた。硬く張りつめた男の欲望の証を体に感じて、ペグはうめき声をもらした。グレーンジはバミューダパンツを脱ぎ捨てた。いきなり彼女に覆いかぶさり、熱いキスを始める。

「ああ、ウィンスロー」彼が自分の中に入ってくるのを感じて、ペグは驚きの声をあげた。喜びを求め、震える体を弓なりに反らす。彼女の必死な反応に、グレーンジは小さく笑った。

体が熱く火照っていた。まるで火に焼かれているようだ。熱と緊張が一つになって、彼女の理性を奪った。もっと彼に近づきたい。私は彼が欲しいの。欲しくてたまらないのよ！

そこでペグは自分たちがハンモックの上にいることに気づいた。彼女は思いつめた表情で彼を見上げた。「でも、ハンモックの上じゃできないわ」

その瞬間、彼女の夢は終わった。

生々しい夢の余韻にペグは身震いした。乾いた唇をなめ、しがみついていた枕に目をやる。私が叫んだりしなければ、夢の続きが見られたのに。不平の声をあげながらまぶたを閉じると、彼女は寝返りを打ち、もう一度夢の世界に戻ろうとした。

5

グレーンジはドゥナガンに命じて、二人の偵察兵を夜のメディナに侵入させた。その目的はマチャドの友人ドミンゴ・ロペスと接触を図ることにあった。

これは時間との闘いになるだろう。特に武力でメディナに侵攻しなければならない場合は。だが、ほんのわずかとはいえチャンスはある。戦闘が始まる前に政府の主要部門を押さえてしまえば、無血クーデターを成功させられるかもしれない。情報通信の拠点と軍のコンピュータ、マスメディア、メディナに通じるすべての橋を支配できれば、戦闘は回避できるかもしれない。不確定要素は多いが、グレーンジは身をもって学んでいた。常に最悪の事態に備えながら最善を目指すことを。

もし最悪の事態に至った時は、人脈をたどって、近隣諸国の政府に協力を仰ぐことになるだろう。いざとなれば、南米に展開しているアメリカの特殊作戦部隊と連携をとるという手もある。その場合は決して表に出ることのない隠密作戦になるが、不可能ではないはずだ。

グレーンジはラジオで地元の放送を聴いていたロークのかたわらに膝をついた。

「政府のプロパガンダ一色だ」ロークはうんざりした様子で吐き捨てた。「最新のニュースでは、地元大学の教授二名が国内の外資系石油会社の国有化と弾圧に抗議した罪で逮捕され、投獄された話をやっていた」

「石油か」グレーンジは重い口調で答えた。「過去三世代の祝福と呪いだな。いや、四世代か。この世界はすべて石油で動いている」

「その代償が繰り返される生態学的な災害だ」

「ああ」

「俺の大学に人類学のすごい教授がいてな」ラジオをいじりながらロークは続けた。「限りある資源に依存した社会は必ず滅亡すると言っていた」

「その話、石油会社のお偉方には言うなよ。猛反発を食らうから」

ロークは喉の奥で笑った。「だろうな。でも、現実に世界はひどい状態だ。上に立つ一割の人間が残る九割の人間を支配している。平均的な市民であっても、自分の子にまともな靴さえ買ってやれない」

「そして、仕事も見つからない」

ロークはうなずいた。

「君の祖国の南アフリカはさまざまな変化を経験した。少しはましな社会になったんじゃないのか？」

「地域紛争は相変わらずだ。部族同士の対立もあるし、部族と国の対立もある。でも、よそ者に言わせれば、俺たちは一つのまとまった犯罪集団らしい」

ロークはくすりと笑った。「それが俺たちのアフリカだ。彼女をたたく連中は俺たちが許さない」

「彼女？」グレーンジは唇をすぼめた。「性差別的な表現だな」

ロークはうなった。

急に真顔に戻って、グレーンジは尋ねた。「この地域に対応すべきメディアはいくつある？」

「バレラのテレビ局は一つだけだ。ラジオ局が二つに新聞が三紙……いや、二紙か。一紙は大統領の逆鱗に触れて、焼夷弾で潰された」

グレーンジは顔をしかめた。「アメリカなら、人口が二、三万人程度の町でも、それくらいのメディアはそろっているぞ」

ロークはうなずいた。「メディナの規模もそんなものだ。バレラは強大な国々に囲まれた、ちっぽけな国だからな。新たに発見された油脈はあるが、その油田予定地のど真ん中で、アメリカの考古学者がエジプトのピラミッドより古い文明の証拠を発掘したって噂だ。ところが、彼女はクーデター以降に姿を消した。もうこの世にはいないだろう」身を乗り出し、遠くにいるマチャドを顎で示す。「将軍は彼女に惚れていた。だから、本気でサパラを憎んでいる。彼にとって、これは祖国を救うためでもあり、復讐のためでもあるんだ」

「うまくいくといいが。ずっと考えていたんだ。もし最重要拠点に潜入することができれば、長期の地上戦を回避できるんじゃないかと。雨季に入れば、状況は悪化する。我々は戦略的に危険な立場に追い込まれる。正直に言って、僕は爆撃でメディナを制圧することには反対だ。地元民を敵に回せば、独裁者を追放することはできないだろう」

「同感だ」ロークはうなずいた。「ポイントは情報だな。とにかく情報をかき集めること。そして、こっちの予備軍を隠しておくことだ」

「僕も同じことを考えた。だから、うちの一番大きな部隊はマトグロッソ州に近い友好国に送り出した」

ロークは眉を上げた。「マトグロッソ？　また厄介な土地を選んだな。あそこは一九二五年にフォーセット隊が行方不明になったあたりだろう？」イギリスの探検家パーシー・フォーセット大佐と二人の青年――うち一人はフォーセットの息子だ――がどんな運命をたどったのか。その謎はいまだに解けぬままだ。八十年以上昔の謎を解き明かそうとジャングルに挑む者は今もあとを絶たないが、その多くは二度と帰ってこなかった。

グレーンジは微笑した。「マトグロッソじゃなく、その近くだよ。でも、その気になってさがせば、フォーセットの運命を知る人間が見つかるかもしれないな。とにかく、あそこなら部隊の存在を敵に知られずにすむ。彼らの出番は火力が必要になった時だ。特殊作戦チームを使って極秘裏に事を進めれば、無血で首都を制圧することは可能だと思う」

「俺も同じ考えだ」

「あとは将軍を説得するだけだな」グレーンジはマチャドを顎で示した。国を追われた愛国者は一人離れた場所に座り、何か考え事をしている様子だった。

「説得するまでもないだろう。彼も血が流れることは望んでいないはずだ」ロークは言った。「血はもう充分見ただろうし」

「それはお互い様だ」グレーンジは重い息を吐いた。

「僕は二度と銃声を聞かずに年を取りたいよ」

「だとしたら、仕事選びを間違えたな」ロークは切り返した。「この仕事から足を洗うべきだ」

グレーンジは顔をしかめた。「そうもいかないんだよ。僕はジェイソン・ペンドルトンから家と土地と純血種の牛を贈られた。牧場監督と、最高の料理を作るその娘までつけてもらった。僕にはそのすべてを維持していく責任がある。ペンドルトン牧場で働いていた頃の蓄えはあるが、それだけじゃ設備に投資することも牛を増やすこともできない。だから、僕はここにいるのさ」彼はまじまじとロークを見つめた。「そういう君はどうなんだ？　本当にこの仕事をする必要があるのか？　君には広大な自然動物園がある。君の父親は……」

ロークの暗い瞳に危険な光が現れた。「そこまでだ」押し殺した口調は、攻撃態勢に入ろうとする毒蛇を思わせた。

グレーンジは片手を上げた。「すまない」

ロークはラジオに視線を移した。「こっちこそ。どうも俺は特定の話題になると敏感に反応してしまうらしい」

「わかるよ。僕が余計なことを言ったせいだ」

「気にするな」ロークは無理に笑顔を作った。「我らが命知らずのリーダーを説得してきたらどうだ。内側から政府をひっくり返すほうが楽だぞって」

「できる限りやってみよう」

ロークは微笑した。「真面目なやつだな、君は」

グレーンジは舌を噛み切りたかった。彼を含めた少数の人間しか知らないことだが、ロークは傭兵上がりの億万長者K・C・カンターの隠し子だと言われている。もっとも、ローク自身は決してそのことに触れなかった。長年カンターの下で働いていたにもかかわらず、カンターの名前さえ口にしなかった。公然の秘密とはいえ、ロークの前でその話をするのはタブーなのだ。それに、今は古傷に塩をすり込んでいる時ではない。

グレーンジはマチャドの隣に腰を下ろした。「予備の部隊をDC‐三でマトグロッソ州カセラに送りました。マナウスにも人員を置いていますが、あそこに傭兵の集団を送り込むわけにはいきません。その点、カセラにはロークが前回の侵入で築いた人脈がありますから。ロークと僕は潜入作戦を試してみたいと考えています。政府内の人間を味方につけ、内部からサパラ政権を崩壊させる。サパラがあなたにしたことを、今度はあなたがサパラにするんです」彼は笑顔で締めくくった。

マチャドはため息をつき、かぶりを振った。「私も余計な血は流したくない。国民はすでに充分苦しんでいる。私が不注意だったせいで」彼の表情が険しくなった。「あんな過ちは二度と繰り返さない」

「メディナにはすでに二人潜入させています」グレーンジは続けた。「あなたの元司令官の協力を取りつけるために。彼はきっと協力してくれるでしょう」

「ああ、私もそう思う」マチャドはまたため息をつき、コーヒーをすすった。「彼も私の敵に苦しめられたはずだ。殺されたり投獄されたりせずにすんだのは、それだけ利用価値が高い人材だったからに過ぎない。彼は軍の仕組みや軍本部の重要な施設などの配置をすべて知っている。彼にとっては命がけの勝負だが、もし協力してくれるとなれば、我々にとって最大の味方になるだろう」

「そうですね。とりあえずは二人からの報告を待ちましょう。いい結果が出ることを祈りながら」

彼らが報告を待っていると、一台のジープがベースキャンプに近づいてきた。運転していたのはマチャドとも面識のある地元の観光ガイドだ。先住民たちからこのキャンプの場所を聞いて来たのだろう。

ガイドは客を一人乗せていた。

「なんてことだ!」グレーンジが怒りの声をあげた。

「信じられない」

マチャドも虚を衝かれた表情になった。

物憂げな仕草でジープの助手席から降り立ったのは、二十代半ばのアメリカ人女性だ。瞳は青く、ウエーブのかかったブロンドの髪をショートにしている。カーキ色の服を着て、首からカメラを提げたその姿は、サファリ観光に来た世間知らずなご令嬢のようだった。

「来てやったわ」クラリス・キャリントンは横柄に宣言した。グレーンジに歩み寄り、彼の胸に手を置くと、猫なで声で続ける。「どうしてもあなたと離れていられなくて」

観光ガイドはジープをバックさせ、キャンプから立ち去ろうとしていた。

「待て！」グレーンジはスペイン語で呼び止め、クラリスの腕をつかんだ。抗議するクラリスを連れてジープに近づき、ドアを開けると、彼女を中に押し込んだ。クラリスは座席の上でひっくり返りそうになった。表情もぼんやりとしていて、心ここにあらずといった感じだ。彼女は酔っているのだろうか？

「私は帰らないわよ！」

「帰らないだと？」グレーンジは歯を食いしばった。「いやな女は過去に色々と見てきたが、君ほど不快な女は初めてだ。何度言えばわかる？　僕は君には興味がない。どんな男も自分の虜になると思っているのか？　君の道徳観は野良猫レベルだな」彼は蔑みの口調で付け加えた。「たとえ地上に残された女性が君一人になっても、僕は君の相手をするほど落ちぶれたりはしない！　わかったか？」

ロークも騒ぎを聞きつけてやってきた。彼は不自然なほど敵意をむき出しにした表情でクラリスをにらみつけた。「ここで何をやってる、タット？」

クラリスはショックを受けた。こんな場所でロークに再会したばかりか、昔のニックネームで呼びかけられたからだ。子供の頃、彼女は一時期南アフリカで暮らしていた。近所に住むロークは遊び仲間で、友人とも言える存在だった。

喧嘩なら買ってやるわ。クラリスは反抗的に顎をそびやかした。最近、彼女は家族全員を失う悲劇に見舞われ、それ以来ずっと抗不安薬を多用していた。ただし、ここにいる男たちはその悲劇のことを知らない。わざわざ葬儀に来てくれたローク以外は。そう、彼は親切だったわ。彼は……。

「仕事に決まっているでしょう」クラリスは冷ややかに答えた。「私はフォトジャーナリストよ」

「いや、違うね」ロークの反応は辛辣だった。「君の仕事は男を誘惑することだろう？　君の長い標的リストにはグレーンジも載っているのか？　男なら誰でもいいんだな」

批判なんて聞き流せばいいのよ。クラリスは無言でロークを見つめ返した。私の心の痛みは私だけの秘密よ。誰にも教えないわ。

「ああ。どうやら次の標的は僕らしい」グレーンジが素っ気なく吐き捨てた。「でも、努力するだけ無駄だ。もう何カ月もそう言ってきたのに！」そこでグレーンジはロークの表情に気づいた。なぜ彼はほっとしたような顔をしているのだろう？「僕には心に決めた女性がいる。純真で心の優しいうら若き乙女が。彼女が君に会ったら、きっと愕然とするだろう。自分とのあまりの違いにね」

クラリスは唾をのみ込んだ。顔が真っ赤に染まる。

「さっさとここから消えろ。二度と戻ってくるな」怒りの口調で言い渡すと、グレーンジはガイドに向かって叫んだ。「車を出してくれ！　今すぐに！」

「後悔することになるわよ」クラリスはわめいた。いつもの誘惑的な態度はどこにもなかった。「必ず後悔させてやるから！」

「好きにしろ」グレーンジは怒りに任せて叫び返した。「早く行け！」彼は再びガイドを促し、ジープのボンネットを平手でたたいた。

ジープはうなりをあげ、見る見る遠ざかっていった。グレーンジはその姿を目で追った。こんなに腹を立てたのは何年ぶりだろう。しつこい女め。まさか、こんなところまで追ってくるとは……。

ロークがグレーンジに視線を投げた。「いつから彼女に追い回されているんだ?」

「イラクにいた頃からだ」グレーンジは答えた。「彼女は雑誌の取材で僕の隊を追っていた。目に余るようになったのはここ四カ月くらいだな。本当に迷惑だ」

「なるほど」ロークは考え込むような表情で仕事に戻っていった。

マチャドが近づいてきたので、グレーンジは怒りをのみ込んだ。「すみません。ついかっとなって。僕が愚かでした。もし彼女がサパラに密告したら、我々の隊は全滅です」

「その点は心配いらないだろう」マチャドは穏やかな笑みを浮かべた。「私は色々な女性を見てきた。あの女性は一人の男に復讐するために大勢の男を犠牲にしたりはしないよ。だが、今後は眠る時も片目を開けていたほうがいいだろう」

「そうですね」グレーンジは将軍に向き直った。「申し訳ありませんでした」

マチャドはグレーンジを観察した。「彼女は世慣れているし、洗練されてもいる。でも、君は彼女には興味が持てないという。純真な女性のほうが好みなのかな?」

グレーンジはうなずいた。「地元に好きな女性がいます。うちの牧場監督の娘です」彼は目を逸らし、もじもじした。「春の息吹みたいな子です」

マチャドはくすりと笑い、彼の背中をたたいた。「そういうことか。来たまえ。頭のおかしな女性記者のことは忘れて、私とコーヒーでも飲もう。そろそろメディナから報告がある頃だ」

クラリスは知人の小型機でマナウスに戻り、テキサス州内の人脈を使って調査を始めた。そして、一時間後にはペグ・ラーソンの身元と居場所を把握した。私を侮辱して、ただですむと思ったら大間違いよ。グレーンジにはその報いを受けてもらうわ。できればロークにも仕返しをしたいところね。ロークは鋼でできたような男だから、爆弾を使ってもびくともしないでしょうけど。

でも、グレーンジはロークほど強くない。私は名門の出よ。祖先はアメリカ建国の始祖の一人よ。私には財力と魅力がある。そして、私はその両方の使い方を心得ている。グレーンジには代償を払ってもらうわ。大きな代償を。

クラリスはホテルの部屋のバルコニーに立ち、一八九六年に建てられた豪奢なオペラハウスを眺めやった。マナウスは二百万の人口を擁するジャングルの大都会だ。二十世紀初頭の天然ゴム景気の頃は、貴重なゴムの木を求めてジャングルに挑み、大金を手に入れた男たちの拠点として栄え、〝熱帯のパリ〟と呼ばれていた。天然ゴム景気は一九二〇年代に終焉を迎えたものの、第二次世界大戦が始まると、再びゴムの需要が高まった。だが、独占市場は長くは続かなかった。抜け目ない生物学者たちがゴムの苗木を南米から持ち出し、東洋の農園に移植したのだ。その結果、荒れ地に一攫千金を夢見る時代は終わり、マナウスはジャングルに取り残された。しかし、マナウスはそのままでは終わらず、不死鳥のごとく復活したのだ。

一九六七年に自由貿易港に指定されたことで、マナウスは電気製品や電子機器製造の一大拠点となった。隣接するネグロ川の美しさとその生物の多様性から、エコツーリズムの宝庫としても注目された。

マナウスには独自の壮大さがあった。マナウスはブラジルの都市なので、スペイン語ではなくポルトガル語が使われている。一方、グレーンジたちのキャンプ地はバレラ国内にあるので、スペイン語でなくては通じない。クラリスはどちらも話せたため、意思の疎通に苦労することはなかった。彼女は電話をかけて、アメリカとボリビア間のファーストクラスの往復チケットを二人分予約した。ボリビアのラパスからマナウスへ向かう便にも二人分の席を確保した。絶対にノーとは言わせない。必ずペグ・ラーソンを説得して、ここに連れてきてみせる。グレーンジを奪った女にも報いを受けてもらうわ。それ相応の報いを。クラリスの良心がちくりと痛んだ。私は元々そんなに腹黒い人間じゃないわ。わざと人を傷つけたりはしないのに。追加の抗不安薬をのむと、彼女はベッドに横たわり、まぶたを閉じた。罪の意識なんて持ってはだめよ。悪いのはグレーンジなんだから。

クラリスの脳裏にネグロ川の黒い流れが広がった。ここで四カ月前に起きたことを思い出すと、体が震える。クラリスは目をぎゅっとつぶった。生々しい記憶がよみがえる。ここに戻ってきたのは間違いだったわ。再び抗不安薬に手を伸ばした彼女は、ほぼ空になった瓶を見て眉をひそめた。まあ、たいしたことじゃないわ。この街には医者の友人がいるもの。彼に連絡して、薬を手に入れればすむ話よ。

翌日、クラリスはワシントンに帰った。気持ちが高ぶり、そのたびに薬に頼った。傷ついたエゴとプライドが彼女の理性を曇らせていた。ぼんやりとした頭で彼女は復讐のことだけを考えた。グレーンジにもその恋人にも報いを受けさせてやる。二人とも絶対に許さないわ。

グレーンジの牧場では新鮮な卵を手に入れるためにロードアイランド・レッド種の鶏を飼っていた。

ペグがその鶏たちに餌を与えていた時、銀色のメルセデス・ベンツが私道に停まった。彼女は餌の容器を置いて、来訪者を迎えに出た。

グレイシー・ペンドルトンかしら？　でも、ペンドルトン夫妻は二人ともジャガーに乗っているはずよ。グレイシーの車もレーシングタイプの緑色のジャガーだわ。

ベンツから降り立ったのは、ウェーブのかかったハニーブロンドの髪を短くカットした美しい女性だった。彼女は清潔なカーキ色のパンツにシルクと思われる青いブラウスを着て、その上からポケットが百個はありそうなカーキ色のベストを羽織っていた。

「ハイ！」気さくな口調で言うと、女性はにっこり笑った。「私、ペグ・ラーソンをさがしているの」

ペグは目をしばたたいた。「ペグ・ラーソンは私ですけど」

「私はクラリス・キャリントン、南米から来たのよ」女性はペグの手を握った。さらに二人の距離を詰め、周囲を見回して、誰も聞いていないことを確かめた。「先日、ウィンスロー・グレーンジに会ったばかりなの」

「彼は無事なんですか？」ペグの顔が恐怖でこわばった。

「まったく問題なしよ」なんて顔をするの。この子、よっぽどグレーンジのことが好きなのね。クラリスはいらだった。ほんの一瞬、自分がしようとしていることに後ろめたさを感じた。だが、それも長くは続かず、彼女は再び微笑した。「向こうは今、準備が整うのを待っている状態なの。彼はあなたに会いたがっているわ」

「彼がここに戻ってくるの？」ペグは興奮の声をあげた。

「いいえ。それは無理だけど」クラリスは高価なためし革のローファーに視線を落とした。「私は彼に頼まれたの。あなたをキャンプまで連れてきてほしいって。私はジャーナリストだから、どこでも好きなところに行けるのよ。飛行機も運転手付きのジープも自由に使えるの。サンアントニオからアトランタに飛ぶチケットはすでに押さえたわ。アトランタからマイアミに飛べば、マナウスまでの直行便があるんだけど、こっちもビジネスクラスの往復チケットが二枚あるの。マナウスのホテルのスイートも予約したわ。マナウスからグレーンジたちのキャンプまでならそんなに遠くないんだけど」

ずいぶん早口でしゃべる人ね。それに、私と目を合わせようとしない。ペグはためらいを見せた。

「それでは、お金がかかりすぎるわ。私はいくら払えばいいのかしら？」

クラリスは咳払いした。「あなたはお金の心配なんてしなくていいの。私は大金持ちなのよ。ジャーナリストの仕事は趣味でやっているだけ」

「どうしてここまでしてくれるんですか？」ペグはなおも追及した。

利口な子ね。ちょっと利口すぎるかも。内心いらだちながらも、クラリスは再び笑顔を作った。「私は今度の作戦を取材しているの。ある雑誌の記事にするためにね」彼女は雑誌の名前を挙げた。ペグも病院の待合室で見たことのある有名な高級雑誌だ。「戦う者たちの背後にある人間模様。これは読者の興味を引くわ。元々は別の隊員を取材する予定だったんだけど、彼の妹に現地まで行くことを断られてしまって」クラリスは目を逸らし、真面目くさった顔で嘘を並べた。「確かに危険だものね。まあ、そこまで危険ってわけじゃないけど」彼女はあわてて言い直した。「その妹は蛇が怖いって言うのよ。南米のあの地域には蛇がいるし……」

蛇？　ペグは呆気にとられた。そんな理由で断ったの？　もし私に兄がいたら、兄に会うためにどこへでも行くわ。グレーンジは無線でメッセージをくれたけど、この女性のことには触れていなかった。そういえば、彼はどこかのご令嬢に追い回されているんじゃなかったかしら？

相手の迷いを感じて、クラリスは言い募った。「お願いよ。この記事はマチャド将軍にもプラスになるわ。ほんの二、三日でいいの。週末までにはうちに帰れるから。約束するわ」彼女の笑顔が引きつりはじめた。「ウィンスローは本当にあなたに会いたがっているの。あなたを恋しがっているのよ」

グレーンジが私に会いたがっている。ペグの胸は高鳴り、迷いがすべて吹き飛んだ。彼女もグレーンジに会いたかった。胸が張り裂けそうなほどグレーンジが恋しかった。ペグはグレーンジがいた場所を一つずつたどっていた。彼の寝室に座り、彼が眠っていたベッドを見つめた。自分の部屋――彼にキスをされ、情熱的に触れられた場所を歩き回った。最後に二人だけで会った時のことを、その時に彼から受けた優しいキスのことを何度も考えた。眠れば必ずと言っていいほど彼が出てくる官能的な夢を見た。

グレーンジが私に何かを感じていることは知っていたわ。でも、そこまで私を思ってくれていたなんて。彼はジャーナリストに私を連れてくるように頼んだ。そんなに私に会いたがっているということは……私にプロポーズするつもりなのかしら？

「ああ、どうしよう」鎖骨に手を当てて、ペグは叫んだ。

「敵地に乗り込んだら、激しい戦いになるかもしれないわ」クラリスは厳しい口調で言った。「彼は優秀な兵士よ。でも、もし彼の身に何かあったら？　あなたもジャングルが怖いのかしら？　そのせいで二度と彼に会えなくてもいいの？」

「ジャングルなんて怖くないわ」ペグの緑色の瞳がきらめいた。「蛇は好きじゃないけど、別に怖いとは思わないわ」

「度胸があるわね」クラリスはくすくす笑った。

「だったら、何が問題なの？」

「もしあなたが記事を書いたら、マチャド将軍がやろうとしていることも世間に知られてしまうんでしょう？」

「記事が出るのはマチャド将軍が政権に返り咲いたあとよ」クラリスは相手の無知を笑った。「私が彼らを裏切るわけがないでしょう。私はそういう人間じゃないの。たとえ拷問されても口は割らないわ」

ペグはなおもためらった。私はこの人とジャングルに行くの？　その前に誰かに電話して、この人の素性を確かめるべきじゃないの？

クラリスにはペグの考えなどお見通しだった。クラリスは腕時計に目をやり、眉をひそめた。「アトランタからマイアミに飛ぶ便の出発まであと四時間しかないわ。早くサンアントニオの空港に行かないと。マイアミ行きは直行便よ。今さらチケットの払い戻しもできないし」少し困ったような表情で付け加えた。

ペグはうめいた。南米行きのチケット。グレーンジが待っている。危険な戦いに赴く前に私に会いたがっている。ぐずぐずしている暇はないわ！

「すぐに荷造りするわ。パパにも話さなきゃ」家へと走りながら、ペグはクラリスに向かって叫んだ。「あなたも一緒に来て。リビングルームで座ってて。長くは待たせないから」

「服は軽い素材がいいわよ。たとえばシルクとか」家に入りながら、クラリスは助言した。

ペグは急に立ち止まり、ぽかんとした表情を浮かべた。「シルク？　私にシルクの服が買えると思うの？　シルクのスカーフさえ手が出ないのに」

クラリスは唇を噛んだ。気づかなかったわ。この子がコットンの服を着ているのは、それしか着るものがないからなのね。見回せば、家具も安っぽいものばかり。まるで貧民街にいるみたい。彼女は後ろめたさと軽蔑を感じたが、すぐに自分が演じている役を思い出した。「快適な素材の服だけ詰めるといいわ。レインコートも忘れないで。現地は雨季に入るところなの。日焼け止めも必要ね。でも、マナウスは都会だから、向こうに着いてから買えばいいわ。化粧品は飛行機への持ち込みが面倒だから、服だけ用意して。ただし、コットンはだめ。コットンは濡れるとなかなか乾かないでしょう。アイロンのいらない素材がお勧めよ。それに、ブーツと合成繊維のパンツもね」

「わかったわ。すぐ戻るから」合織の服ならいっぱい持っているわ。あれは安いもの。シルク？　私の予算で買えるわけないじゃない。

リビングルームをうろうろしていたクラリスは、炉棚の上に飾られた絵――曇り空を背景に疾走する馬たちの絵に目を留めた。「炉棚の上の絵だけど、作者は誰なの？」彼女はペグに向かって叫んだ。

「ジャニー・ブルースター・ハート、地元の芸術家よ」ペグは叫び返した。「今、サンアントニオで個展を開いているの。彼女の義理のお姉さんと共同で。お姉さんのほうは彫刻家で、テキサス州の司法長官の奥さんでもあるのよ」

「いい作品ね」クラリスはつぶやいた。実際、いい絵だわ。作者の才能を感じる絵よ。そうだ。ここはグレーンジの家、彼が住んでいる場所なのよね。不意にそのことに気づき、彼女は眉をひそめた。質素で無駄のない家。グレーンジの人となりが反映されているわ。あちこちに置かれた中東からのお土産。小さな絵が二枚と化石がいくつか。そして、骨の鞘におさめられたナイフ。イラクでグリーンベレー部隊と撮った集合写真。あの時も私は彼の気を引こうとして失敗した。当時の私は今よりずっと控えめだったた。内気と言っていいくらいだった。それでも思いきって行動に出たのに。私の真実の姿は誰も知らない。あのロークでさえも。

「だいたい準備できたわ。あとはパパに電話して、私の行く先を教えておかなきゃ」

「余計なことは言っちゃだめよ」クラリスはぴしりと言い渡した。「電話が盗聴されている可能性もあるんだから」

「嘘でしょう?」

ええ、嘘よ。私はただこの子の父親に不審に思われたくないだけ。計画を邪魔されたくないだけ。

「嘘じゃないわ。グレーンジが関わっているのは秘密の軍事作戦だし、ここは彼の家なのよ。盗聴されていてもおかしくないでしょう」そう、実際にありえない話じゃないわ。

一瞬の沈黙があった。「わかったわ。パパはペンドルトン牧場に行っているの。向こうに電話したら、
二、三日留守にすることだけ話すわ。高校時代の友達に誘われたから、アトランタに行ってくるって」
「いい子ね」

一瞬、クラリスの決意が揺らいだ。これは冷酷な仕打ちだわ。私は元々冷酷な人間じゃない。過去のせいで冷酷になったのよ。グレーンジは私のことを男好きだと思っている。笑っちゃうわね。私はペグと同じくらい純真無垢なのに。ただ世慣れた女を演じているだけなのに。でも、グレーンジに対しては演技じゃなかった。私は本気で彼が欲しかった。彼を見ていると、ロークを思い出すから……。

クラリスは唾をのみ込んだ。水のボトルを求めて、片付いたキッチンに向かう。だが、そこに水のボトルはなく、蛇口から注いだ水をグラスで飲まなくてはならなかった。彼女はひるんだ。ウエストポーチから薬瓶を取り出し、錠剤を二粒のみ込んだ。飛行機の旅は嫌いよ。でも、慣れるしかないわ。薬の力

を借りて。そう、薬はどんなことでも解決してくれる。

　クラリスは今までどんな男性にも本気で惹かれたことがなかった。ロークを除けば。そこにグレーンジが現れた。彼女は国防総省のコネを利用して、陸軍の特殊部隊グリーンベレーを取材していた。そのグリーンベレーが駐留するイラクの前哨基地にグレーンジがいたのだ。出会った瞬間から、グレーンジはクラリスのターゲットになった。彼女はあらゆる手を尽くしてグレーンジの気を引こうとした。だが、何も起きなかった。グレーンジは取材中は礼儀正しく対応してくれたが、除隊とともに姿を消した。次にグレーンジと会ったのはワシントンで開かれたパーティの席だった。その時、クラリスは人生最大の悲劇に見舞われたばかりで、悪夢と不安から逃れるために薬をのむようになっていた。薬は彼女の性格を一変させた。彼女は執拗にグレーンジを追い回した。グレーンジに冷たくされてもあきらめず、なんとか彼を振り向かせようとした。グレーンジが街に出てくるたびにあとを追い、レストランやホテルにまで押しかけた。グレーンジはあからさまに拒むことはしなかったが、お金と引き替えに情報をもらすスタッフがいるホテルには行かなくなった。

　あれで私はますます意地になってしまったわ。変よね。彼はちっとも私のタイプじゃないのに。

　クラリスはため息をつき、グラスを流しに置いた。思ったほどまずい水じゃなかったわ。ボトルの水よりずっとまし。

　彼女はバレラでグレーンジと会った時のことを思い返した。大勢の人間が……ロークがいる前で、あんなにひどいことを言うなんて。グレーンジは私を望んでいない。私を不快な女だと思っている。不快な女。彼が私の何を知っているというの？　私の過去も私の苦悩も知らないくせに。でも、知りたくもないのよね。彼にはかわいらしい恋人がいるんだから。まだ二十歳にもなっていないようなあどけない女の子。お金もコネも何もない庶民の娘。私にはなんでもあるわ。でも、私にはグレーンジを振り向かせることはできない。

「私、頭が変になったんだわ」クラリスは小声でつぶやいた。「完全におかしくなっているんだわ」

「どうかしたの？」階段からペグの問いかける声が聞こえた。

「ここのお水、おいしいわね」クラリスは答えた。

「ありがとう。うちには井戸があるのよ。だから、いつでも冷たくておいしい水が飲めるの」ペグがみすぼらしいスーツケースとともにリビングルームに現れた。一張羅のドレスにハイヒールをはいている。

「この格好でいいかしら？」

クラリスは言葉を失い、目をしばたたいた。「あなた、飛行機に乗ったことはあるの？」

「ないけど……いいえ、あったわ。一度だけ。二人乗りの小型機に乗せてもらったの」ペグは答えた。「私たちはその飛行機で作物に農薬をまくのよ。私たちといってもみんなじゃなくて、一部の人がやるんだけど」

クラリスは大きく息を吸い込んだ。私は地球上のたいていの場所に行ったわ。旅客機から軍用機に至るまで、あらゆる飛行機に乗った。でも、この子は空の旅をしたことがない。飛行機に乗る時は一番いい服を着るべきだと思っている。ハイヒールでアトランタのハートフィールド国際空港に行くなんて自殺行為よ。あそこはチケットカウンターからコンコースまで延々と歩かされるんだから。

「パンツと薄手のシャツに着替えて。機内用にセーターも用意するといいわ。靴はブーツにして、ちゃんと靴下もはきなさい。ハイヒールで空港の中を歩くのは無理よ。もしまめでもできて、ジャングルで感染したら死ぬ可能性だってあるわ。敗血症も怖いし」

「まあ」ペグの顔が真っ赤に染まった。

クラリスはペグに歩み寄り、優しい口調で慰めた。

「気にしないで。私も最初は知らなかったわ。少しずつ学んでいったの」

「ありがとう。すぐ着替えてくるわ」はにかんだ笑みを返すと、ペグは自分の部屋に駆け戻った。

クラリスは自分の上に家が崩れ落ちてきたような気分になった。あの子はマチルダそっくりだわ。見た目じゃなく、物腰とガッツと無邪気さが。痛みの波に襲われ、彼女は目をつぶった。私のせいよ。私が悪いの。マチルダと父がカヌーに乗ったのは私が強く勧めたから。私はマナウスに近いジャングルで先住民の族長に通訳付きのインタビューをしていた。その間、マチルダと父はジャングルを観光することになった。仕事ついでの家族の小旅行。楽しい冒険になると思った。でも、私の考えが甘かった。そのせいで、かわいいマチルダは死んでしまった。それなのに、私はまたいたいけな子供を危険にさらそうとしてるんだわ。復讐のためにわざと!

「準備完了よ」ペグが宣言した。

クラリスはためらいの視線を返した。「本当にいいの? まずいんじゃゃない?」

「お願いよ。私は行きたいの」ペグは懇願した。

「彼に会うためならなんでもするわ!」

クラリスは歯を食いしばった。グレーンジは私を侮辱した。元々私を嫌っていたロークの前で、私を安っぽい小者扱いした。あんな男に情けをかける必要があるかしら? 彼女は無理に笑顔を作った。

「そうね。じゃあ、出発しましょう!」

ペグは過去に一度、ジェイソン・ペンドルトンを迎えに行く父親と空港に来たことがあった。だが、それ以外はずっと空港とは無縁で生きてきた。サンアントニオの空港は広いターミナルに人がごった返していた。彼女は外の椰子の木に目をやり、かぶりを振った。「あれを見るたびに不思議な気分になるわ。なんだかフロリダっぽくて。といっても、私、フロリダには行ったことがないんだけど」

クラリスは無言でうなずいた。この子は本当に何も知らないんだわ。

一時間ほど待たされたのち、二人は飛行機に乗り込んだ。座席はファーストクラスで、客は四人しかいなかった。男性の客たちは脇目も振らずに携帯電話やノートパソコンをいじっていた。

ペグには何もかもが新鮮な体験だった。客室乗務員がビデオ映像に合わせて救命胴衣の説明をする間も、彼女は熱心にモニター画面を見つめ、話に耳を傾けていた。

「ほんと、びっくりだわ」ペグはクラリスに興奮を伝えた。

「そうね。陸地で防水ベストがどんな役に立つというのかしら」

ペグは目をしばたたいた。

「この飛行機が飛び越える水は川と湖くらいのものよ」クラリスはおどけた口調で答えた。「もし緊急着陸することになっても、ベストは必要ないわ」

「ああ」座席のコントロールパネルをいじりながら、ペグは明るい声で言った。「でも、南米に行く時は海を渡るんでしょう。その途中で不時着することになったら、ベストが役立つと思うわ」

時速数百キロで進む飛行機が海に落下するなんて、煉瓦の壁にぶつかるようなものよ。機体はばらばらに壊れるだろうし、乗客もただではすまないわ。万が一助かったとしても、サメの餌食になるのが落ちね。クラリスは密かに考えた。しかし、ペグには何も言わず、極度の不安のために処方された錠剤をまた一粒口に入れて、眠りに就こうとした。眠っている間だけは、自分を拒絶した男への恐ろしい復讐について考えずにすむからだ。

グレーンジは闇の中でロークと座っていた。心は罪の意識にさいなまれていた。

「クラリスにひどい態度をとってしまった」彼はぶつぶつと言った。「あそこまで言う必要はなかったのに、ついかっとなってしまった。彼女には何年も追い回されていて、もううんざりなんだ」

ロークはコーヒーカップをもてあそんだ。「君は彼女のことをよく知らないんだろう?」

グレーンジの眉が上がった。「ここ数カ月、彼女が異様にしつこかったことは知っているが」

ロークはカップに視線を落とした。「六年くらい前、クラリスの父親はアメリカ国務省のスタッフに任命された。そして四カ月前、彼は石油の契約について交渉するためにバレラに派遣された。サパラはすでに油田の試掘に反対する先住民たちの口封じを始めていた。だが、体裁を維持するために、クラリスの父親を先住民の村に行かせた。こういう場合は関係地域に住む部族の代表と話し合うのが常だからな」ロークはコーヒーをすった。「マナウスの近くには観光用の立派な川船もあるが、このあたりみたいなジャングルの奥地に住む先住民たちに会いたければ、バレラに詳しいガイドを雇って、地元のカヌーで旅をするしかない」彼は唇を引き結んだ。「話を要約すると、そのカヌーは修理が必要な状態で急流を渡ろうとして転覆した。水の下にはピラニアがいた」

グレーンジはその場に凍りついたように動けなくなった。彼は話の続きを待った。

ロークは顔をしかめた。「クラリスの父親には髭を剃った時にできた傷があった。たいした傷じゃなかったが、それで充分だった。彼はピラニアに襲われた。その前に溺死していた可能性もあるが、腰から下はほとんど食われてしまった。彼は二人の娘を連れていた。ちょっとした遠足くらいのつもりだったんだろう。次女のマチルダは、いったんは安全な場所まで逃げ延びた。だが、沈んでいく父親を見て、助けに戻り、自らも命を落とした。族長にインタビューをしていたクラリスは、そのすべてを川岸から目にすることになった。彼女は家族を全員失った」

ロークは肩をすくめた。「共通の友人から聞いた話だと、彼女はそれ以来、抗不安薬をのんでいるそうだ。恐ろしい記憶がよみがえった時は必要以上の量をのんでいるらしい。それで判断力を失い、おかしな行動をとっているのさ」彼の唇からため息がもれた。「俺も彼女のことは好きじゃない。実際、あの喧嘩腰の態度には閉口している。でも、彼女が精神的におかしくなったのは悲劇のあとだ。君ならどうする？」グレーンジの青ざめた顔に気づいて、ロークは問いかけた。「壊れた心をどうやって治す？」

「もしそのことを知っていたら」グレーンジは静かに言った。「あそこまで残酷な態度はとらなかった。あんなひどいことは言わなかった。僕は余裕を失っているんだな。ペグが恋しくてたまらないし、作戦のことも気になって仕方がない」グレーンジは肩をすくめ、ロークと目を合わせた。「迫撃砲を使わざるをえない状況になれば、大勢の人間が死ぬだろう。場合によっては彼でさえも」グレーンジはマチャドを顎で示した。マチャドは前屈(かが)みになり、二人の同志と何か話し合っていた。「僕はだんだん彼のことが好きになってきた」

ロークはうなずいた。「俺もだ」グレーンジの背中を軽くたたく。「そう心配するな。クラリスはもっと悲惨な経験でさえ乗り越えてきた人間だ。それくらいのことじゃめげないさ」ロークの脳裏に遠い昔の記憶がよみがえった。俺とクラリスを決裂させた出来事を彼女は覚えているだろうか？　俺は思い出さないようにしているが。

「怒りに任せた発言をなかったことにできたらいいのに」

ロークはくすくす笑った。「もし土に栄養があれば、俺たちは一生飢えずにすむのにな。少し眠っておけよ。どっちに転んでも明日は忙しい一日になるぞ」

「大変な一日にな」グレーンジはうなずいた。

6

タクシーがマナウス市内に入った。クラリスが滞在しているホテルへと向かう間、ペグは車窓から外の景色を眺めていた。ジャングル行きの手配には一日か二日ほどかかりそうだが、幸い、クラリスのスイートは女性二人が泊まれるほど広かった。

ジャングルに分け入るには全幅の信頼を置けるガイドが必要だ。裏道を通って彼女たちを目的地まで案内できるガイドが。クラリスはジャングルに詳しいエンリケ・ボアスを雇おうと考えていた。エンリケはいつもおんぼろ車を運転しているので、それよりましな車――できればランドローバーあたりをレンタルするつもりだった。

グレーンジたちはアマゾニア地方にほど近いバレラ国内にキャンプを張っていたが、そこから車で一時間ほどの距離にエンリケの母親が暮らす先住民の村があった。ポルトガル語しか通じない小さな村で、よそ者は一人もおらず、若い娘を置き去りにするには最適の場所だ。クラリスはペグをそこに残して、グレーンジのキャンプへ行き、自分がしたことを彼に話すつもりでいた。

グレーンジは私に殴りかかってくるかしら？　だとしてもかまわないわ。私のプランは完璧よ。まずは逃げられない場所に恋敵を捨てて、そのことをグレーンジだけに教えてやるわ。

でも、もしペグ・ラーソンが死ぬようなことになったら？　このあたりでは無知ゆえに命を落とす観光客が大勢いるわ。虫に刺されて病気になる者。蛇に殺される者。川にはピラニアがいて……。

胸がむかむかするわ。マチルダは必死に泳いで、パパを助けようとした。私は呆然と突っ立っているだけだった。私は何もしなかった。何一つ！　パパとマチルダを愛していたのに、なぜ何もしなかったの？　勇敢なマチルダは命をなげうって……。

クラリスの体が震えた。恐ろしすぎる記憶。生々しすぎる記憶。四カ月も前に起きたことなのに、昨日の出来事のように思えるわ。私はなぜここに戻ってきたの？　グレーンジは私を望んでいないのに。一度も私を望んだことなんてないのに！　彼はテキサスの干からびた小さな町に行き、このスミレの花のような、信じられないほど世間知らずな十九歳の娘を見つけた。ペグを。私はグレーンジへの恨みをこの子に向けようとしている。この子は何も悪いことなどしていないのに。クラリスは目をしばたたき、かたわらの若い娘を見やった。またしても愛する妹の記憶がよみがえった。彼女は深呼吸をして、薬で曇った意識を集中させようとした。その時、タクシーがホテルの前で停(と)まった。

「ここよ」クラリスはペグに告げた。変だわ。顔の筋肉が麻痺(まひ)しているみたい。彼女は運転手に百ドル札を手渡した。チップをはずんでもらった運転手は、お辞儀をしながらタクシーを降りると、トランクから二人の荷物を取り出してホテルの中まで運んだ。

クラリスは縁石の手前でよろけた。ペグがつかまえてくれなければ、顔から倒れていたかもしれない。

「気をつけて」ペグが心配そうに言った。「脚の骨でも折ったら大変よ」

クラリスは唇を噛(か)み、瞬(まばた)きを繰り返した。「ありがとう、マチルダ」

ペグは澄んだ緑色の瞳でクラリスを見つめた。

「マチルダって誰なの?」

まただわ。水の中でのたうち回る音、悲鳴、人間の声とは思えない絶叫、恐怖、血……。

クラリスは息を止め、再び唾をのみ込んだ。彼女は呆然と立ち尽くした。顔から血の気が引いている。

そう、マチルダじゃない。この子はペグよ。忘れちゃだめ。いいえ! 思い出しちゃだめ!

「とにかく中に入りましょう」クラリスはペグに言った。

「具合が悪いんでしょう?」ペグが気遣いを見せた。「私につかまって」

クラリスの胸にナイフを突き立てられたような痛みが走った。彼女はペグを見つめた。澄んだまなざしも優しい表情も憎たらしい。この子は本当に信じているの? 見ず知らずの他人が気前のいい善行を施すために、わざわざ遠い国から自分を迎えに来たと思っているの? 疑うことを知らない子供。マチルダもそうだった……。

「大丈夫」クラリスは生気のない声で答えた。「一人で歩けるわ。でも……ありがとう」

ペグは微笑した。「私がついているから心配しないで」

痛みがさらにひどくなった。クラリスは自分とペグの違いを思い知らされた。この子は私よりずっと若い。でも、しっかりしているし、ガッツがある。

「ここの料理は絶品なのよ」クラリスは言った。

「楽しみだわ。私、おなかがぺこぺこなの」

クラリスは腕時計に目をやった。「でも、今はルームサービスですませるしかなさそうね。こっちはアメリカに比べて食事の時間が遅いから、レストランも七時か八時にならないと開かないのよ」

「夜の七時か八時？」ペグは驚きの声をあげた。

「あいにくだけど」

ペグはため息をついた。「でも、サンドウィッチくらいは食べられるわよね？」

クラリスは笑った。「チーズとクリュディテくらいなら」

「クリュディテ……それ、どんなものなの？」

「生野菜にディップを添えたものよ」

「それなら一度食べたことがあると思うわ」

「ここでは新しいことをたくさん体験できるわよ」

忘れられない恐怖の体験も含めて。後ろめたい気分になり、クラリスは目を逸らした。「さあ、部屋に行きましょう。私はもうくたくたよ。あなたも疲れているんじゃないの？」

「それほどでもないわ。グレーンジにはいつ会いに行くの？」ペグは期待を込めて尋ねた。

「手配に一日か二日はかかると思うわ。キャンプはここからそう遠くないけど、雨季の移動は面倒なのよ。カヌーは使えないから、地上を進むしかないの。マナウスから南には舗装道路が延びているわ。でも、私たちが向かうのは北だから、道は未舗装だし、橋が流されている場合もあるのよ。といっても、今はまだ雨季が始まったばかりだから大丈夫だけど」

ペグは落胆した。「そう」

「無理をして事故に遭いたくはないでしょう。そんなことになったら、グレーンジに心配をかけてしまうわ。彼らにとって、今は一番大事な時なのよ」

「そうね。私の考えが足りなかったわ。彼に電話はできる？」

「それもどうかと思うわね」

ペグは唇を噛んだ。「ごめんなさい。私、頭がぼうっとしているみたいで。これってたぶん、なんていったかしら……時差ぼけ？」

「キニーネと一緒にメラトニンもあげておくべきだったわ」サンアントニオで飛行機に乗って以来、クラリスはマラリア対策としてペグにキニーネをのませていた。マナウスに蚊はほとんどいないが、これから向かう目的地にはたくさんいるのだ。どういうわけか、クラリスはペグに対して最初から保護者のような感情を抱いていた。「一番の治療法は現地の時間に合わせて行動することよ」クラリスは続けた。

「夜遅くなったら眠り、朝が来たら起きる。あなたもすぐに慣れるわ」

スイートの前で二人は足を止めた。

ペグが言った。「あなたはたくさん旅をしているのね」

「ええ」つらい記憶から逃れるためにね。クラリスはその言葉をのみ込み、笑みを浮かべた。「さあ、到着よ！」

彼女はドアを開けた。

ペグは恐る恐る中に入った。こんなに豪華な場所は初めてだ。グレーンジの牧場で働くことになった時、彼とパパと三人でサンアントニオの大きなレストランに行ったけど、ここのとは比べものにならないわ。

何もかもが贅沢（ぜいたく）だった。二つあるダブルベッドには、緑色の縁取りがついた真っ白なサテンのカバーがかけられている。カーテンも同じ色で統一されていた。部屋には電話とコンピュータとファクスがあり、小型の冷蔵庫には飲み物とスナックが用意されている。上品なカーペット。壁に飾られた絵。グレーンジはランチハウスに本物の絵を飾っているが、これもそうなのだろうか。

ペグは後ろめたい気分になった。私はパパに嘘のうその説明をした。高校時代の友達に誘われてアトランタに行くと。本物の飛行機に乗って、二、三日、ショッピングを楽しんでくると。ホテル代は友達が払ってくれると。でも、もし本当のことを話したら、絶対パパに止められていたわ。

ペグの浮かない顔を見て、クラリスは尋ねた。

「お気に召さなかったかしら?」

「部屋はすてきよ」ペグは答えた。「こんなに豪華な場所は見たことがないわ。まるで夢みたい。ただ、パパのことが気になって。パパに嘘をついたのは生まれて初めてだったから」

「きっと許してくれるわよ。グレーンジに会うためだもの」

「そうね」ペグはため息をつき、改めて室内を見回した。「とてもエキゾチックだわ。飛行機で読んだ雑誌に書いてあったけど、ここには本当にオウムやイグアナがいるの?」

「アマゾンの野生生物がすべてそろっているわ」クラリスはうとうとしはじめていた。「注意していないと、危険な生き物も多いのよ」

「でも、私にはあなたがいるもの」ペグはにっこり笑った。「現地のことをよく知っている旅の仲間がいると心強いわよね」

「そうね」クラリスはため息をつき、ベッドに倒れ込んで目を閉じた。「私は少し仮眠をとるけど」彼女はまぶたを開いた。「その間に部屋を出たりしちゃだめよ。約束して」

なんだ、がっかり。でも、この人は私を守ろうとしてくれているのよ。「わかったわ」ペグはしぶしぶ答えた。

「明日は観光しましょう」クラリスはつぶやいた。

「動物園に案内してあげる」

「動物園があるの？」ペグは叫んだ。

しかし、クラリスはすでに眠っていた。


ペグは部屋の中をうろうろと歩き回り、最後にバルコニーに出た。バルコニーからはマナウスの街を一望できた。この街のことをすべて知りたい。この私が外国に行けるなんて夢にも思わなかったわ。でも、本当にこれでよかったのかしら？　私はパパに嘘をついてしまった。初対面の女性にグレーンジが会いたがっていると聞かされて、はるばるこんな遠いところまで来てしまった。

あの時は行くしかないと思ったけど、軽率だったんじゃないかしら？　たぶん、これは危険なことよね。パスポートは元々持っていたけど、よその国に行く時は事前に予防注射を打ったりするものでしょう？　マラリアの予防薬はクラリスからもらったわ。破傷風の予防接種は去年ジェイコブズビルで受けた。でも、それ以外はなんの準備もできていないのよ。手持ちの現金は二ドルだけ。薬も携帯電話も持ってきていないわ。

考えれば考えるほど、不安は増すばかりだ。しかも、ペグは空腹だった。クラリスはルームサービスを頼むと言ったが、その前に眠ってしまったのだ。

ペグは試しにルームサービスのメニューを開いてみた。そこにはさまざまな言語で料理名が書かれていたが、理解できたのは英語とスペイン語だけだった。彼女はスペイン語が得意ではなかった。聞き取りはできるし、少しなら話すこともできるが、読解が苦手なのだ。高校ではスペイン語を学んだが、卒業してからの二年間はスペイン語で書かれた看板くらいしか意識したことがない。ペグは自分の勉強不足を悔やんだ。もっと勉強しておけばよかったわ。しかも、マナウスはブラジルだから、使われているのはポルトガル語でしょう？　そうなると、読むのも話すのもお手上げよ。クラリスはポルトガル語がわかるのかしら？

ペグはおずおずと受話器を持ち上げ、ルームサービスの番号をプッシュした。

「はい？」

唾をのみ込んでから、彼女はためらいがちに切り出した。「魚の料理はありますか？」

短い沈黙ののち、くすくす笑う男性の声が聞こえた。彼は愉快そうに答えた。「ええ、ございますとも。英語ですね？　では、英語でお話ししましょう。魚料理をお望みとのことですが、うちの魚料理はバラエティに富んでいましてね！」

「すごいですね」ペグはためらった。「何かお勧めはありますか？　私、南米は初めてなんです。できれば変わった料理を食べてみたいんですけど」

陽気な笑い声が返ってきた。「では、色々な味をお試しいただけるように盛り合わせの皿をお届けしましょう。調理法はいかがなさいますか？」

「フライでお願いします。あと、フライドポテトとケチャップも」

男性は笑った。「はい、ただちに。お飲み物もお持ちしましょうか？」

「ああ、そうね。熱いお茶はお願いできます？」

「ジャスミン茶などいかがでしょう？」

「ええ！」

「砂糖もおつけしますか？」

「お願いします！　私、おなかがぺこぺこなの！」

ペグはクラリスに視線を投げた。「でも、一緒に来た連れが眠ってしまって……。彼女が起きるまで注文は待ったほうがいいかしら？」

また沈黙が訪れた。男性の口調が少し冷ややかなものに変わった。「朝まで待つことになるかもしれませんよ。お連れのセニョリータはよく眠られるから。お客様は、あの方のご友人ですか？」

「あの、私、彼女のことは知らないの。そんなには」ペグは口ごもった。「彼女は私の雇い主に頼まれて、うちを訪ねてきたの。私をここに連れてくるようにって。その雇い主は……」そこで彼女はためらった。軍事作戦のことは言えないわ。絶対に。「今、こっちで仕事をしているの。調査の仕事を」

少し間を置いて、男性は言った。「もし何かお困りのことがあれば、一階のコンシェルジュにご相談ください。マナウスにはアメリカ合衆国の領事館もございますよ」

「ご親切にありがとう」

「お安いご用ですよ、セニョリータ」男性は感じのいい穏やかな口調に戻った。「お食事は三十分以内にお届けします」

「あの、ありがとう(グラシアス)」ペグはたどたどしい口調で礼を言った。

男性はくすくす笑った。「ここでは〝オブリガード〟ですよ。ポルトガル語ですから」

「オブリガード！」ペグは嬉(うれ)しそうに笑い、繰り返した。「これでポルトガル語を一つ覚えたわ！」

「じきにもっと覚えるでしょう。ボア・タルデ」男性はまた笑った。「これは〝こんにちは〟という意味です。覚えておいて損はないですよ」

「ボア・タルデ」ペグは答えた。

「ボア・タルデ」笑いを含んだ口調で応じると、男性は電話を切った。

食事が運ばれてくるのを待つ間に、ペグはコンピュータの電源を入れた。これはクラリスの私物かしら？　勝手に使うことになるけど、クラリスならきっと許してくれるわよね？　ブラウザを開こうとしたペグは奇妙なファイルに気づいた。どうやら今、自分たちがいる国に関連したものらしい。そこで彼女はよく考えもせずにファイルを開いた。

それは四カ月前の記事だった。そこには外国からの訪問者――クラリスと同じ名字を持つアメリカ大使館の政府職員のことが記されていた。彼の来訪目的は石油の契約について先住民族と交渉することにあった。この契約が結ばれれば、ブラジルだけでなくアメリカ企業も恩恵に浴するはずだった。ところが、交渉に向かう途中、彼は小さなカヌーから川に落ちた。彼の顔の切り傷から流れ出た血にピラニアたちが群がった。ピラニアは常に人を襲うわけではない、と記事の執筆者は断りを入れていた。だが、このピラニアたちはしばらく餌にありついていなかったのだろう。男性はピラニアの群れに襲われた。男性の娘が彼を助けようとして川に飛び込んだが、どちらも助からなかった。その娘はマチルダといった。男性にはもう一人娘がいた。岸に取り残され、怯えながら恐怖の光景を見ていた娘が。その後、彼女は失神し、地元の病院に運ばれた。いまだにそこで治療を受けているということだった。

ペグは愕然としながらファイルを閉じ、コンピュータの電源を落とした。心の痛みとともにクラリスのそばに立った。気の毒に。この人は家族を二人も失った。自分が見ている目の前で。失神するのも当然よ。そんな悲劇が起きた場所によく戻ってこられたものだわ。

でも、こうして目を閉じて眠っていると、この人が抱えている緊張と悲しみがよくわかる。ペグはため息をついた。本当に気の毒でたまらないわ。どんなに恐ろしい思いをしたことか。それなのに、この人は赤の他人の私にもとても親切にしてくれる。普通なら自分の殻に閉じこもってしまうはずなのに。

私ならきっとそうなるわ。でも、実際にその立場になってみないと、本当のところはわからないけど。

ペグは窓に歩み寄り、外を眺めやった。このホテルは白砂のビーチに立っていた。テーブルに置かれたパンフレットによれば、マナウスを代表する格式のあるホテルらしい。窓から見えるのも現代的な大都会の風景で、ジャガーや蛇がうろつくジャングルも、掘っ立て小屋の村も見えなかった。

事実、マナウスは〝熱帯のパリ〟と呼ばれていた。現代的なビルと植民地時代の古い建物が混在する光と色彩にあふれた美しい街で、快適さにおいてはニューヨークやヨーロッパの大都市にも引けを取らなかった。飛行機からマナウスの港に停泊する大型船を見た時、ペグは驚嘆の声をあげた。

「そうなのよ」クラリスは言った。「アマゾン川はマナウスまで遠洋定期船が航行できるの。船もよく来るけど、TAM航空が国際便を運航しているから、南米の主要都市と直結しているのよ」

バルコニーからは白い砂浜と椰子の木ときらめく水も見えた。川というより海みたいね。ペグはそう思った。水辺まで行って、じっくり見てみたいわ。クラリスは手配に二日かかると言ったけど、その二日の間に少しは観光できるかしら。海外の都市を見るチャンスなんて、これが最初で最後かもしれないし。でも、もう一度グレーンジに会えるなら観光なんてどうでもいい。私に会ったら、彼はどんな顔をするかしら？　ああ、早く彼に会いたい！

ウェイターが運んできた巨大なトレイには、魚料理とお茶のほかに、さまざまな飾りを施したデザートも並んでいた。

「当ホテルの特製デザートもお試しいただきたい、とラウルが申しましてね」笑顔のウェイターが説明した。「ココナッツをはじめとして、地元のフルーツがふんだんに使われております。ほかに必要なものがあれば、なんでもお申しつけください」

ペグは困惑の表情を浮かべ、すまなさそうに言った。「私、持ち合わせがなくて。チップをあげられないの」

ウェイターは優しくほほ笑んだ。「いいんですよ、セニョリータ。お気持ちだけで充分です」

「本当にありがとう」ペグはスペイン語で答えた。

ウェイターは嬉しそうな顔をした。「どういたしまして。スペイン語がわかれば、ポルトガル語もけっこう理解できますよ。不思議な話ですが、事実そうなんです。たとえば、〝おはよう〟とか」

ペグの顔に笑みが広がった。「ボン・ディア。オブリガード」

ウェイターは一礼し、笑顔で去っていった。

ペグは後ろめたい気分でクラリスを見やった。クラリスはまだ寝息をたてている。彼女の分は本人が起きてから注文したほうがいいわよね。この豪勢な食事の代金は私が払おう。なけなしの貯金をはたいてでも。

ペグは窓辺に座り、砂浜を眺めながら食事を始めた。

しかし、すべてを食べきることは不可能だった。魚のフライは繊細でおいしかった。フライドポテトの味付けも申し分なかった。フルーツサラダとデザートを食べた時は、思わず目を閉じてうっとりとしてしまった。こんな料理、食べたことがないわ。ポルトガル語ができたら、レシピを教えてもらうのに。でも、ホテルの特製料理らしいから、教えてもらうのは無理かしら。残念だわ。もし私がこんな料理を出したら、パパはきっと仰天したでしょうね。

もしパパが私の居場所を知ったら。どうするかしら？　ペグは眉をひそめた。それこそかんかんに怒るわね。私は初めてパパに嘘をついた。でも、どうしてもグレーンジに会いたいの。たぶん、最後は丸くおさまるはずよ。そうでないと困るわ！

マナウスに夜が訪れても、クラリスは目を覚まさなかった。ペグはきらめく光に彩られた大都会を眺めた。これほど美しい都市は見たことがないわ。しかも、とても広いのね。街の明かりがはるか遠くまで続いている。神秘と危険に満ちたアマゾンの中にこんな場所があるなんて。本当に夢みたいだわ。

ペグはホテルのパンフレットを開き、マナウスの成り立ちと歴史について書かれた英語の説明文を読んだ。読み終わる頃には、まぶたが重たくなっていた。

今日は長い一日だったものね。クラリスも眠ったままだし。

ペグはため息とともに浴室に向かった。シャワーを浴びて、コットンの長い寝間着に着替えた。それから三十分後には、すでにぐっすり眠っていた。

ペグはスーツケースを開ける音で目を覚ました。クラリスが化粧品と洗面道具を取り出していた。服装が昨日と違っている。ポケットがたくさんついたベストもキッド革のブーツも青いものに代わっていた。

目をこすっているペグに視線を投げて、クラリスは笑った。「やっとお目覚めね。昨夜はよく眠れた？」

「ええ、おかげさまで。昨夜、ルームサービスを頼んだの。お金は帰ってから……」

クラリスは手を振った。「気にしないで。それより、あなたをほったらかしてごめんなさいね。昨日は本当にへとへとだったの。三日間でブラジルとアメリカを往復したから、時差ぼけがいっきに来たみたい。おなかは空（す）いてる？　朝食を注文したのよ。ここのコーヒーは最高なの。あなた、コーヒーは平気？」

「ええ、大好きよ」

「よかった。昨夜はお茶を注文したとラウルが言っていたから」

「ここでコーヒーが飲めるとは思わなくて」

「ちょっと！」クラリスは叫んだ。「ここは南米よ。南米といったら、コーヒーの本場じゃないの」

ペグは笑った。「そうよね。私も昨夜はへとへとだったから。私、今までどこにも行ったことがなかったの。ここはすばらしい街ね」彼女はベッドから起き上がった。「写真で見た夜のニューヨークみたい。マナウスがこんなに大きな街だなんて夢にも思わなかったわ」

「確かに大きな街よ。天然ゴムのブームの頃に建てられたオペラハウスもあるし、ブラジル随一と言われる現代的な摩天楼もある。大聖堂も多くあるわ」

「街を探検する時間はあるかしら？」

「もちろん。でも、注射が先よ。私の友人に医者がいるから、ここに来てもらうわ。すでにキニーネをのみはじめているから、マラリア予防は問題ないわね。こっちではマラリアが蔓延（まんえん）しているの。といっても、今はまだ雨季に入ったばかりだし、ネグロ川の近辺はたいしたことはないけど」

「注射？」

クラリスはうなずいた。「予防接種よ。A型肝炎、B型肝炎、マラリア、黄熱病。あなたが病気で倒れるようなことになったら、ウィンスローは一生私を許してくれないわ」ペグから目を逸らしたまま、クラリスは締めくくった。元々の計画ではペグのためにそこまでするつもりはなかった。だが、彼女はすでに罪の意識に苦しんでいた。いくら恋敵とはいえ、予防接種もせずにジャングルに連れ込むことはできなかった。

「私、注射はいやだわ」

「病気はもっといやでしょう」

ペグはため息をついた。「そうね」

ドアにノックの音が響いた。

「朝食よ」クラリスは宣言し、笑顔を作った。

のんびりとした朝食がすんだ頃、医師が到着した。彼は二人のために処方した薬を持参していた。旅慣れていないペグのためには、腹下しの薬も用意されていた。

幸い、注射は痛くなかった。ほっとしたペグは何度もお礼の言葉を繰り返した。

医師は笑顔で一礼し、クラリスとともに部屋を出ていった。二分ほどして戻ってくると、クラリスは言った。「このホテルの中では何を口にしてもいいわ。でも、街の外から来た水や食べ物は絶対に口にしちゃだめよ。それから、虫にも注意して。虫に刺されたら、すぐに手当てをしないと危険なの」

「わかったわ」ペグは答えた。

クラリスは顔を背けた。「じゃあ、行きましょうか。私が街の中を案内してあげる。マナウスに来たら、観光しないわけにはいかないでしょう。きっとあなたも驚くわよ」

「あなたにお返しができたらいいんだけど」ペグは情けなさそうにつぶやいた。

クラリスは唖然として振り返った。今までに私と旅をした人間は大勢いるわ。でも、自分からお金を出そうとした人間は一人もいなかった。

「お返し？」

「あなたはとても親切な人だけど」ペグは答えた。「私はお返しもできないのに人に甘えるのはいやなの」

言葉を失い、クラリスは唾をのみ込んだ。罪の意識ばかりが大きくなっていく。一分ほど沈黙してから、彼女は目を伏せて言った。「私はグレーンジが好きよ。彼に頼まれたから、あなたをここまで連れてきたの」

ペグは噂を思い出した。グレーンジはどこかのご令嬢に追い回されているというわ。クラリスはそのご令嬢のことを知っているのかしら? クラリスがご令嬢本人じゃないことは確かよ。噂で聞いたご令嬢は冷酷な人みたいだけど、彼女は親切で寛大だもの。クラリスにそのことを訊いてみたい。でも、今は不愉快な話題は避けたほうがよさそうね。

「だとしても、あなたには本当に感謝しているわ」ペグは言った。「私にできることがあれば、なんでも言って。どんなことでもするから」

クラリスは視線を逸らしたままだった。「そろそろ行くわよ」

二人は市内を巡った。オペラハウスは巨大な柱とピンクの外観に植民地時代の名残をとどめていた。オペラハウスの入り口では、靴の上に重ねてはくスリッパを渡された。床が老朽化し、滑りやすくなっているからだ。ペグは驚きに目を丸くしながら、華麗な建物の内部を見て回った。グレーンジはよく自分の部屋でオペラを聴いていたわ。一度、私にもCDを聴かせてくれた。歌っていたのはプラシド・ドミンゴとかいう有名なオペラ歌手だった。その中にすごく気に入った曲があったのよね。タイトルは《誰も眠らない》だったかしら?

「オペラの曲なら一度聴いたことがあるわ。誰も眠らないとかなんとかいう歌詞で……」

「『トゥーランドット』でしょう。それは《誰も寝てはならぬ》って曲よ」クラリスはぼんやりとした口調で答えた。「ええ。あれは私が聴いた中でも最高の部類に入るアリアだわ」

「プラシド・ドミンゴって人が歌っていたんだけど、私、鳥肌が立っちゃった」

クラリスはペグに向き直った。「あなた、オペラを観に行ったことはある?」

ペグは小さく笑った。「どこかに出かけたことなんて一度もなかったわ。今までは」

「オペラは観ておくべきよ。少なくとも一度はね。あれは忘れられない経験だわ」これもそうだけどね。クラリスは心の中で付け加えた。気の毒なペグ。これからあなたは一生忘れられない経験をするのよ。

クラリスは少し脇に移動すると、また抗不安薬を二錠取り出し、持ち歩いていたボトルの水とともにのみ下した。

薬は私を目覚めさせ、眠らせてくれる。思い出を、恐ろしい記憶を忘れさせてくれる。

一分ほどしてから、クラリスはペグに言った。

「時間もないことだし、そろそろ次に行くわよ」

「ああ、そうね」

次に二人が向かった先は町外れにある動物園だった。そこにはアマゾンで発見できる、ありとあらゆる種類の動物たちがいた。猿、イグアナ、バク。水族館にはピラニアの姿もあった。

巨大な顎と鋭い歯を持つ魚たちを見たとたん、クラリスの顔色が変わった。

そのことに気づいて、ペグはあわてて切り出した。

「ここはいいわ。もう出ましょう」

クラリスはゆっくりと振り返り、ペグを見つめた。

「どういうこと?」

「あなたはあれを見ないほうが……」ペグの言葉がとぎれた。

クラリスの青い瞳が強く光った。「あなた、私のことをかぎ回ったわね! 私のコンピュータをのぞいたんでしょう?」彼女は冷ややかに問いただした。

ペグの顔から血の気が引いていった。

7

ペグは言葉を失った。今のクラリスには猛々しさが感じられる。自制心をなくした麻薬中毒者を連想させた。麻薬の恐ろしさについてはペグも知っていた。ペンドルトン牧場で働く牧童たちの中に、一時期違法薬物にはまった若者がいたからだ。その若者はペグに非常識な迫り方をして、エドの怒りを買ったが、幸い治療を受けることができたので、ジェイソン・ペンドルトンの許しも得て、今は真面目に働いている。しかし、ペグは当時の若者の顔や目つきや態度をいまだに忘れていなかった。

「ええ」ペグは力のない声で認めた。「マナウスの情報をさがしていて、たまたま新聞記事のファイルを見つけたの。観光がらみの記事かと思ったのよ。ごめんなさい。本当にお気の毒だわ。あなたの妹さんとお父さんが……あんなことになるなんて！」

クラリスは腹にパンチを食らった気がした。内々におこなわれた葬儀にはロークも来てくれた。だが、彼女はロークに慰めを求めなかった。ロークになんでも力になると言われた時も、慇懃無礼な態度で断り、そそくさとその場を離れたのだった。

クラリスは今まで親友が欲しいと思ったことがなかった。スイスの寄宿学校でも級友たちに馴染めず、居心地の悪い思いをしただけだった。信心深い母親から、自分を大切にしろ、遊びでセックスをするな、酒にも麻薬にも手を出すなと教わったせいだ。見境なく交尾するのは動物だ、人の交わりには愛情がなくてはならない、と。

もちろん、私も恋くらいはしたわ。大学ではある教授に夢中になった。といっても、彼は同性愛者だったけど。彼のそばにいると、頭が混乱した。顔が真っ赤になった。そんな私を見て、ほかの女の子たちはくすくす笑ったわ。なぜ私が笑われなくてはならないの？　私はますます混乱し、自信を失った。そして、それ以降は男性と距離を置くようになった。世慣れた女のふりをしたのは、みんなに正常だと思われたいからよ。だけど、グレーンジは私のことを遊び人だと思っている。まったく、悪い冗談よね。

ええ、そうよ。彼に冷たい態度をとられて、私はむきになったわ。彼は私の財力に目もくれなかった。私を望まなかった。

その理由がこの子よ。人の気持ちを大切にする無邪気で優しい子。あの事故以来、私はずっと気を張りつめて生きてきた。でも、そんな思いやりのまなざしで見られたら、どうしていいかわからなくなる。

「いいのよ。我慢しなくて」ペグはクラリスを抱き寄せた。「思いきって吐き出せばいいの。そうでないと、余計につらくなるわ」クラリスを揺すりながら、ペグはささやいた。「大丈夫だから」

クラリスは子供のように泣きじゃくった。こんな人目のある場所で、仕返しをしようと思っている恋敵の腕の中で慰めを見出すなんて。これ以上の屈辱があるかしら？

クラリスはすぐに立ち直った。ペグの抱擁から身を引き、ウエストポーチを探ると、取り出したレースのハンカチで目と鼻を拭う。最悪の気分だ。

「そのことについて話したことさえないんでしょう？」ペグが静かに問いかけた。

「誰に話せというの？」クラリスはぞんざいに聞き返した。「母は数年前に他界したし、父と妹は……」

彼女の喉が詰まった。「私には彼らしかいなかった。ほかに家族はいないのよ。友達は刺激が必要な人ばかり。夜の街で豪遊するとか、自家用ジェット機でリゾートに繰り出すとか、海外の五つ星ホテルで

「……」

「それは友達じゃないわ」

クラリスは長々と息を吸い込んだ。「じゃあ、私には友達はいないことになるわね」

ペグは眉をひそめた。「私も今まで本物の親友はいなかったわ。友達はいるけど、親友はまた別よ」

「ええ、そうね」

「大丈夫？」ペグは気遣わしげに尋ねた。

クラリスはまた息を吸った。「ええ」ハンカチをしまうと、ペグに視線を投げてから目を逸らし、ぽつりとつぶやいた。「ありがとう」

ペグは微笑した。「誰にでも抱擁が必要な時があるわ」

クラリスは震える声で笑った。「そのようね」

ペグにはもう一つ気になっていることがあった。クラリスがしきりに口にしている薬のことだ。でも、今は黙っていよう。クラリスとはまだ知り合ったばかりだもの。ただし、ずっと黙っているわけにはいかないわ。私はクラリスのことが好きだから。彼女には、ペンドルトン牧場のあの男の子のようになってほしくないから。

ペグのタンクトップからのぞく腕が腫れていることに気づき、クラリスは言った。「もうホテルに戻りましょう。私はまだ色々と手配しなきゃならないし、あなたも予防接種の跡が痛そうだし」

「実は、ちょっと気分がよくないの」ペグは打ち明けた。

「ホテルに戻ったら、しばらく横になるといいわ。準備は私に任せて」

水族館を出たところでペグは足を止めた。「私はあなたのことをかぎ回っていたんじゃないわ。本当よ。あなたにどこに連れていってもらおうかと考えて、マナウスの情報をさがしていただけなの」

「もういいわ」クラリスから戻ってきた返事はそれ

だけだった。

　ペグは体調を崩した。予防接種の注射を何種類も打ったせいか、熱を出してしまったのだ。クラリスはペグの枕元に付き添った。恋敵の体調を心配する自分に戸惑いながらも、タオルを水で濡らし、ペグの額を拭いてやった。そして最後には、知り合いの医師に電話をかけ、ホテルまで来てもらった。

「ただの副反応だよ」去り際にドクター・カルヴァハルは言った。彼は目を鋭く細め、心配そうに付け加えた。「君はあの薬をのみすぎているね」

　クラリスは目を逸らした。「必要な時しかのまないようにしているわ。本当よ」

「あれは、あまりのみすぎると判断力が狂うことがある」

「そうなの？」

　ドクター・カルヴァハルはため息をついた。「あの若い女性はなぜここにいる？　君はなんのために彼女をマナウスまで連れてきたんだ？」

「彼女の友人に会わせるためよ」クラリスは視線を落とした。「ここで働いている男性に」

　ドクター・カルヴァハルは瞬き一つしなかった。

「君は慈善事業のつもりでそうしているのか？　あの子は海外は初めてのようだが」

　クラリスは医師をにらみ返した。「あなたには関係ないことだわ」

　短い沈黙ののち、ドクター・カルヴァハルは言った。「ああ、確かに私には関係ない。だが、君はあれ以来ここに来ていなかった。今でもあの悲劇を引きずっているんだろう。君は薬と記憶のせいで自暴自棄になっているんだ」彼はクラリスの腕に手を置いた。「私に約束してくれ。危険な真似はしないと。特に、あの子と一緒にいる間は絶対に無茶をしないと。また悲劇が起きたら、君はもうおしまいだ」

クラリスの顔が青ざめた。「何が言いたいの？」

「君は精神的に不安定な状態にある。ぎりぎりで現実にしがみついている。今の君に以前の強さはない。無茶は絶対にするな。アマゾンは危険な場所だ。何があってもおかしくない。だが、あの子にはそのことがまるでわかっていない。君はあの子の命を危険にさらすつもりか？」

クラリスは医師の言葉について考えた。私の判断力は本当におかしくなっているのかしら？　確かに最近の私は私らしくないわ。この旅にしても、常識では考えられない。私がペグにしようとしていることなんて、まさに狂気の沙汰よ。最初は理性的な計画に思えたけど……。

「私は彼女をもてなしているだけよ。彼女を傷つけたりはしないわ」クラリスは断言した。

「君は冷酷な人間じゃない」ドクター・カルヴァハルは微笑した。「君の母親は心の優しい親切なレディだった。病気の人間がいれば、いつも真っ先に駆けつけた。信心深いすばらしい女性だった」

クラリスは目を閉じた。「母が死ぬと同時に私の世界もなくなったの。父とマチルダには理解してもらえなかった」

「君の気持ちはわかるよ。君の父親は大使館の職員だった。彼の仕事に合わせて、君たち一家はアフリカや南米を転々とした。だから、君には友情を育む時間がなかった。母親しか頼る人がいなかった。父親は仕事で留守がちだったし、妹とは年が離れていたからね。君たち母娘はまるで双子のようだった」

クラリスは大きく息を吸い込んだ。「来てくれてありがとう」

「あの子はすぐによくなるよ」医師はほほ笑んだ。「君という付き添いがいるから」

クラリスは虚ろな声で笑った。「冗談でしょう」

「まあ、見ててごらん。明日の朝には元気になっているから」

「ありがとう」

「ジャングルには近づくな」ドクター・カルヴァハルが釘を刺した。

クラリスはふざけて十字を切った。

医師は顔をしかめながら帰っていった。

クラリスはベッドに引き返した。ペグは真っ赤な顔で眠っていた。乱れたブロンドの髪が枕に広がっている。クラリスは再びタオルを湿らせ、ペグの額に当てた。

復讐の計画がだんだんばからしく思えてきたわ。ドクターの言うとおりなのかしら？　私は薬で判断力を狂わせているの？　その気になれば薬をやめることも可能なの？

クラリスは薬瓶を持って浴室へ向かった。徐々に薬から卒業できるように必要な分だけを確保して、残りはすべてトイレに流した。

「これで答えがわかるわ」一人つぶやくと、クラリスは顔をしかめた。薬なしで私はどうやって生きていけばいいの？

なんとかなるわ。事故が起きる前は薬なしで生きていたんだから。もし薬が私の判断力に影響しているとしたら、これで証明できる。どうしても薬なしでやっていけないようなら、その時は補充すればいい。薬は海外からの取り寄せになるけど、お金ならいくらでもあるでしょう。

寝室に戻ると、ちょうどペグが目を覚ましたところだった。

「気分が悪いの」ペグは弱々しい声で訴えた。

「予防接種の副反応よ。ごめんなさいね」

「あなたのせいじゃないわ」なんとか笑顔を作ったペグは、額にのせられたタオルに気づいた。クラリスが看病してくれたんだわ。私の熱を下げるために。

「アスピリンはあるかしら？」

なかなかったのかしら？　自分の迂闊さを責めながら、クラリスはスーツケースから薬瓶を、小型冷蔵庫から水のボトルを取り出した。この調子だと、あっと言う間に在庫がなくなりそうね。ホテルに水の追加を頼まなきゃ。薬瓶を開ける段になって、彼女は確認した。「あなた、アスピリンにアレルギーはないでしょうね？」

「ないわ」ペグは答えた。

クラリスはペグの手に薬を二錠のせた。ペグがそれをのむ間も、そばに立って見守った。「二、三時間くらい前に医者を呼んで、あなたを診察してもらったの。ただの副反応だから心配ない、一日か二日でよくなるだろう、と言われたわ。でも、アスピリンをのんだほうが熱は早く下がるわよね。気づかなくてごめんなさい」

ペグはしげしげとクラリスを見つめた。「ずっと寝ずに看病してくれたのね」

クラリスはばつの悪そうな表情で打ち明けた。「眠るのが怖かったのよ。あなたがとても苦しそうだったから」

「それでお医者様を呼んでくれたの？」

「友人に頼んだだけよ。彼は腕のいい医者なの」

ペグはなおもクラリスを見つめつづけた。そして、ためらいがちに言った。「ありがとう。パパ以外の人に夜通し看病してもらったのは初めてよ。ママも看病してくれたけど、何年も前に亡くなったの」

「私の母もそうよ」クラリスはベッドに腰を下ろした。「母はここで生まれたの。ドイツ人の母親とスペイン人の父親の間にね。彼女は精力的に働いていたわ。教会を支えるために」

「カトリック教会のために？」

クラリスはうなずき、目を伏せた。「母は聖人みたいな人だった。私とは大違いよ。私は善人じゃいもの」

ペグはクラリスの腕に手を置いた。「いいえ、あなたは善人よ。あなたは夜通し私を看病してくれた。私のためにお医者様を呼んでくれた。悪人がそんなことをすると思う？」

クラリスは罪の意識にさいなまれた。すべて白状してしまいたい。でも、人に褒められるなんてめったにあることじゃないわ。こんなに嬉しい気分になったのは何カ月ぶりかしら。彼女はペグの手を握りしめた。「とにかく、あなたはゆっくり休むことよ。これから朝食を注文するけど、卵くらいなら食べられそう？」

ペグはため息をついた。「なんとか食べてみるわ。でも、軽いものにして。胃も調子がおかしいの」

クラリスは微笑した。「ここのルームサービスなら、きっと何か用意してくれるわよ」

軽めの朝食をすませると、ペグは再び眠りに就いた。次の日にはすっかり元気になっていた。彼女はベッドを出て、服を着た。腕の腫れも引いていた。

クラリスは医師から教わった断薬法を実践した。薬は処方された量しかのまず、カフェインを避け、水とジュースで我慢した。最初の数時間はいらいらしたが、翌日には気持ちが楽になっていた。

二人は一階のレストランで朝食をとった。外には色鮮やかな鳥たちの姿があった。ジャングルの音も間近に聞こえた。

「じきに洪水が来るわ」クラリスは言った。「このホテルが浸かることもあるのよ。でも、立地としては最高よね。子供の頃はここに来るのが大好きだったわ。うちの家族はワシントンの父の実家で暮らしていたの。父が海外に赴任していない時はね。でも、母が故郷を恋しがったから、よくみんなでこっちに来ていたのよ」

「こっちに友達や身内はいるの？」

「今はいないわ。母の姉がいたけど、彼女も母と同じ時期に亡くなったから」

「家族がいないのって寂しいわよね。私にもパパしかいないわ」

「親戚は？」クラリスは興味を引かれて尋ねた。

ペグは首を左右に振った。「パパもママも一人っ子だったから」

クラリスは眉をひそめ、コーヒーをすすった。この一杯だけで、あとは一日ずっと我慢だわ。カフェインは神経を高ぶらせるから。

そんなクラリスをペグはじっと観察していた。

「そういえば、あなたが薬をのむところを見てないわ」

クラリスは笑った。「薬はほとんどトイレに流したわ。今、断薬に挑戦中なの。ドクターにのみすぎを注意されたの。私はのみすぎだとは思っていなかったけど、どうやら彼が正しかったみたいね。こんなにすっきりした気分は父とマチルダが……あの事故以来よ」

ペグは微笑した。「抗不安薬が役に立った時期もあったんでしょうけど」

「ええ」クラリスはため息とともにコーヒーを飲み終えた。「でも、母がよく言っていたわ。人生とは澄んだ目で正面から向き合うべきだと」

「名言ね」

クラリスは肩をすくめ、笑みを浮かべた。「じゃあ、これはどう思う？　ガイドに運転してもらって、グレーンジのキャンプに近い先住民の村まで行くの。さっきエンリケに電話してみたら、サンパウロから戻ってきたばかりで、スケジュールは空いているっていうの。私がグレーンジを連れてくるから、あなたは村で待ってて。エンリケには私と一緒に来てもらうわ。キャンプは目立たない場所にあるから、彼にさがしてもらわなきゃ」

「今日？」

クラリスはまた笑った。「今日よ」

「私もキャンプに行っちゃだめ？」

クラリスは椅子の背にもたれ、考え込むような表情になった。「ペグ、実は私、あなたに隠していたことがあるの。この話をしたらあなたに嫌われそうで、言いたくても言えなかったのよ」

ペグは穏やかな緑色の瞳でクラリスのこわばった顔を探った。「あなたはもう私の友達よ。何を言われても嫌いになんてならないわ」

クラリスの瞳から涙があふれた。泣くまいとしたがだめだった。彼女はレースのハンカチを取り出し、涙を拭った。「かなりいやな話よ」

「いいから話して。気が楽になるわよ」

クラリスは深呼吸をした。もしペグに嫌われたら、本当につらい気分になるだろう。「私はグレーンジに熱を上げていたの。理由は自分でもわからないわ。彼は全然私のタイプじゃないもの。でも、あの……事故のあと、ワシントンで彼と会って、私は彼に執着するようになった。当時、私は大量の薬をのんでいたし、彼に冷たくされて意地になったんでしょうね。私はなんとか彼を振り向かせようとした」彼女はそこでペグの反応をうかがった。まだ怒ってはいないみたいだわ。「グレーンジは私を遊び人だと思っているのよ。あちこちで男を誘惑している女だと。私の母はとても信心深い人だった。私は彼女から自分を大切にしろと教えられた。だから一度も……」

クラリスは咳払いをした。「わかるでしょう？」

「よくわかるわ」ペグははにかんだ表情で笑った。「私も高校時代はそのことでからかわれたから。そういう時は言い返してやったの。私は性感染症やほかの危険な病気の心配をせずに年を取るほうがいいって。世間の風潮に流されて、自分を安売りする女あなたは誰よりも親切だった。家族以外の人間にこんなに優しくされたのは初めてよ。私、自分が恥ずかしくてたまらないわ!」

ペグは出し抜けに立ち上がった。テーブルを回り込み、クラリスを抱擁した。「自分を責めるのはやめて。人は愚かな真似をするものよ。過ちを犯すものだわ。完璧な人間なんて一人もいないのよ」

クラリスはペグを抱きしめた。「あなたみたいな人には初めて会ったわ」

ペグは微笑した。「今まで運がよかったのね」

「真面目な話よ!」クラリスは身を引いた。涙で目が赤くなっている。「この埋め合わせはさせてもらうわ。命に代えても。何があっても。必ずあなたを村に連れていってあげる。マナウスにはサパラのスパイがいるから、ここでグレーンジと会うわけにはいかないの。でも、あの村なら絶対に大丈夫。バレラに入ってすぐの場所にある先住民の集落で、住んでいる子も大勢いるけど」彼女はふんと鼻を鳴らした。「私は流されるのはいやよ。自分のルールに従って生きるわ」

「いい子ね」親愛の情を込めて言ったあと、クラリスはため息をついた。「でも、この話には続きがあるの。私はマチャド将軍のキャンプに行って、同行取材をさせてほしいと頼んだわ。私、本当にフォトジャーナリストなのよ。資格だって持っているわ。でも、グレーンジは私の下心を見抜いて、キャンプから追い出した。私を娼婦か何かみたいに扱ったのよ。私の昔からの知り合い……私が尊敬している男性がいる前で」その時のロークの目つきを思い出し、彼女はたじろいだ。「私は薬のせいで半分正気を失っていたわ。どうしてもグレーンジに仕返ししたかったの」クラリスは傷ついたまなざしをペグに向けた。「私があなたをここに連れてきたのは、危険な目に遭わせるためなの。ひどい話よね。でも、でいるのはいい人ばかりだし、エンリケの母親も住人の一人だから、あそこにいる限り、あなたは安全よ。私はエンリケにキャンプまで案内してもらうわ。私一人では見つけられないし、この季節に一人でジャングルに入るのは怖いから。キャンプに着いたら、グレーンジに私がしたことをすべて話すわ。彼も私を許してくれることを祈りながら。それから、彼をあなたのもとに連れてくる。彼がキャンプに戻ったら、あなたをテキサスまで送っていくわ」

ペグはクラリスの顔にかかるブロンドの乱れ髪を押しのけた。「彼はいい人よ。きっとわかってくれるわ」

「そう思う？」クラリスは目をこすった。「でも、銃で撃たれる可能性もあるわ。もし私が戻ってこなかったら、何かあったんだと思って。それで思い出したけど……」彼女はバッグに手を伸ばし、高額紙幣の束を取り出した。周囲に目を配り、誰も見ていないことを確かめながら、その札束をペグのジーンズのポケットに押し込む。「いざという時のお守よ」押し殺した声でクラリスは説明した。「帰りのチケットはすでに押さえてあるけど、何か問題が起きても、この現金があればマナウスまで戻れるわ。チケットとお金はウエストポーチに入れておくのよ。身分証明書と着替えも持っていきなさい」

ペグの全身に寒気が走った。「何かって、どんな問題が起きるの？」

クラリスは顔をしかめた。「それは私にもわからないけど、時々あるのよ。何かこう……いやな感じがするの。気のせいかもしれないけど、万が一ということもあるし、現金は用意しておくべきだわ」彼女は立ち上がり、勘定書を手に取った。「ペグ、あなたをこんなことに巻き込んで本当にごめんなさい。私のエゴも理由の一つだけど、一番の問題は薬よ。自分では気づいていなかったけど、私は薬に支配さ

「うちの牧場に処方薬の中毒になった人がいたけど、最後はリハビリ施設に入ったわ。本当はあなたにその話がしたかったの。でも、どうしても勇気がなくて……」

「あなたは私の妹によく似ているわ」クラリスは唇を噛み、背中を向けた。「じゃあ、行動開始よ」

「了解」ペグはクラリスのあとに続いた。この苦悩を抱えた女性のことを今まで以上に尊敬するようになっていた。

二人はすべてを荷造りした。ただし、持っていくものは必要最小限にとどめ、スーツケースなどはホテルに残していくことにした。

「エンリケは地元の部族出身なのよ」ホテルを出ながら、クラリスは説明した。「アマゾンのことを自分の庭のように知り尽くしているの」

「村に英語を話せる人はいるかしら?」ペグは不安げに尋ねた。

「いいえ。でも、スペイン語とポルトガル語なら通じるわ」クラリスは笑みを返した。「あなたのスペイン語はただ単語を並べるだけだけど、それで問題ないはずよ」

「つまり、その村の人たちは三つの言語を話せるってこと?」ペグは感心した。「私たちって、未開の地に対して変な思い込みがあるでしょう」

クラリスは笑った。「ええ、確かに。でも、見知らぬ女によその土地に連れてこられたら、いやでも色々と学習するわよね」

クラリスが軽口をたたくのはこれが初めてだ。ペグは笑った。「私はいやいやじゃないわよ。グレーンジに会えるなら、なんでもするわ」

「私は彼に殺されちゃうかも」クラリスは陽気に言った。「昔から興味があったのよね。目隠しをされ、連れていかれたんだわ」

タバコをくわえさせられて、壁の前に立つのはどんな気分だろうって」

「あなたはタバコを吸わないでしょう」ペグが指摘した。

「私は妄想を楽しんでいるの。お願いだから邪魔しないでくれる？」

ガイドのエンリケ・ボアスはハンサムで背が高かった。髪は黒い癖毛で、黒っぽい大きな瞳とすばらしい笑顔の持ち主だ。

「光栄だな。こんなに魅力的な女性を二人もエスコートできるなんて」彼は一礼して言った。

褒められて、ペグは舞い上がった。「ありがとう！」

エンリケは彼女の手にキスをした。「なんてすばらしい笑顔だろう。澄んだ緑色の瞳がジャングルを思わせる」

「はい、そこまで。この子は売約済みなんだから」クラリスが口を挟んだ。なぜか保護者のような気分になっていた。

「売約済み？」

「恋人がいるってこと」クラリスは説明した。「その恋人がいるキャンプまで行って、彼をこの子のところまで連れてくるのが私たちの仕事よ」

「ああ、なるほど。運のいい男もいたもんだ」真っ赤になったペグの顔をしげしげと眺めながら、エンリケは言った。「じゃあ、急いで出発したほうがいいかな？」

「ええ」クラリスは答えた。「ペグは、あなたのお母さんが住む村に置いていくわ。そのほうが安全だから」

「あの村の近くには遺跡があってね」エンリケは女性二人のために車のドアを開けた。「アメリカの考古学者はこれまでの南米の文明に対する学説を覆すものだと言ってる。エジプトのピラミッドより古いって話だよ。信じられるかい？」

「遺跡？」ペグは興味を示した。「面白そう！　私も見てみたいわ」

「物事には順序があるの」クラリスは助手席に乗り込み、ペグに顔を向けてくすりと笑った。「まずはグレーンジが私を撃つ。それから、あなたは彼と再会する。遺跡巡りはそのあとね」

「彼にあなたが撃てるもんですか。私がそう言っていたって彼に伝えて」ペグはきっぱりと断言した。

「伝えるわ。それで命拾いできるかもしれないし」

ペグはにっこり笑った。エンリケがランドローバーに乗り込み、エンジンをかけた。こうして彼女たちのジャングルの旅が始まった。


　そこはとても小さな村だった。中央に広場があり、それを取り囲むように食パンの形をした草葺き屋根の家が並んでいた。エンリケは広場の入り口でランドローバーを停めた。彼が現地の言葉で呼びかけると、村人たちがおずおずとした様子で家の中から現れた。皆、小柄で、浅黒い肌に黒い髪をしている。

　年配の女性が不審そうな表情でクラリスたちに近づいてきた。

　エンリケが何か話しかけると、その女性は問いかけの口調で答えた。エンリケは笑みを浮かべた。クラリスたちを身ぶりで示し、また何か言った。

　女性はうなずき、ペグに歩み寄った。そしてペグの金色の髪と緑色の瞳に見とれながら、エンリケに何か尋ねた。

　エンリケはぷっと噴き出し、笑いながらペグに通訳した。「君は緑色の目をしてるけど、どこの部族の人間かって訊いてるよ」

　ペグはにっこり笑った。「彼女に言ってちょうだい。私はテキサスという部族の人間だって」

エンリケは大笑いし、女性にその言葉を伝えた。

年配の女性はほほ笑んだ。

「彼女はマリア、僕の母親だ」エンリケはクラリスたちに説明した。「もっとも、マリアは本名じゃない。昔からこの村に通ってくる神父がいてね。彼女は若い頃、その神父からマリアという名前をもらったんだよ」

「マリア」ペグは年配の女性に目を向け、スペイン語で話しかけた。「私はここに来られて幸せです」

「スペイン語を話せるの？」年配の女性はスペイン語で答え、いきなりペグを抱擁した。「ようこそ」

「ありがとう」

「この人がいてくれたら大丈夫ね」クラリスは笑顔で言った。「私とも抱擁して。そうしたら、エンリケと出発するわ」そこで彼女は顔をしかめた。「ぐずぐずしていて、何かあったら大変だもの」

ペグはクラリスを抱きしめた。「心配しないで。どのくらいで戻ってこられそう？」

クラリスはエンリケを振り返り、問いかけるように眉を上げた。

「キャンプが元の場所にあって、途中の橋が流されてなければ、片道二時間ってところかな」エンリケは答えた。「ただし、キャンプが移動してたら、彼らを追跡しなきゃならない。いくら相手が大所帯でも、ジャングルの中で人さがしをするのは簡単じゃないよ。でも、僕はどこをさがせばいいかわかってるからね。彼らを見つけて引き返すのに、また二時間かかるけど、日が暮れるまでにはここに戻れると思う」

ペグはうなずき、クラリスとエンリケを交互に見やった。「二人とも、くれぐれも気をつけてね」それから、エンリケに向かって付け足した。「あなたが経験豊富だということはわかっているけど、ジャングルはとても危険な場所みたいだから。無事に帰ってきて。二人とも」

答える代わりに、二人は笑顔を見せた。クラリスは言った。「私はヨーロッパの雑誌の仕事で何度もジャングルの取材をこなしてきたわ。そのたびに――」エンリケにほほ笑みかける。「エンリケにガイドしてもらったの。言ってはなんだけど、私の知識もエンリケに負けていないんじゃないかしら」

「追跡はできないけどね」エンリケはくすくす笑った。

クラリスは片手を振った。「それは無駄な技術だからよ。あなたと一緒にいれば、ジャングルで迷う心配はないもの」

エンリケはにやりと笑うと、母親を抱きしめ、少し言葉を交わしてから、ランドローバーに向かった。

クラリスはもう一度ペグを抱擁した。「あなたも気をつけるのよ。たとえ何があっても村からは絶対に出ないこと。虫、蛇、ジャガー。外には危険がいっぱいなんだから。約束してちょうだい」

「約束するわ」

急に雨が降り出した。クラリスは空を見上げ、顔をしかめた。「レインコートを着て」彼女はレインコートを羽織った。ペグもそれにならった。「いざという時は、あのお金を使うのよ」

「〝いやな感じ〟が何よ」ペグは一蹴した。「きっとすべてうまくいくわ」

クラリスはうなずいた。だが、その顔に笑みはなかった。最後にもう一度ペグを見つめると、彼女は向きを変えてエンリケのあとを追った。途中で振り返ることはなかった。

ペグはエンリケの母親に笑顔を向け、スペイン語で問いかけた。「村を案内してもらえませんか?」

「いいわよ。いらっしゃい」

マリアは草葺き屋根の家を一軒ずつ回り、中にいる人々にペグを紹介した。ペグはあちこちにつるされたハンモックに気づいた。どうやらベッドとして使われているようだ。村にはたくさんの子供がいた。長いブロンドの髪と緑色の瞳をしたアメリカ人がよほど珍しいのか、その子供たちもマリアとペグのあとをぞろぞろとついてきた。

マリアは地元の食べ物について説明してくれた。マナウス以外の場所で何かを食べたり、水を飲んだりしていいのかしら？　ペグは不安に思ったが、家族のように歓迎してくれる親切な人たちに失礼な真似はしたくなかった。川に近い家々は支柱の上に造られていた。彼女がその理由を尋ねると、一月から六月までは大量の雨が降り、川があふれることがあるから、という答えが返ってきた。この村の部族ははるか昔からこのような家を建ててきたという。洪水で家が流されても、簡単に素早く建て直せるからだ。

ペグはある大きな家に腰を落ち着けた。家の中では調理用の火が燃え、二人の女性が何かの肉を炙（あぶ）っていた。タピオカのようなものが入った壺（つぼ）もあった。家の真ん中には屋根を支える柱があり、そのそばでは一人の女性がかたわらの毛布に赤ん坊を寝かせて、熱心に機を織っていた。

ペグは瓢簞（ひょうたん）の器に入った液体を勧められた。水だと思って飲んでみると酒だった。それもかなり強いものだ。喉を押さえて咳（せ）き込む彼女を見て、女性たちが笑った。

「気を悪くしないでね」マリアがスペイン語で言った。だが、そういう彼女も笑っている。「これがこの村のもてなしなのよ」

「気を悪くするなんて、とんでもない」ペグも笑って答えた。「ただ私、生まれてから一度もお酒を飲んだことがなくて」

「そうなの？　ここではお酒を飲む人が多いけど。

このお酒はコカの葉から造ったものなの。コカといっても、武装組織の資金源になっている麻薬の原料とは種類が違うわ。ほかに果物から造ったお酒もあるのよ。私たち先住民の中には飲酒が問題になっている部族もあるわ。アルコールは頭の動きを鈍らせるし、働く気力を奪ってしまうから」

「私の国でも同じです」ペグは言った。「ほとんどの国でもそうなんじゃないかしら」

マリアはうなずいた。「次はこれを食べてみて」彼女は串から引き抜いた肉を編んだ皿にのせて差し出した。

ペグは恐る恐る一切れを口に入れて噛んでみた。そして、目をしばたたいた。「鶏肉みたいな味がするわ」

女性たちが腹を抱えて笑った。

「そりゃあそうよ。鶏肉だもの！　村を走り回っている鶏たちを見なかった？」マリアも笑っていたが、ばかにしているのではなく、面白がっているようだった。

ペグの頬が真っ赤に染まった。それでも、彼女は笑いながら鶏肉にかじりついた。肉には繊細な塩味がついている。あとで聞かされたことだが、普段この村の人たちは調理に塩を使わなかった。ヨーロッパ系のアメリカ人が塩を使うことを知っていたので、ペグのために塩味にしたという話だった。もっと先住民のことを知りたい、とペグは思った。ここにいる間に、できるだけ多くのことを学びたい。

8

すぐにグレーンジとマチャド将軍を見つけられるだろうか。エンリケは自信満々の様子だったが、クラリスはそこまで楽観的になれなかった。雨季に入ったばかりだというのに、川の水かさがすでに増していたからだ。

グレーンジたちがキャンプを張っている場所は、アマゾン川支流の対岸にあった。エンリケが運転するランドローバーは激しく揺れる橋を渡り、徒歩でなければ通れないような道を進んでいった。その間、クラリスは必死で車のどこかにつかまっていた。

「さすがはランドローバーだ。評判に恥じない性能だね」エンリケが言った。

「ええ、そうね」クラリスは短いブロンドの髪をなでつけて顔をしかめた。「本当にこの方向で間違ってないの？」

エンリケは車のコンソールボックスからGPS装置を取り出し、ちらりと見やった。「ああ、間違いなさそうだ」

クラリスは座席にもたれ、ため息をついた。「グレーンジはかんかんに怒るわね」

「なんでだい？」

彼女は笑った。「前回のことを覚えてないの？　彼は私をキャンプから放り出したのよ。まあ、今回は和解の贈り物――アメリカから来た彼の友人を届けに行くんだけど。あなたのお母さんにペグを預かってもらえて助かったわ。本当にいい人ね」

「それ、母さんのことかい？　それとも、君の若い友人のこと？」

クラリスは微笑した。「両方よ」

エンリケは彼女に視線を投げた。「君……なんだか……以前と違う感じがするね」

「薬のせいじゃない？」クラリスはふっと息を吐いた。「私、薬に頼るのをやめたの」

エンリケは無言でうなずいた。

「人は溺れたらすぐに死んでしまうの？」クラリスは思わず口走った。

エンリケは車の速度を落とし、彼女に視線を向けた。「あの事故のことだね。君の家族が乗ってたカヌーが転覆したんだろう？」

「ええ。そして、ピラニアに……」クラリスは唾をのみ込んだ。

「あの川なら、ほぼ即死だよ」エンリケは静かな口調で断言した。「ピラニアに襲われる前に来世へ旅立ってたはずだ」

「ということは、二人とも……」

「ああ。痛みは感じなかった。たいした慰めにもならないけど……」

「いいえ、大いに慰めになるわ。ありがとう、エンリケ」

「どういたしまして」エンリケは地図を確認した。車の屋根から顔を出して、遠くを眺めると、再び運転席に腰を下ろした。「道みたいなのが見えた」

クラリスはのろのろと息を吐いた。「これで少しは……」

フロントガラスが砕け散り、弾丸がエンリケの体を貫いた。彼は叫び声とともに座席に倒れ込んだ。胸から血が流れていた。

「エンリケ！」

クラリスは愕然（がくぜん）としつつも、エンリケを助け起こそうとした。だが次の瞬間、助手席側の窓が砕け、何かが彼女の頭を強打した。クラリスが最後に目にしたものは、車に駆け寄ってくる軍服姿の男たちだった。

頭が爆発しそうなほど痛い。胃がむかむかする。クラリスは道の真ん中で前屈(かが)みになり、嘔吐(おうと)した。彼女を連行していた二人の兵士は仕方なく足を止めた。だが、彼女が吐き終わると、すぐにまた歩き出し、大きな建物へ向かった。クラリスはしばらく意識を失っていたのだった。破裂音は覚えていたが、それ以外は何も思い出せない。

クラリスは自分が都市にいることに気づいた。断言はできないが、おそらくメディナだろう。バレラで都市と呼べるのは首都くらいのものだ。だが、アメリカの基準に照らせば、メディナは小さな街だった。街並みも古く、大聖堂のように植民地時代に築かれた建物もあった。その大聖堂の入り口に、迷彩服を着た武装兵士たちが立っていた。クラリスは特に驚かなかった。サパラが教会を閉鎖したという噂(うわさ)を聞いていたからだ。国民はこの決定に猛反発したが、抗議デモはガスと銃で鎮圧された。それが国際的なニュースとなって以来、バレラは外国人ジャーナリストの入国を禁止していた。

これから私は尋問されるのね。何があっても、私がこの国にいる本当の理由は言えない。たとえ殺されたとしても、グレーンジとペグを裏切るわけにはいかない。でも、私がジャーナリストであることは立証できるわ。取材のためにここにいると言えば、相手は納得するはずよ。

破裂音。そう、思い出したわ。私たちは撃たれたのよ！　弾丸の衝撃でのけ反るエンリケ、そして血。彼は動かなかった。きっと死んだんだわ。気の毒なエンリケ。気の毒な彼のお母さん。そして、ペグは……私に捨てられたと思うでしょうね。あの子がこの国にいることをグレーンジは知らない。彼に知らせる手立てもない。ああ、神様。すべて私のせいだわ！　政府軍はどうやって私たちの居場所を知ったのかしら？　誰かが裏切ったとか？　私はペグにしか行く先を教えてないわ。ペグから情報がもれることは考えられない。いいえ、行く先ならエンリケも知っていた。彼が誰かに話したのかしら？　今度アメリカ人をガイドすると？　だとしても、詳しいことは話していないと思うけど。

兵士はクラリスを引きずるようにして石造りの建物に入った。建物の外には国旗がはためいていた。何人もの武装した衛兵の前を通り過ぎ、中央のオフィスに入ると、デスクの向こうに太った小柄な男が座っていた。その男こそがクーデターによって権力の座についた狂人、自己愛の塊のような極悪人、アルトゥーロ・サパラだった。

サパラは四十六歳にして禿げ上がっていた。丸々とした顔に口髭をたくわえ、目は小さく、歯は黄色だ。彼は冷たいまなざしでクラリスを見やった。彼女のパスポートに目を通し、それをデスクの上に置く。「これはこれはセニョリータ・キャリントン、わざわざご足労いただいてすまないね」

「好きで来たわけじゃないわ」再び吐き気が襲ってきたので、クラリスは青ざめた顔でうなった。

「早くゴミ箱を！」サパラは彼女を連れてきた兵士たちに怒鳴った。「カーペットを汚されては困る。これはモロッコからの輸入品だぞ！」

兵士たちがゴミ箱を調達してきた。クラリスは前屈みになり、わざとカーペットに戻した。

「このくそ女！」サパラがわめいた。

クラリスは背中を起こした。頭痛と吐き気のせいで足下がふらついていた。「いい儲け話だと思ったのに」彼女は思わせぶりにつぶやいた。

「儲け話？」サパラは怒りを忘れて聞き返した。

「通信社から依頼されたのよ。ここに潜入して、行方不明になっている外国人教授たちを見つけたら、莫大な報酬を払うと」クラリスは説明した。即興の作り話だが、これなら相手を納得させられるかもしれない。「先住民のガイドを雇ってメディナに潜入し、変装する計画だったんだけど」

「ガイドというのは運転していた男か？　あの男は死んだぞ」サパラは片手を振った。「死体は車に放置してきたというから、そのうち誰かが見つけるだろう」彼は蔑みの笑みを浮かべた。「その頃には骨とぼろぼろの服だけになっているかもしれないが。君たちはメディナとは違う方角に向かっていたそうだな」

「川の水かさが増していたから、違うルートをたどることにしたのよ」

サパラは考え込むような表情になった。だが、疑う理由はどこにもない。雨季に川を渡れなくなるのはよくあることなのだ。彼は小さな目を鋭く細めた。

「なぜ通信社が教師ふぜいに興味を持つ？」

「教師じゃないわ。教授よ」クラリスは冷ややかに訂正した。「彼らはアメリカに家族がいるの。マスコミに影響力を持つ家族がね」

サパラの眉が上がった。「ほほう？」彼は笑みを浮かべた。凄みのある笑みだ。「これはいいことを聞いた。となると、あの二人には早く死んでもらうほうがいいだろう」

「なぜ？」クラリスは叫んだ。「何をしたせいで彼らは殺されなきゃならないの？」

「彼らは地元の大学で国家への反逆を教えていた。学生たちをそそのかし、敵対する諸外国に私の政府に関する嘘をばらまいていた。彼らは私を独裁者と呼ぶが、私はバレラ人民共和国の大統領だ」サパラはもったいぶった口調で宣言した。「私の政府は国民に奉仕し……」

「国民は飢えているわ。あなたがなんにでも税金をかけるせいで、みんな貧困にあえいでいるのよ。あなたは経済を私物化した。民間企業を国有化し、外資企業まで我が物にした。おまけに教会を閉鎖して……」言葉を重ねるうちに、クラリスの語気が荒くなってきた。「文明社会に教会は必要ない」サパラは素っ気なく遮った。「すべて排除すべきだ」

クラリスは冷たいまなざしで独裁者を見据えた。「これまでにも多くの政府が教会を閉鎖し、宗教を禁じようとしてきたわ。たとえば一七九二年の革命直後のフランスとか。でも、今のフランスにはさまざまな宗教の教会がたくさんあるはずよ」

「くだらん話だ」サパラは立ち上がり、兵士たちにスペイン語で命令した。「セニョリータ・キャリントンは例の教授たちにことのほか興味がおありのようだ。せっかくだから、彼らの隣の独房にご案内してさしあげろ。水は与えていい。ただし、水のみだ。さあ、連れていけ」

クラリスのウエストポーチはまだサパラのデスクに置いてあった。アメリカへの復路のチケットも、クレジットカードも、ペグに渡した残りの現金もすべてその中に入っている。クラリスは暗澹たる気持ちになった。まさに行き止まりね。仮にここから逃げ出せたとしても、私には何もないんだわ。でも、私のことはいいのよ。努力した結果がこれなんだから。でも、ペグはどう思うかしら？　私がわざと彼女を捨てたと思うんじゃないかしら？　事実は違うのに、私にはペグにそれを伝える手段がない。グレーンジにも連絡できない。ペグがすぐそばにいても、彼はその事実を知らない。ペグはこれからどんな危険な目に遭うのか……。

「さっさと連れていけ」追い払うように片手を振ると、サパラはまた椅子に座った。

兵士たちはクラリスの腕をつかむと、彼女が戻した場所をまたいで部屋のドア口に向かった。

囚人たちの名はジュリアン・コンスタンティンとデイモン・フィッツヒューといった。彼らはメディナの小さな大学の教授で、一人は南米史を、もう一人は植物学を教えていた。

コンスタンティン教授は長身で、白髪が交じる黒髪に黒い瞳をしていた。本来は好感の持てる容姿の人物だったが、今はやせ衰え、ひどい有様になっていた。青ざめた顔は無精髭で覆われ、服は何カ月も洗っていないように見える。

フィッツヒュー教授は白髪に青い瞳をした高齢の男性だった。彼も同僚と同じく体調を崩していた。

独房の扉に鍵をかけると、兵士たちはクラリスを残していなくなった。独房は狭かった。粗末なベッドとぼろ切れのような毛布、トイレの代用品と思われるバケツ、小さなテーブルと水の入った鍋だけしかなかった。この監獄は植民地時代に造られたものだった。マチャド政権の時代には改修の計画もあったが、経済が優先されたため、いまだに計画は実現されていなかった。

クラリスはくずおれるようにベッドに横たわった。気分が悪くて、とても立っていられない。頭もずきずき痛かった。

「アメリカ人かね?」隣の独房からフィッツヒュー教授が問いかけた。

「ええ」快活なイギリス訛りを耳にして、クラリスは安堵した。「クラリス・キャリントンよ」

「私はデイモン・フィッツヒュー、大学の教授だ。逆隣の独房の紳士はコンスタンティン教授だ。大丈夫かね? かなり顔色が悪いように見えるが」

「一時は意識を失っていたの。たぶん撃たれたんだと思うけど」クラリスは頭を手探りした。ひりひりと痛む箇所に濡れた感触がある。引っ込めた手には血がついていた。「どうりで頭が痛いわけだわ」彼女は慎重に傷の具合を確かめた。どうやら銃弾は頭をかすめただけみたいね。でも熱帯では、かすり傷でも充分危険だわ。もし細菌に感染しても、サパラが医者を呼んでくれるとは思えない。

「こんな状況でなければ、湿布くらいはしてあげられるんだが」フィッツヒュー教授は言った。「私の専門は植物学でね。先住民の調薬について研究するために、こっちの大学に来たんだよ。彼らの調薬は世界でも例を見ないものだからね」

クラリスはなんとか笑みを浮かべた。「お気持ちだけでもありがたいわ」

「僕がここに来たのは」コンスタンティン教授が声をあげた。「南米の歴史――特に二十世紀初頭のゴム農園の全盛期に興味があったからだ」彼はかぶりを振った。「全盛期といっても、いい時代とは言えないね。当時は先住民に対する残虐行為が横行していたから」

クラリスは再びベッドに横たわった。「マナウスのオペラハウスのことなら少しは知っているわ」

「ああ、あれはばらばらの状態にして川の上流まで運び、現地で改めて組み立てたんだろう？　そのために何百万ドルもの大金が使われたという話だ」

「ええ。マナウスには色々なオペラ・カンパニーが公演に来ていたのよ」クラリスは答えた。こうやって会話をしている間は、体調のことを考えなくてすむ。それがありがたかった。

コンスタンティン教授はうなずいた。「だが、歌手が黄熱病やマラリアにかかって、公演が中止になることも多かった。こっちで病気に感染して、あとから亡くなった歌手もけっこういたんだ」

ペグのことを思い出し、クラリスは眉をひそめた。ペグにはジャングルに入るなと注意してあるわ。でも、もし私が戻ってこなかったら？　あの子は度胸があるから、私をさがそうとするかもしれない。そんなことになったら大変だわ！

「あなたたちは大学教授なんでしょう。なぜここに入れられたの？」

フィッツヒュー教授の唇が引き結ばれた。「エミリオ・マチャドが追放されたせいだよ。彼に取って代わったのは下品な虫けらのような男だった。国民が飢えているというのに、あの男は車に女に豪邸にと贅沢三昧だ。外国人ジャーナリストを全員追い出し、各国の大使館を閉鎖し、公益事業を国有化したあげく、今度はどこかの石油会社と組んで、ここに一大油田を作ろうとしている」

「ええ」クラリスは静かに答えた。「その件については、私の父も地元部族との交渉に協力していたわ。父はマナウスのアメリカ在外公館にいたの。四カ月前の話よ」

「サパラは試掘調査にゴーサインを出した。多くの部族が圧力に負けて合意書に署名したが、ある部族だけは抵抗した」フィッツヒュー教授の表情がこわばった。「彼らはジャングルの奥地で文明とは縁のない暮らしをしていた。戦う時は先祖代々の武器である毒矢を用い、病気の治療には薬草学を実践してね。彼らは戦争も辞さない覚悟だった。見ようによっては笑える話だ。現代的な兵器を持つ政府を脅したんだから。だが、サパラは容赦しなかった。ほかの部族の抵抗を封じるために、彼らを見せしめにしようと決めた。そして、傭兵たちをジャングルに送り込み、何十人もの先住民を殺害させた。そうやって彼らを恫喝し、石油の試掘予定地から追い出したんだ」

クラリスはエンリケとその母親のことを考えた。彼女とボアスの母子はもう何年も前からの知り合いだった。「お金なんて、ろくなものじゃないのに」

「金が悪いのではない。金を求める貪欲さ、金への執着が問題なんだよ」フィッツヒュー教授は大きく息を吸った。「かいつまんで言うと、コンスタンテイン教授と私はプロパガンダのチラシを作り、学生たちを組織した。大規模な平和デモをおこなわせ、先住民族の窮状を世界に伝えようとしていた。もちろん、これはサパラが外国人ジャーナリストたちを追い出す前の話だ」彼は悲しげに微笑した。「私たちは真夜中に都市警備隊に逮捕された。それと同時に、私たちの計画も頓挫した」

「サパラはこの国をナチス時代のドイツにするつもりなんだよ」コンスタンティン教授が疲れのにじむ声でつぶやいた。「徹底的に訓練された突撃部隊を擁する狂気の独裁者とどう戦えばいいんだ？」

「私にはわからないわ。でも、きっと誰かが彼を倒してくれるはずよ」独房の天井付近に目を配りながら、クラリスは答えた。

「ここにカメラはないよ」コンスタンティン教授は言った。「何カ月も前に僕たちが確認した。ここに入れられた直後にね。彼らに監視機器を買うだけの金はない。都市機能も惨憺たる有様だ。原因はサパラが新たに造っている豪邸だよ。金はすべてその建築費に使われている。宮殿のような外見でね。実際、サパラはそのつもりでいるのかもしれない」

「ああ、ここの見張りも太った老人が一人いるだけだ。彼は今の仕事を嫌っている。私たちのことは好いてくれているが」フィッツヒュー教授はくすりと笑って付け足した。「彼なら私たちを逃がしてくれるだろう。問題はそのあとだ。ここを出られても、私たちには行き場がない。自宅に戻ったりすれば、すぐに捕まってしまう」彼はクラリスに視線を投げた。「私たちは革命家としては落第だろうね。軍隊経験がないから、なんの訓練も受けておらんのだ」

「それは私も同じだわ」クラリスは力のない声で言った。「でも、この頭の痛みだけはなんとかならないものかしら」

フィッツヒュー教授は眉をひそめ、彼女の症状についていくつか質問した。それから、笑顔に戻ってうなずいた。「MRIで検査してみないと確かなことは言えんが、私の見立てでは軽い脳震盪だね。私は若い頃に医学を学んだんだよ。だが、医者は夜中にたたき起こされるだろう。それがいやで植物学に鞍替えした」

クラリスは微笑した。「薬さえあれば。すべて彼らに取られてしまったの。身分証明書も、クレジットカードも、現金も、吐き気や頭痛の薬も」

「さすがはサパラ、すばらしいホストぶりだ。いつか彼のもてなしに報いてやりたいものだね」コンスタンティン教授は周囲を見回した。「この独房にしても、僕が大学時代に住んでいた部屋よりははるかに立派だ」

クラリスは噴き出した。フィッツヒュー教授も笑っていた。

笑いの発作がおさまると、彼女は言った。「私の具合がよくなったら、旅の計画でも立てない?」

二人の教授は視線を交わした。「旅の計画?」

クラリスは笑みを返した。「私には色々な友人がいるのよ」

教授たちは興味を引かれた様子で彼女に向き直った。

「三人で彼らを訪ねてみない? 私は道を知らないけど、知っている人間をさがすことはできると思うわ。ここから逃げ出したあと、あなたたちの教え子に連絡を取ることは可能かしら?」

フィッツヒュー教授は得意げに笑った。「もちろんだ。電話番号は忘れておらんよ。電話がまだ通じていればの話だが。サパラは電話会社を国有化し、自分の部下を送り込んだ。それ以来、電話は使えたり使えなかったりの状態が続いている。聞いた話では、軍の連絡網も似たような状況らしい。コンピュータも時代遅れのプログラムを使っているというし、いまだにハッキングされていないのが不思議なくらいだ」

コンスタンティン教授は肩をすくめた。「本物のハッカーは旧式のコンピュータ・システムなんて狙わないだろう。なんの手柄にもならないからな」

フィッツヒュー教授は唇をすぼめた。「私の教え子の中にもハッカーがいる。独創性とこだわりのある若者で、軍のコンピュータ・システムにウイルスを仕掛けることを提案してきた。私はその提案を却下した。我々全員が逮捕されることを恐れての判断だったが」彼はクラリスに向かって、にやりとほくそ笑んだ。「今は逮捕されてもやるだけの価値があるかもしれないと考えている」

クラリスは希望を抱いた。それはグレーンジの援護射撃になるわ。「彼に才能を発揮するチャンスを与えるためにも、私たちはここを出るべきね」

「“彼女”だよ」クラリスの呆気（あっけ）にとられた顔を見て、フィッツヒュー教授は笑った。「私が知る数少ない女性ハッカーの一人だ。しかも、以前はかなり質（たち）が悪かった。アメリカからこっちに留学してきたのも、ＦＢＩに刑務所送りにされないためだ。なにしろ、国務長官のコンピュータに侵入して、スキャンダラスな秘密のメールをネットに流出させたんだからな。彼女の両親は娘を国外に出すと約束した。もしアメリカに残っていたら、今頃は監獄の中にいただろう。私たちみたいにな」彼は哀れっぽく付け足した。

クラリスとコンスタンティン教授は笑った。二人の男性は急に元気を取り戻したように見える。

「だが、本当にここから出られると思うかね？」フィッツヒュー教授は重い口調で尋ねた。

「思うだけじゃないわ。そうするつもりよ」再び頭に痛みが走り、クラリスはひるんだ。「大きなバットが欲しいわ。次にミスター・サパラと会った時、彼の頭をぶん殴ってやるためにね」

「私に任せてくれ」フィッツヒュー教授が手を上げた。「うちに古いクリケットのバットがある。子供の頃に使っていたものだ。いい木材で作られているから、ずっしりと重いぞ。あれで頭を殴られたら、見事なたんこぶができるだろう」

「楽しみだわ」クラリスはまたひるんだ。顔の筋肉を動かすたびに、頭痛はひどくなる一方だった。

「君は少し眠りなさい」フィッツヒュー教授がやんわりと勧めた。「その間に、私たちは仮定の状況を検証し、計画を練り上げておこう。監獄の中にいても、革命を考えることはできる」

「これまでにも多くの計画や本が監獄の中で生まれているわ。十七世紀のスペインの小説『ドン・キホーテ』も、作者のセルバンテスが負債が払えないという理由で投獄されたのちに書かれたのよ」クラリスはため息をついた。「大好きだわ、あの小説。退廃した世界に名誉と道徳を取り戻す。なんて気高い志なのかしら」彼女はまぶたを閉じた。「今の時代にドン・キホーテがいてくれたら……」

クラリスはうとうとと眠りに落ちていった。二人の教授は視線を交わし、うなずき合った。脱獄の方法について意見を戦わせはじめた。しかし、脳震盪が原因で昏睡状態に陥ったり死亡したりする例もある。議論を続けながらも、フィッツヒュー教授はたびたびクラリスに声をかけ、彼女の無事を確認した。

ペグの心に不安が芽生えたのは、空が暗くなり、村人たちがそれぞれの家に帰りはじめた頃だった。マリアもペグを連れて自分の家に戻った。外では激しい雨が降ったりやんだりを繰り返していた。

「うちの息子とあなたの友達もじきに戻ってくるわ」マリアはたどたどしいスペイン語で言った。彼女は現地の言葉とポルトガル語を巧みに使いこなしたが、スペイン語はあまり得意ではなかった。

「そうだといいけど」ペグは答えた。「もう外は真っ暗よ」

マリアはうなずいた。「隠れている人間を見つけるのは簡単じゃないわ。特にジャングルではね。すぐに戻ってくるわよ」彼女は笑顔で付け加えた。「まあ、見ててごらんなさい」

ペグはため息をついた。「そうね。きっとあなたの言うとおりだわ」

しかし、時間ばかりが過ぎていった。村が寝静まってしまうと、ペグは草で屋根を葺いた小屋のハンモックに横たわり、雨音に耳を傾けた。屋根の隙間からしたたる雨粒がぽたりぽたりと床に落ちていく。父親と長年暮らした家を思い出し、彼女は微笑した。あの家も雨もりがひどかったわ。床を濡らさないようにポットや鍋をかき集めなきゃならなかったもの。

不安がよみがえり、ペグは闇の中で目を大きく見開いた。クラリスに何があったの？　最初はいやな可能性も考えたわ。クラリスが本来の計画を実行して、自分をふったグレーンジへの腹いせに私をジャングルに捨てたのかもしれない、と。

でも、エンリケがいる限り、それはありえないことよ。ここはエンリケの村で、彼の母親もここに住んでいる。たとえクラリスがこのまま帰国したとしても、エンリケが私の居場所を知っている。彼は必ずここに戻ってくるわ。私のためじゃないとしても、彼の母親のために。

しかし、エンリケは現れなかった。そしてクラリスも。ペグは悶々としながら眠れぬ一夜を過ごした。夜が明けて、空が明るくなる頃には、彼女の不安は確信に変わっていた。何か恐ろしいことが起きたのだ。

自分がうとうとしている間に、村に使者が来た可能性もある。ペグはマリアに問いかけた。「息子さんから連絡はあった？」

「いいえ」マリアは答えた。彼女もひどく不安そうだった。「こんなことを言うと、あなたを余計に心配させてしまいそうだけど、エンリケは帰りもここに寄ると言ったのよ。あの子は言ったことは必ず守るの。あの子の父親もそうだったわ。絶対に嘘をつかない人だった」

ペグは下唇を噛んだ。

マリアはそっとペグの腕に触れた。「希望を捨ててはだめよ。たぶん車にトラブルが起きたんだわ。タイヤがパンクしたとか、エンジンが故障したとか。とにかく無事な帰りを祈りながら待ちましょう」

「でも、少しは心配してしまうわ」

マリアはうなずいた。「ええ、私も心配よ。エンリケらしくないことだから」

ペグは村で好んで食べられている料理の作り方を教わった。完成した料理を前にご満悦の彼女を見て、女性たちも嬉しそうに笑っていた。ペグはマナウスのホテルで読んだ旅のパンフレットを思い出した。そこには先住民の村に泊まるジャングルツアーも紹介されており、参加条件として予防接種の証明書の提示が求められていた。ヨーロッパ人が持ち込んだ病気のせいで多くの種族が絶滅した歴史を思えば、理にかなった賢明な対応だった。

しかし、ペグはそういった手続きをしていなかった。おそらくはエンリケがクラリスに確認したか、自分の裁量で手続きを省いてくれたのだろう。クラリスの話では、彼は信頼できる客しか母親が住むこの村に案内しないという。ここの先住民たちは基本的によそ者に不信感を抱いているのだ。

マリアも一度ペグにその話をした。「私たちは外との交流を避けているのよ。よそ者にはここに来てほしくないの。あら、笑っているわね。何がおかしいの?」

「私が住むアメリカの町も同じだからよ」ペグは笑顔で説明した。「この村より少し大きいだけの小さな小さな町なんだけど、都会から新しい人たちがやってくると、みんな身構えてしまうの。よく知らないうちは、その人たちの近くでおちおち話もできないのよ」

マリアの瞳がきらめいた。「私たちには共通点がいくつもあるのね」

「鶏肉(とりにく)も含めてね」ペグがにやりと笑うと、マリアはぷっと噴き出した。

だが、その日も時間は瞬く間に過ぎていった。夕食を終えた村人たちは、夜の散歩に出たり、たき火を囲んでおしゃべりに興じたりした。やがて、ペグはまた不安になり、クラリスの無事を祈った。マリアのために、エンリケの無事を祈った。

そして、自分自身のことを考えた。この状況にどう対処するべきかを。ペグはビザを持っていなかったが、パスポートは持っていた。一年ほど前、父親に海外へ商談に行く話が持ち上がった際、ジェイソン・ペンドルトンに勧められて取得したのだ。パスポートさえあれば、税関で止められることはないだろう。ただし、それはマナウスの空港までたどり着けたとしての話だ。この村には車もなければ電話もない。グレーンジの力を借りればマナウスまで戻れるかもしれないが、自分一人でキャンプを見つけられるものだろうか。しかも、雨季に入ったジャングルはどこもかしこも水浸しの状態だ。そうなると、この村を出ることさえ難しいように思われた。

再び雨が降り出した。小屋に駆け込みながら、ペグはコットンの服を荷造りしようとしてクラリスにからかわれたことを思い出した。確かに雨季のジャングルにコットンは合わないだろう。この湿度では濡れたコットンは乾かない。しかし、合成繊維ならすぐに乾く。

雨は二分ほどでおさまった。ペグは小屋から顔を出し、外の様子をうかがった。褐色の肌をした愛らしい子供たちが彼女の前で足を止め、はにかんだ様子でにっこり笑うと、あわててその場から走り去った。ペグはおかしそうに笑った。この村は本当にコマンチ・ウェルズにそっくりね。帰ったらパパに話してあげなきゃ。

でも、私がコマンチ・ウェルズに帰れる日は来るのかしら？　もしクラリスとエンリケが戻ってこなかったら、自分でなんとかするしかないわ。その時はマリアが助けてくれるはずよ。でも、もしマリアが自分の息子を亡くしたとしたら？　もしエンリケとクラリスが恐ろしい事故に遭遇していたら？

不意に起こった叫び声がペグを現実に引き戻した。村中の人々がジャングルへ続く道のほうに走っているようだ。何かあったに違いない。ペグも声が聞こえる方角に走った。

二人の男性が急ごしらえの担架で人を運んでいた。さらに近づいていくと、マリアの悲鳴が聞こえてきた。

担架には男性が乗せられていた。顔は青ざめて、意識がなく、シャツが血で染まっている。

「息はあるの？」ペグは英語で尋ねた。それから、マリアにも理解できるスペイン語で同じ質問を繰り返した。

マリアは息子のシャツに手を差し入れた。顔が涙で濡れていた。彼女は大きく息を吸い込み、わずかに肩の力を抜いた。「心臓が動いてる」彼女はボタンを外した。シャツの生地で血を拭い、傷の程度を確かめた。傷は胸郭の少し下にあった。銃でできた傷だ。

「撃たれたのね！」ペグは叫び、おろおろと周囲を見回した。「クラリスはどこなの？」

「それはエンリケに訊いてみないとわからないわ。もし助かったとしての話だけど」マリアは重い現実を口にした。「息子をうちに運んで」彼女はポルトガル語で村人たちに指示した。「私はドクターを呼んできてもらうよう頼んでくるから」

9

ペグは頭がおかしくなりそうだった。異国の先住民の村にいて、そこから動くことができないからだ。空港へ行きたくても、ここに車はなかった。グレーンジに連絡を取る手段もなかった。着替えも一着しかなく、次に何をすればいいかもわからなかった。エンリケは重傷を負って戻ってきたが、クラリスの居場所はいまだに不明のままだ。エンリケが撃たれたということは、クラリスも撃たれたのかもしれない。いや、すでに死んでいる可能性さえあった。

「エンリケはどこで発見されたの？」ペグはマリアに尋ねた。母親の小屋に運ばれたエンリケは、椰子の葉を編んだ布団に横たえられていた。

担架を運んできた男たちに尋ねてから、マリアは答えた。「川の向こう岸よ。道端に車が停まっていたんですって。フロントガラスが割れていたそうよ」マリアは心配そうにペグを見やった。ペグの顔にも懸念の色が現れている。「助手席にも血がついていたというわ。あなたの友達の姿はなかったけど、近くにほかの車の轍とブーツをはいた男たちの靴跡が残っていたらしいわ。たぶん軍の兵士たちね。あのあたりをよく巡回しているから。今この国を支配している狂人は、邪魔者は始末してしまえという方針なの」冷ややかに付け加えた。「あの男の油田計画のせいで、私たちの身内も大勢亡くなったわ」

「お気の毒に」ペグは言った。「バレラがひどい状態だってことは知っていたけど、そこまでむごたらしいことになっているなんて」

「ずっとここにいたら、もっと色々とわかってくるわ」マリアは水を用意させ、その水で息子の額を拭った。「熱があるわね。ドクターはまだかしら？」

「マナウスの医者を呼んだの？」ペグは尋ねた。

マリアはちらりとペグを見やった。「いいえ。あそこは歩いていくには遠すぎるわ。カヌーで医者を迎えに行くこともできるけど、その間にエンリケが死んでしまうかもしれないもの。私たちには医学の心得のある友人がいるのよ。サパラがこの国を乗っ取った時、その人は近くの遺跡で調査をしていたわ。エミリオ・マチャドと親交がある人だから、見つかったら殺されていたでしょうね」

「将軍のことは私も知っているわ」ペグは言った。「アメリカでも伝説みたいになっている人よ。みんな彼を応援しているわ」

マリアは感銘を受けた様子だった。「ここにも彼の味方は大勢いるわ。いつか彼が戻ってきて、サパラを縛り首にしてくれたらいいんだけど」

ペグは無言でうなずいた。

外が急に騒がしくなったと思うと、見知らぬ人物が小屋に入ってきた。その人物は頑丈なブーツに濡(ぬ)れそぼったカーキ色の服を身にまとい、短く切った黒っぽい髪につばの広いサファリ帽をかぶっていた。

「あなたがドクターなの？」ペグはテキサス訛(なま)りのある英語で尋ねた。

相手は帽子を取った。顔に驚きの表情を浮かべて、淡いブルーの瞳でペグを見返す。二十代後半の大柄な女性だった。「あら。あなた、テキサスから来たの？」そう問いかける女性の声にも同じ訛りがあった。「その懐かしい訛り、久しぶりに聞いたわ！」

ペグは笑った。「私はジェイコブズビルから来たのよ」

「その町なら知っているわ」女性は内輪のジョークでも聞いたかのようにくすくす笑った。それから、患者に関心を向けた。「大変な怪我(けが)ね。銃創っぽく見えるけど」

「誰かがうちの息子を撃ったの」マリアは不安げに訴えた。「サパラ軍の兵士だと思うわ。あなたの力でなんとかしてもらえない？」

「銃弾の摘出はしばらくやっていないけど、なんとかやってみるわ」女性はバックパックを下ろし、中身を取り出しはじめた。「私の専門は考古学だけど、陸軍で二年ほど衛生兵をやっていたし、除隊後は傭(よう)兵(へい)の仕事もしたのよ」

ペグは目を丸くした。「傭兵の仕事？」

女性はうなずいた。「そう。私は空手とテコンドーの有段者よ。格闘技ならほかにも色々と経験してきたわ。コルビー・レインという人物のもとで修行したから」

「その人、知ってるわ！」ペグは叫んだ。「いえ、知り合いってわけじゃないんだけど。彼は今、ヒューストンの〈リッター石油〉で民間警備の仕事をしているわ。奥さんは麻薬取締局の捜査官で、子供が二人いるのよ」

「彼が結婚したことは聞いているわ」女性は静かな口調で言った。「私は一時、彼に熱を上げていたの。でも、彼は振り向いてくれなかった。当時の彼は女らしいおっとりとしたタイプが好きだったの」彼女はため息をついた。「私とは正反対ね。私は冒険好きだから。マリア、お湯を沸かしてもらえる?」そう付け加えながら、女性は医療用と思われる小さなケースを取り出した。「あと、収斂剤の代わりになるものも必要だわ」

マリアはうなずいて立ち上がった。

「ここでは感染が命取りになることもあるんでしょう?」

「ええ」女性はうなずいてから視線を上げた。青い瞳が笑みを宿す。「自己紹介がまだだったわね。私はマディ・カールソンよ」

「私はペグ・ラーソンよ」ペグも笑みを返した。

「はじめまして。手当てのできる人がいてくれて本当によかったわ」

「私は場数を踏んでいるから」マディは言った。

「私の属していた隊には研修医もいたのよ。名前はマイカ・スティールといって……」

「ほんと?」ペグは声をあげた。「彼もジェイコブズビルの住人よ」

「エブ・スコットのところで働いているの?」マディが意外そうに尋ねた。彼女はエンリケの傷を調べている。

「いいえ、地元の病院に勤めているわ」

マディは手を止め、無言でペグを見つめた。

「彼はキャリーと結婚したのよ。子供が二人いるわ。小さな娘と二歳の坊や」

マディはかぶりを振った。「まさか彼が結婚するなんてね。もし賭けをしていたら、私は今頃すってんてんだわ。コルビー・レインにマイカ・スティール……でも、エブ・スコットとサイ・パークスは独身のままよね？」

ペグはくすくす笑った。「二人とも既婚者よ。すでに子供もいるわ」

「嘘みたい！」マディは叫び、注文したものを運んできたマリアにうなずきかけた。「エブはまだあのテロ対策の訓練所をやっているの？」

「ええ。グレーンジの部隊にもあそこで訓練を受けた人がけっこういるわ」

マディは眉をひそめた。「グレーンジ？」

「ウィンスロー・グレーンジよ。今はマチャド将軍と行動をともにしているわ」

「ウィンスロー・グレーンジ。知らない名前ね」

「それにロークって人も……」

マディは首を左右に振った。「その名前も聞いたことがないわ。傭兵の仕事は何年も前に辞めたから。今は考古学に専念しているの。この近くで世界を揺るがす発見をしかけていたところにサパラのクーデターが起きて。マチャド政権の頃は全面的な協力が得られたんだけど」彼女は殺菌剤を使って両手を洗い、使い捨てのゴム手袋をはめた。「マチャドは親切にしてくれたわ。私、ちょっと彼にのぼせていたの」照れくさそうに彼女は打ち明けた。「でも彼は、私みたいな女はタイプじゃなかったみたい。私はタフすぎるのよね。彼はもっと女らしい人が好きなんだと思うわ。だからって、この年で自分の性格を変えることはできないし」

「そんなの必要ないわ」ペグは穏やかに断言した。「人は自分らしく生きるべきよ」

マディは笑顔で視線を返した。「賢い子ね」彼女はランタンの光を頼りに作業を続けた。慣れた手つきで銃弾の位置を確認し、エンリケの胸郭の下にとどまっていた銃弾をあっさりと取り出した。そこで彼女は眉をひそめた。「ガラスの破片もあるわね」

「車のフロントガラスが割れていたと聞いたわ」マリアが説明した。

「そのフロントガラスが彼を救ったのね。銃弾が深く入り込まなかったのは、フロントガラスで勢いが弱まったからだわ。それでも、肺は潰れているけど。彼が意識を失ったのはそのせいよ。肺を再膨張させられたらいいんだけど、あいにく私にはその道具がないの。私にできるのは彼に抗生物質を投与して、マナウスのドクターに来てもらうことくらいね。彼はそれまで持ちこたえられると思うわ。マリア、一番速いカヌーでマナウスに使いをやって。これは応急処置に過ぎないの。ここから先は本職の医者でなければできないわ」

「使いはもう出発したわ」マリアは答えた。「あなたが来てくれて本当によかった。何度も言っているけど、あなたもこの村に泊まればいいのに」

「私はサパラに狙われている」マディの声が沈んだ。「あの男は油田計画を邪魔されたくないのよ。もし私がここでの大発見をよそにもらしたら、バレラに国際社会の注目が集まるでしょう。デリケートな交渉を進めている彼にとっては迷惑千万な話よね。彼は油田の邪魔になる先住民族を密かに排除している。そのことを交渉相手にも内緒にしているんだから」

「その交渉相手ってどこの石油会社なのかしら？　あなたは知っているの？」

「ええ。ヒューストンの〈リッター石油〉よ」

ペグは息をのんだ。「あの会社なら知っているわ。ユージン・リッターにここで起きていることを知られたら、サパラはおしまいよ」

「そうなの？」マディは意外そうに聞き返した。「石油王に良心なんてあるの？」

「もちろん。サパラは気をつけたほうがいいわね。ユージン・リッターの下にはコルビー・レインがいるんだから」

「コルビー」マディは微笑した。「彼がチームを編制したら、サパラの部下たちなんてひとたまりもないわね。ほんと、愚かな男よ、サパラは」ぶつぶつと言いながら、彼女は包帯を巻き終えた。エンリケは荒い呼吸を繰り返している。「誰かがあのばかをやっつけてくれないかしら」

「そんな計画がすでに始まっているみたい。マチャド将軍がクーデターをもくろんでいるんですって」

「エミリオが？」手を洗っていたマディの動きが止まった。「彼はこっちに来ているの？」

ペグはうなずいた。「将軍の部隊を率いているのがグレーンジなの。彼らの居場所さえわかれば、グレーンジを見つけられるんだけど。私は彼に会うために友達にマナウスまで連れてきてもらったの。でも、その友達がいなくなって……。もしかしたら殺されたのかもしれない。彼女はエンリケと一緒に車に乗っていたのよ。マリアの友人たちの話では、フロントガラスが割れていて、助手席に血がついていたんですって。友達の名前はクラリスっていうの。私にとても親切にしてくれて……」

マディは両手を拭った。「その人は見つかっていないのね？」

「ええ。軍の兵士たちに連れていかれたらしいわ」

マディの表情がこわばった。「彼女は将軍の計画について何か知っていたの？」

「将軍と部隊がここにいることは知っていたわ」

マディは何も言わず、静かに背中を向けた。

「クラリスは拷問されるの？」ペグは問いかけた。返事をしない背中に向かって、なおも食い下がる。「どうなの？」

マディは振り返った。「サパラにとって重要な情報を持っていれば、拷問されるでしょうね」

「そんな！」

「数年前、私は傭兵部隊の一員としてアフリカにいたの。悪辣な独裁者を倒すために。でも、しくじって敵に捕まってしまったわ」マディはシャツのボタンを外し、自分の肩を見せた。そこには大きな傷跡が残っていた。「独裁者の手下がナイフで刺したの。そいつは始終ほほ笑んでいたわ。そして言ったのよ。このまま黙っているなら、次は胸を刺すと」

「それで、どうなったの?」

マディは笑いながらボタンを留め直した。「彼が最後に聞いたのは銃声だったわ。最後に見たのは銃を持ったコルビー・レインの顔だった」

「間一髪ね」

マディはうなずいた。「私はマイカ・スティールに手当てをしてもらったの。その間もコルビーは悪態をつきつづけていたわ。彼は私を女として見ていなかったけど、友達としては見てくれていたのね。その気持ちは今も変わっていないはずよ」

「すごい冒険をしたのね!」ペグは叫んだ。「私なんて冒険はおろか、生まれてから一度もテキサスを出たことがなかったのよ。今まではね」彼女は小さく笑った。「不謹慎な話だけど、私はこの経験をけっこう楽しんでいるの。といっても」彼女はエンリケに視線を投げた。「彼とクラリスのことは別よ」

「エンリケはじきに眠ってしまうはずよ」マディは言った。「痛みを和らげる薬を投与したの。薬が効いている間にドクターが到着してくれたらいいんだけど」マディはペグに視線を移した。「あなたはそのグレーンジとかいう人に会いに来たわけね。彼と婚約しているの?」

「いいえ。でも、彼は私のことが好きだと思うわ」ペグははにかんだ笑みを浮かべた。「ジェイコブズビルでは年に一度の盛大なパーティに連れていってくれたもの。それまで彼は誰ともデートしていなかったのよ。まあ、私もそうだけど」

マディは微笑した。「それで、あなたは彼に会いたい一心でこの危険な土地までやってきたわけね」

「クラリスが迎えに来てくれたの」ペグは説明した。クラリスの当初の企みについては触れなかった。そのせいでクラリスはすでに高い代償を支払っているからだ。「この村に来たのは、ここが安全な場所だからよ。クラリスはここに私を残して、グレーンジを呼びに行くつもりだったの。彼のベースキャンプの場所はエンリケしか知らなかったけど、そう遠くないって話だったわ。グレーンジは私がこの国にいることさえ知らないの。それなのに、エンリケは撃たれて、クラリスは誘拐されてしまうし」

「人生は色々あるのよ」マディは達観した口調でつぶやいた。「でも、悪いことばかりじゃないわ」

「少なくとも、エンリケは助かるわよね。でも、クラリスは……」ペグは気を揉んだ。「彼女はどこにいるのかしら?」


クラリスは独房で震えていた。染み一つなかった彼女の肌にはナイフによる傷ができていた。シルクのシャツの下では今も血が流れていた。情報を聞き出すために女性を痛めつける。そんな真似ができるのは野蛮人だけだ。野蛮人はレイプさえ辞さない構えだった。しかし、クラリスに財力と強い人脈があることを仲間に指摘され、彼女を切りつけるだけにとどめたのだった。

クラリスは何もしゃべらなかった。スタントン・ロークと遊んでいた子供の頃と同じだ。彼女はロークに頭を水に押し込まれたことがある。ロークは悪戯をした彼女に謝らせようとしたのだ。彼女は息を止めて我慢し、一歩も譲らなかった。ロークは口に出しては言わなかった。だが、ロークの茶色の瞳には彼女の豪胆さに対する称賛の光があった。

クラリスの一家は一時期南アフリカで暮らしていた。彼女の父親がアメリカ国務省の外交官だった頃の話だ。近所にはロークとその母親が住んでいた。

ロークはクラリスより五つも年が上だった。だが、彼女は十歳の少女にしては大人びていたし、冒険が大好きだった。二人はよく探検に出かけた。トラブルに巻き込まれることもたびたびあったが、そんな時はアフリカーンス語と先住民の方言を使いこなせるロークの能力が役立った。ロークは言い逃れの達人だった。とはいえ、動物に言い逃れは通用しない。ある日、彼女は毒蛇に噛まれた。自分の不注意が原因だった。ロークは彼女を腕に抱いて、医師のもとへ走った。クラリスが血清を打ってもらう間もその場にとどまり、彼女の母親が駆けつけたあとも帰らなかった。だが、ロークがどれほど親切な人間か、当時の彼女は気づいていなかった。

その後、クラリスはある噂を耳にした。ロークが億万長者K・C・カンターの隠し子だという噂を。しかし、十歳の少女に隠し子の意味などわかるはずもなく、彼女はロークの前でそのことを口走った。ロークは無言で立ち去り、二度と口をきいてくれなかった。クラリスの父親の異動が決まり、一家で南アフリカを離れることになった時でさえ。それから長い歳月が過ぎ、二人はワシントンの社交行事でときおり顔を合わせるようになった。その頃のロークはいつも愛想よくふるまっていた。だが、数年前に彼女の母親が亡くなった時は違った。二人はマナウスで再び顔を合わせたが、ロークは冷酷な態度で彼女を侮辱した。クラリスがばかな真似をしたせいだ。そのことを思い出すと、今でもいたたまれない気持ちになる。だから、彼女はロークを避けていた。

昔のことを考えていると、少しは痛みを忘れていられるわ。子供の頃の思い出が私に力を与えてくれるのかしら。幼い私にとって、ロークは憧れの人だった。彼には勇気があった。革命で戦った人たちのことに詳しくて、私に捕虜の試練について話してくれた。その知識が今、役に立っているのね。私は絶対に口を割らない。たとえ殺されても、サパラには何も教えない。ペグにあんなことをしてしまったんだもの。これ以上グレーンジに迷惑をかけられないわ。かわいそうなペグ。きっと私に裏切られたと思うわね。私のことを憎むわね。マリアもそうだわ。私のせいでエンリケを失ったんだから！

「ミス・キャリントン」フィッツヒュー教授がそっと声をかけた。

吐き気と闘いながら、クラリスはなんとか上体を起こした。「大丈夫、生きているわ」彼女はささやき、笑みさえ浮かべた。

血で染まったブラウスを見て、フィッツヒュー教授はいきり立った。「私があの男を殺してやる。この命に代えても！」

「お気持ちはありがたいけど、計画を立てるほうが先よ。私が口を割るまで拷問は続くわ。でも、私は何も言うわけにはいかないの。いっそ殺してくれたらいいのに」

フィッツヒュー教授は顔をしかめた。「まったく、どうしてこんなことになったんだ？」

「すべては強欲のせいよ」

老教授はうなずいた。「せめて傷の手当てをしてやれたらいいのに。医者を要求してみるか？」

「そんなことをしてもサパラを喜ばせるだけだわ」

「まあ、そうだろうな」フィッツヒュー教授は言葉を失った。

「何があったんだ？」反対側の独房からコンスタンティン教授の声が聞こえた。

「いわゆる拷問というものよ」

コンスタンティン教授は盛大に悪態をついてから、クラリスに非礼を詫びた。

クラリスは微笑した。「気にしないで。あなたは語彙が豊富なのね」

深刻な状況にもかかわらず、コンスタンティン教授は笑った。

フィッツヒュー教授が鉄格子に近づいた。「ずっと考えていたんだが、君は先住民の村の話をしただろう。移動手段さえあれば、そこに行くことは可能なはずだ。我らが看守には荷馬車と二頭のラバを持ついとこがいる。そのいとこは君が友人を残してきた村にもよく物資を運んでいるそうだ」

「本当に？」クラリスは聞き返した。急に希望が湧いてきたが、ぬか喜びになりそうで怖かった。

「ああ。看守の力を借りれば……」

重い足音が近づいてきた。噂の看守――口髭をたくわえた六十代の太った男が独房の前で立ち止まり、クラリスの血に染まったブラウスを見て愕然とした。

「セニョリータ、ああ、かわいそうに。あいつらは獣だ！　地獄に墜ちるがいい！」彼はスペイン語で嘆いた。声が涙で震えている。

看守の思いやりに心を打たれ、クラリスは独房の前へ進み出た。「私たちを助けてくれない？」彼女は穏やかな口調で訴えた。

看守はためらった。だが、すぐに表情を改め、素っ気なくうなずいた。「ああ、なんとかしてみよう。だが、ここを出ても、行くところがなくては……」

「いや、あるんだよ」フィッツヒュー教授が言った。彼のスペイン語はお粗末なものだったが、看守には通じたようだった。

クラリスはうなずいた。「ここから南の方角にある村よ。移動手段さえあれば、そう遠くはないわ」

看守は彼女に歩み寄った。「わしのいとこがラバと大きな荷馬車を持っている。彼は毎週金曜日に南の村に荷物の受け渡しに行っている。明日は金曜日だ。別の見張りと交代する前に、あんたたちをここから出してやろう」彼はフィッツヒュー教授に視線を移した。「その時は何かでわしの頭を殴ってくれ。

わしが連中に殺されないように」

「とんでもない！　そんな罰当たりなことができるか！」フィッツヒュー教授は英語でわめいた。

看守は英語を話せなかったが、老教授のうろたえぶりは伝わったようだった。「いや、そうしてもらわんと困る。わしには妻がいる。器量は悪いが、わしを愛してくれている」看守は肩をすくめた。「あれにはわししかいない。だから、死ぬわけにはいかんのだ。わしを殴ってくれ。大丈夫だ。わしの頭は特別固くできとるからな」彼は笑って自分の頭をついた。

「あなたに怪我を負わせたくないわ」クラリスは困惑の表情を浮かべた。

「心配いらんよ」看守は穏やかに請け合った。「わしにも娘がいた。もし生きていたら、あんたくらいの年になっていただろうが……ほんの子供の頃に熱病で死んでしまった」看守は涙を拭った。「うちの女房はオランダ人でな。娘もあんたみたいな金色の髪をしていた。あんたはすぐにここを出るべきだ。ぐずぐずしていたらサパラに殺されてしまうぞ」

「わかったわ。でも、もし私たちが無事に脱出できたら、あなたが生きている限り、絶対に不自由はさせないから。あなたの奥さんも私が必ず面倒を見るから」

涙が止めどなくあふれた。看守は唾をのみ込んだ。

「わしの名はロメロ・コリバだ」

「私はクラリスよ」

「クラリス」ロメロは微笑し、うなずいた。「手配はわしに任せてくれ。衛兵に袖の下を使わねばならんが」

「私のお金はサパラに奪われてしまったの」クラリスは情けなさそうに言った。

「その点も任せてくれ。保管場所はわかっている」ロメロはにやりと笑った。「それに、袖の下ってのはラム酒だ。外にいる衛兵は大酒飲みでな。ちょうどいいのが一本ある。あの詐欺師野郎に追放される前にマチャド大統領がくださったものが」看守は冷ややかに付け加えた。「とにかく、わしはそのラム酒をいざという時のために取っておいた。これこそまさにその時じゃないかね！」

クラリスは痛みを忘れて笑った。「サパラが追放されたら、あなたに特上のラム酒を一ケース贈らせてもらうわ」

「あんたは天使みたいな人だな、セニョリータ。そのあんたをこんな目に遭わせるとは。あの獣どもめ……この手で絞め殺してやりたいよ。特にミゲルのやつを。あいつは人を傷つけるのが趣味なんだ」

「私にも同じ趣味の友人がいるわ」クラリスは冷たい声で言った。「彼ならミゲルをそのままにしておかないはずよ」

ロメロはうなずいた。「そいつは楽しみだ。じゃあ、さっそく手配に取りかかるか。あんたのために何かしてやれたらいいんだが」

「ロメロ、あなたは私の命を救おうとしているのよ」クラリスは真顔で答えた。「これ以上のプレゼントがあると思う？」

ロメロは微笑し、その場から立ち去った。

「やれやれ」フィッツヒュー教授はため息をつき、粗末なベッドに腰を下ろした。「やっと希望の光が見えてきた！」

「そうね」クラリスも痛みにひるみながらベッドに体を横たえた。「希望の光が」

ロメロが戻ってきたのは夜明け前だった。彼は独房の鍵と野球のバットを用意していた。

「すべて手はずは整えた。例の衛兵は上等のラム酒を一本丸々空けて、気持ちよく眠っている。出口でわしのいとこがポンチョを持って待っているから、まずはそれで身を隠してくれ。そうしたら、いとこがあんたらを村に連れていく。いとこの二人の息子も一緒だ。万一のこともあるからな。村に行けば、いとこ一家の親戚もいる」

「今は何もできないけど、いつか必ずお返しするわ。約束よ」クラリスは年老いた看守を抱擁した。胸の傷が痛んだが、かまわず強く抱きしめた。

ロメロはぎこちない手つきで彼女の背中を軽くたたいた。「大丈夫、きっとうまくいくよ」

クラリスは微笑した。目には感謝の涙が浮かんでいた。「また会いましょう」

ロメロはフィッツヒュー教授にバットを手渡した。

「さあ。こいつでわしを殴ってくれ」

フィッツヒュー教授はバットを手に顔をしかめた。

「私には医学の心得があるから、殴りどころはわかっとる。ダメージは最小限にとどめるつもりだが、頭痛は覚悟してもらわんと」

「死ぬよりはいい」たどたどしい英語で答えると、ロメロはにやっと笑った。

「よかろう」フィッツヒュー教授は言った。「君の協力に心から感謝する。目をつぶってくれ」

「よし、いつでも……」

ロメロの体がくずおれた。フィッツヒュー教授は看守の脈を取り、呼吸を確認した。「まったく、いやな気分だ」ぶつぶつ言いながら、教授は発見されやすい場所にバットを置いた。

「その気持ち、よくわかるわ。さあ、急ぎましょう！」クラリスは声をかけた。

三人は長い廊下を走った。外に兵士たちの一団がいないことを祈りながら裏口を目指す。ロメロは自信満々の様子だったが、クラリスは恐怖に怯(おび)えていた。もし敵に捕まったら、私は撃たれるわ。撃たれるだけならまだいいけど……。だめよ。考えてはだめ。彼女は自分を叱り、ひたすら走った。

しかし、裏口に人の気配はなかった。酔いつぶれた衛兵が壁にもたれ、大いびきをかいているだけだ。

クラリスは唇を噛んだ。「ああ、どうしよう」彼女はうめいた。今にも泣き出しそうだ。

「しっ！　セニョリータ！」

クラリスはぎょっとして振り返った。監獄の裏手に物資を積み上げた山が見えた。その山に向かって彼女は走った。二人の教授についてくるよう合図を送りながら。

「俺はホルヘだ」小柄で色黒な男性がソンブレロを持ち上げて挨拶した。「この二人は息子のラファエルとサンドリーノだ」

「私はクラリスよ。この二人は私の友達なの。あなたがロメロのいとこね？」

アメリカ人と思われる立派なレディが、いとこをファーストネームで呼んだことに感銘を受けたのか、ホルヘは相好を崩した。「ああ、そうだよ。さあ、これを」

息子の一人がポンチョを差し出した。ポンチョは布製で、膝まで届く長さがある。顔が隠れるほど大きな帽子も用意されていた。

「行くぞ。ただし、走るな。ゆっくりと歩くんだ」

クラリスは歯を食いしばった。ホルヘの言葉が正しいことはわかっていたが、広場を横切り、噴水の脇を通って、軍の施設から出るだけの行程が果てしなく遠く感じられた。途中で出くわした衛兵は一人だけだった。ホルヘはその衛兵に何か言い、連れの者たちを指さした。衛兵は彼らに一瞥(いちべつ)をくれたが、面倒くさそうに手を振って、一行を先に通した。彼らはさらに歩きつづけ、なんとかホルヘの荷馬車までたどり着いた。

クラリスは荷台に乗り込み、穀物の袋の上に突っ伏した。教授たちもあとに続いた。

「よし、出発だ」ホルヘの言葉で、彼の息子たちも広い木製の運転台に座った。ホルヘがラバたちに鞭(むち)を当てると、荷馬車はがたごとと動き出した。

数時間後に小屋に入ってきたのはクラリスの友人、ドクター・カルヴァハルだった。彼は診察鞄(かばん)を提げていた。レインコートを着ていたにもかかわらず、ずぶ濡れの状態だ。

「またお会いしましたね」ペグは挨拶した。

ドクター・カルヴァハルはにっこり笑った。「やあ。クラリスはどこだね？」

「彼女はエンリケと車に乗っていたんです」ペグが説明する間に、医師は鞄を置き、エンリケの診察を始めていた。「彼女に何があったのかはわかりません。でも、私たちは軍に拉致されたんじゃないかと思っています」

「拉致？」ドクター・カルヴァハルは声をあげた。

「きっと、その時点では生きていたんです」ペグは指摘した。「そうでなきゃ、その場に彼女を残していったはずだわ。気の毒なエンリケみたいに」

ドクター・カルヴァハルはペグを見上げ、小さくほほ笑んだ。「なるほど。理にかなっている。たぶん、そんなところだろうね」医師は弾丸を摘出した箇所をメスで切開し、そこにチューブを挿入した。

「いい手際だ。誰が処置したのかね？」

「私よ」マディが小屋に入ってきた。「何年か陸軍で衛生兵をやっていたの」

「君は医者になるべきだったな」

「私には無理だわ」マディはきっぱりと言った。「退屈すぎてね。私は探検が好きなの」

「君が噂の考古学者か」ドクター・カルヴァハルは驚きを声にした。

マディはむっつりとうなずいた。「誰にも口外しないでね。私はサパラ一味から隠れているの。見つかったら、その場で殺されてしまうわ。私の発見が世界に知られたら、あの男の油田計画はおしまいだもの」

「そんなにすごい発見なのかね?」

マディは無言でうなずいた。

ドクター・カルヴァハルは表情を改めた。「君は首都に行くべきだ。政府の誰かにその発見について話すべきだよ」

マディは笑った。「ここはバレラよ。サパラが政府のトップなのよ」

ドクター・カルヴァハルは小声で悪態をついた。

「あいつは虫けら以下よ。マチャド将軍に蹴飛ばされちゃえばいいんだわ」

「あの虫けらめ!」

「マチャド? 彼がここにいるのか?」

「ええ」ペグが答えた。「彼はこの近くにいるわ。これからサパラを大西洋の向こうまで蹴飛ばしてくれるはずよ」

「蹴飛ばす時のブーツはぜひ私が提供したいね」ドクター・カルヴァハルの言葉に、その場にいた全員が笑った。

だが、ペグの表情は晴れなかった。クラリスのことが心配でならなかったのだ。

「彼女はきっと生きているわ」マリアが断言した。「私が保証してあげる。それと、あなたをびっくりさせることがあるのよ」

「びっくりさせること?」

「シム」マリアは小屋の外に出て、一人の男性にスペイン語で問いかけた。「そろそろかしら?」

男性はくすくす笑った。「ああ。今こっちに向かってる」

「こっちに?」ペグも小屋の外に出た。近づいてくる一台のジープが見える。そのジープが停まると、迷彩服を着た背の高い黒髪の男性が降り立ち、彼女に向かってまっすぐに歩いてきた。

男性は目をみはり、足を止めた。「ペグ？」

ペグは彼の腕の中へ飛び込んだ。体を持ち上げられ、何度もキスをされた。彼女もキスを返した。離れていた間に積もり積もった情熱のすべてを込めて。

「ここに重要な情報を持つ人物がいると言われて来たんだが」グレーンジはペグのまぶたにキスをした。「まさか君だったとは！」

ペグは笑顔でキスを受け、大きな体に両腕を回した。「ああ、夢みたい」

グレーンジは彼女の首筋に顔を埋めた。「どうやってここに来たんだ？」

「クラリスに連れてきてもらったの」

「クラリス！」グレーンジは何か言いかけた。だが、ペグが彼の口を手のひらで覆うと、今度はその手のひらにキスをした。

「薬のせいだったの。クラリスは悲しみから薬に頼るようになっていたのよ。でも、私に予防接種を受けさせたし、私が熱を出したら、夜通し看病してくれたわ。そして、彼女のお父さんと妹のこと――四カ月前に二人が亡くなった悲劇的な事故のことを話してくれたの。私たちは友達になったわ。クラリスは言ったの。自分がしたことをあなたに話す、あなたに撃たれることになってもかまわないって。それで、私を安全なこの村に残して、エンリケと一緒にあなたをさがしに行ったんだけど。エンリケは小屋の中にいるわ。撃たれたの」

「撃たれた？」

「ええ。クラリスはバレラの軍隊に連れていかれたみたい。もしまだ生きていたら、拷問されている可能性もあるわ」ペグは重い口調で言った。「私が彼女を引き留めるべきだったの。マリアに頼んで、別の人にあなたをさがしてもらうべきだったの」

グレーンジはうなった。「なんてことだ！」

「ここは濡れるわ。中に入って」ペグは彼の手を引っ張った。「この村に来て、友達がたくさんできたのよ。あなたにも紹介したいわ」

グレーンジは笑顔でかぶりを振った。さすがはペグだ。知らない国に来ても、すぐに友達を作ってしまう。彼女をここで見つけた時はぞっとしたが、文句は言わないでおこう。彼女は僕のために来てくれたのだから。彼はペグに腕を回し、小屋の中に入った。脇腹と腕の下に当たる胸の膨らみの柔らかな感触に欲望が目覚め、体が震えそうになった。いつもペグの夢を見ては冷たい現実に引き戻されていた。だが、ここにいるペグは本物だ。彼は幸せを噛みしめた。クラリスへの怒りも湧いてこなかった。

ペグは彼に寄り添い、黒っぽい瞳をのぞき込んだ。草葺(くさぶ)き屋根の小屋の中では、小さな火が燃えていた。しかし、彼を見つめるペグのまなざしはその火よりさらに熱かった。

10

グレーンジは小屋にいた人々に紹介された。中でもマディの話は興味深かった。行方不明の考古学者というのは彼女のことだったのだ。しかも、彼女は大学に戻る前は傭兵(ようへい)の仕事をしていたので、エブ・スコットの訓練所にいた古いメンバーたちのことも知っていた。

「君のことは色々と聞いているよ」グレーンジは苦笑混じりに言った。

「私もあなたのことはけっこう聞いているわよ」マディはペグに思わせぶりな視線を投げた。「こちらのたいしたレディからね」

「私なんて、ちっともたいしたことないわ」ペグは抗議した。

「いや、たいしたもんだよ」ドクター・カルヴァハルが言った。「君は我々の共通の友人を抗不安薬への依存から立ち直らせた。ある意味、彼女の命を救ったようなものだ」

「でも、彼女をもっと危険な目に遭わせる結果になったわ」ペグは悲しそうにつぶやいた。「今だって、どんな怖い思いをしているか……」

「彼女は僕たちが助け出す」グレーンジは言った。

「約束する」

「ありがとう」ペグは尊敬のまなざしを返した。

グレーンジは金色の髪にそっと触れた。彼女はなんて愛らしいんだろう。

「戦闘はもう始まったの？」

ペグの問いかけに、グレーンジは顔をしかめた。

「いくつか問題があってね。将軍は内部から敵を切り崩せると考えている。それで、彼のかつての右腕に連絡を取るべく二人の部下をメディナに潜入させたんだが、いっこうに報告が入らない。敵に見つかって殺されたのか、あるいは、単に連絡が取れないだけなのかわからないんだ」

「それは心配ね」

「だから、今はサパラ政権に反対する地元民たちと連携し、彼らに戦い方と銃の扱い方を教えている。この分だと長期戦にもつれ込みそうだ」

「まあ」

「どんな戦略にも限界がある。考えるだけなら楽なんだが」ため息をついてから、彼はペグにほほ笑みかけた。

「わかる気がするわ」

村の広場から叫び声が聞こえてきた。

グレーンジとペグは、息子に付き添うマリアと治療に当たっていた医師とマディを残して、小屋の外に出てみた。

一台の荷馬車が村の入り口で停まった。

「いつもの配達よ」戸口から顔を出したマリアが説明した。「毎週金曜日に穀物を運んでくるの」

「そう」ペグは肩を落とした。

なおも見ていると、三人の男性にポンチョを着た三人が合流し、村の中に入ってきた。一人はほかの五人より小柄で、具合でも悪いのか、歩みがひどくのろい。

さらに近づいたところで、ポンチョの三人が帽子を脱いだ。その下から現れたのはクラリスと男性二人の顔だった。

「クラリス！」ペグはクラリスに駆け寄った。彼女を抱きしめ、揺すりながら泣き出す。「ああ、クラリス、生きていたのね。本当によかった！」

抱きしめられたせいで体に激痛が走ったが、クラリスは何も言わなかった。友達がいるというのはなんと幸せなことだろう。彼女はペグに抱擁を返した。

「ええ、生きているわ。撃たれて、刺されて、脅されたけど、これくらいでへこたれるもんですか。ただ……」ふっと息を吐き、クラリスは地面にくずおれた。

グレーンジはクラリスを抱き上げ、小屋の中へ運んだ。マリアが素早くハンモックをつるし、そこにクラリスを横たわらせた。

ポンチョを外したグレーンジは、血染めのブラウスを見て息をのんだ。「ちくしょう。連中は彼女に何をしたんだ？」

「拷問だよ、お若いの」小柄なほうの男性が重い口調で言った。「我々はサパラの監獄で地獄を見てきた。彼のもてなしに対して早くお返しがしたいと思っている。私はデイモン・フィッツヒュー、こちらはジュリアン・コンスタンティン。二人ともバレラ大学の教授だ。いや、教授だったと言うべきか。我々が脱獄できたのは、この勇敢なご婦人のおかげだ。なんとか彼女を助けてやってほしい。彼女は撃たれて、軽い脳震盪を起こした。そのうえ、こうして拷問まで受けた。だが、我々は彼女に何もしてやれなかった。サパラは医者さえ呼んでくれなかった。あの獣め！」

ドクター・カルヴァハルがハンモックに歩み寄った。「マリア、手を洗いたいんだが、水と布を持ってきてくれないか」

「今お持ちします。息子の容態は？」

医師は疲れた笑みを浮かべた。「すぐに元気になるよ。肺が元どおりになるまでには少し時間がかかるだろうが、応急処置がよかったんでね」マディに向かって、彼はにやりと笑った。

「ありがとう」考古学者の女性は答えた。

手を洗い、クラリスのそばに戻ると、医師はグレーンジと二人の教授に含みのあるまなざしを向けた。

「僕たちは外で待ちます」グレーンジはペグにほほ笑みかけ、教授たちに身ぶりで合図を送った。外に出た三人は近くの小屋に招かれ、食事と水を勧められた。彼らはありがたく申し出を受け入れた。

ブラウスを引きはがしたドクター・カルヴァハルは、自分が目にしたものにひるんだ。クラリスの腕には血管まで達する深い切り傷があったのだ。幸い、血はすでに固まっていたが、いい状態とは言えなかった。「これはひどい。誰がこんな真似を？」

「誰かは知らないけど、その人には致死量の毒が必要ね」ペグはつぶやいた。

「まったくだ」

傷はいくつもあり、いずれもかなり深いものだった。

「これは整形手術が必要だな。といっても、傷が癒えたあとの話だが」傷口を縫合しながら、医師は言った。「今はとても無理だ。大量に失血しているし、縫合すべき傷が多すぎる」彼はたじろいだ。「私がそばについていたら、命に代えても彼女をこんな目には遭わせなかったのに」

「私だってそうよ」ペグはつぶやいた。「かわいそうなクラリス！」

「頭にも傷があるわ」マディが指摘した。「ここに血がこびりついている」

縫合を終えると、ドクター・カルヴァハルは頭の傷を調べ、傷口を消毒してから包帯を巻いた。彼はかぶりを振った。「まさに傷だらけだ」

「連中は彼女の口を割らせようとしたのよ」マディは冷ややかに言った。「でも、彼女はきっと何もしゃべっていないわ」

マリアが小屋に戻ってきた。「あなたの言うとおりよ。荷馬車の主から話を聞いてきたわ。どんな目に遭わされても、彼女は一言もしゃべらなかったのよ。サパラの一味は今朝も彼女を痛めつけるつもりでいた。それで友人が三人の脱獄に協力したんですって。友人の名前は教えられないと言われたわ。ということは、たぶん彼の身内ね」マリアはほほ笑んだ。「とにかく、親切な人であることは間違いないわ」

「世の中は悪い人ばかりじゃないのよね」ペグは相槌を打った。

「軽傷とは言えないが、銃弾は彼女の頭をかすめただけだ。撃ったやつが下手くそで幸いだった」

「クラリスは元気になりますか？」ペグは心配そうに尋ねた。

医師はうなずいた。「今は体力をなくしているし、脱水症状の兆候も見られるが」

クラリスが身じろいだ。「うるさくて眠れないわ」ぶつぶつと文句を言ってから、彼女ははっと目を開けた。「ごめんなさい。ついうとうとしちゃって。でも私、あいつらには何もしゃべってないから。サパラの部下でミゲルとかいう男……今度あの男に会ったら、ただじゃおかないわ」

「その時は私も協力するわ」ペグはにっこりと笑った。「それだけ元気があれば大丈夫ね」

「さっきグレーンジを見た気がするんだけど」クラリスは力のない声でつぶやいた。

「ええ。彼があなたをここに運んだのよ。あなたが気を失ったから」

「睡眠不足と飢えのせいよ。あの連中、水もろくにくれなかったの。もう喉がからから！」

クラリスに小さなボウルを手渡しながら、マリアは医師に確認した。「いいですか？」

クラリスはボウルの水をいっきに飲み干そうとして、ドクター・カルヴァハルに止められた。

「飲みすぎると吐いてしまう。少しずつにしなさい」

クラリスはうなずいた。再びボウルを持ち上げようとして表情を曇らせた。「ありがとう、マリア。エンリケのことは本当に申し訳なく思うわ。襲撃を受けた時、私たちは道に迷っていたの。それで彼が方角を確認するために立ち上がったら、いきなり銃弾が飛んできたの。彼はどうなったのかしら？」

「生きているよ」ドクター・カルヴァハルは微笑した。「君と同じで、数日は体を休める必要があるがね。君は私とマナウスに戻って……」

「マナウスには戻らないわ」クラリスは冷ややかに宣言した。

「なんだって？」

「ここから動く気はないと言っているの。私は司令部がある建物の配置を知っている。見張りの交代時間もわかるし、内部に友人もいる。つまり、今の私はマチャド将軍にとっては貴重な戦力なのよ。私も彼らと一緒に行くわ」

「そんな無茶な」ドクター・カルヴァハルは抗議しかけた。

「だったら、私も行くわ」ペグが声をあげた。

「いいえ。あなたはだめよ」クラリスは言下に拒絶した。

「彼女の言うとおりよ」マディが厳しい表情で割り込んだ。「戦場では、あなたは足手まといだわ。あなたのせいで人が死ぬ可能性だってある」マディはクラリスに向き直った。「それはあなたにも言えることよ」

「止めても無駄よ」クラリスは言い返した。「私には協力する権利がある。なんと言われても、私は行きますから」彼女は片手を上げた。「具体的に何かしようってわけじゃないの。でも、私が力になれることもあるはずよ。私は記憶力がいいし、絵も描けるわ」

マディはため息をついた。「わかったわ。私の負けよ。あとは彼の判断に任せるわ」彼女は小屋に入ってきたグレーンジを示した。

グレーンジの表情は険しかった。

「彼女に言ってやりなさい。君を連れていくことはできないって」マディは強い口調で促した。

「ついでにロープで縛り上げるといいわ」クラリスは小さく笑った。

グレーンジがクラリスに向けたまなざしには、いらだちと尊敬が混じっていた。

「どうかしたの？」ペグが問いかけた。

「ロークがこっちに向かっている。あのばかは、僕の制止を無視しやがった」

「なぜロークがここに？」クラリスは尋ねた。その表情は複雑で、ペグには読み取れなかったが、戸惑う一方で興奮しているようでもあった。

「僕から君が拷問を受けたと聞いたせいだ。たぶん僕と同様に、彼も罪の意識を感じているんだろう。僕も彼も君にひどい態度をとったからな」

クラリスは弱々しい笑みを浮かべ、痛みにたじろぎながら再び横たわった。「悪いのは私よ。ペグをこんなことに巻き込んでしまって。ペグは本当に優しい子ね。私の妹にそっくり……」涙がこぼれそうになり、クラリスは声を詰まらせた。

「いいのよ」ペグはそっとクラリスの髪をなでつけた。「もう気にしちゃだめ」

クラリスの瞳から涙があふれた。

グレーンジは虚を衝かれた。あのクラリスが泣くとは。道徳観の欠如したタフな女性だと思っていたのに。これもペグの力なのか。ペグの優しさがクラリスの固い殻を打ち破ったのか。僕のペグはまさにたぐいまれなる女性だ。

クラリスを作戦に参加させるわけにはいかない。でも、ここは僕が出しゃばらないほうがいいだろう。ロークとクラリスは長い付き合いだ。彼は今、僕の命令を無視してこっちに向かっている。クラリスのことはあの男に任せておけばいい。

みんなが火を囲んで食事をしていた時、うなりをあげてやってきたジープが広場の端に停まった。ブロンドの髪に黒いアイパッチをした長身の男性がジープから降り、すさまじい剣幕で近づいてきた。

男性の表情は石よりも硬かった。官能的な唇も真一文字に結ばれている。ペグは彼の片目が不思議な茶色をしていることに気づいた。その男性はためらわなかった。ほかの人々に紹介されるまで待つこともしなかった。クラリスのところへ直行すると、彼女のかたわらに膝をついたのだ。

その男性はまずクラリスのブラウスに目をやった。マリアが必死に洗ったにもかかわらず、そこには血の痕跡が残っていた。続いて、彼の視線がクラリスの頭部に移った。彼女のブロンドの髪は銃創の手当てをするために一部だけ短くカットされていた。

「誰の仕業だ、タット?」ロークはクラリスを問いただした。その声は氷のように冷たく、ペグが耳にしたことのない変わった訛りがあった。

　クラリスは長々と息を吸い込んだ。私のことを気にしているみたいな態度ね。少なくとも、ロークは私を名前で呼んでいない。いやみも言っていない。私が脳天気な人間なら勘違いするところだわ。「サパラの手下よ。監獄の隣にある軍司令部で働いているミゲルとかいう男」

　ロークの顔はこわばったままだった。「そいつは報いを受けることになる。俺が約束する。司令部にいる人間は誰だろうと生かしちゃおかない！」

「ロメロには手を出さないで」クラリスはあわてて言った。「ロメロは看守よ。太った老人で、汚れたなりをしているけど優しい人なの。彼が私たちを救ってくれたのよ」

「ロメロか」ロークはじっと彼女を見返した。「君は年の離れた男がタイプなんだな」

「彼には奥さんがいるわ」

「君はそれで引き下がるような女か？」当てこすりを口にしてから、ロークは彼女の表情に気づいた。

　クラリスは視線を落とし、二度と彼を見ようとしなかった。

「タット……」ロークは後ろめたそうに声をかけた。

「私は平気よ」クラリスは静かに言った。「いくつか傷跡が残ると思うけど、どうってことはないわ」

　ロークは改めて染みの残るブラウスに目をやった。彼は今も覚えていた。クラリスの柔らかな肌がクリームのように美しかったことを。貝殻のように滑らかな胸の膨らみと繊細なピンク色の蕾を。

　記憶を振り払いながら、ロークは立ち上がった。

「傷跡が残るにしても、場所が悪すぎる」

「どうせ誰も見ないわよ」クラリスは自虐的な笑みを浮かべた。「私を好きになる男なんて一人もいないんだから」

ロークは反論の言葉をのみ込んだ。クラリスが遊び好きなのは誰もが知っていることだ。だが、今は彼女を責められない。クラリスは怪我をしている。どこかの獣のような男がナイフで彼女を傷つけたのだ。グレーンジから拷問の話を聞いた時は頭に血がのぼり、自分を抑えることができなかった。ただクラリスのところに行きたかった。彼女の無事を自分の目で確かめたかった。彼女を自分のものにすることはできないが、彼女を傷つける者は絶対に許さない。なぜこんなことになってしまったんだ？

「少なくとも、ロメロのおかげで最悪の事態は免れたわ」クラリスは重い口調で続けた。「もしあの時逃げ出さなかったら、私は殺されていたでしょうね。そういえば、あなた、教授たちとは初対面よね？」

あわてて付け加えると、彼女は二人の教授をロークに紹介した。

「彼女は私が会った中でも最も勇敢な女性だ」握手をしながらフィッツヒュー教授は言った。「実に頼もしいよ！」

「勇敢なうえに魅力的だ」コンスタンティン教授がクラリスに笑顔を向けた。

「今はそうでもないけど」クラリスはため息をつき、笑みを返した。「まあ、いいわ。おかげで新政権下のバレラがどんな状況かわかったし。今度はこっちがお返しをする番よ。軍司令部の配置は頭の中に入っているわ。マチャド政権の頃と同じかもしれないけど、目と耳と口をフルに活用して情報を集めたの。親切な看守が色々と教えてくれたわ」

ロークは目を細くした。「その男だけは生かしておこう」

「サパラのコンピュータはまだ古いシステムのままだ」フィッツヒュー教授が言った。「私の教え子になんでもハッキングできる女性がいる。私はスタックスネット型のウイルスのようなものを利用できないかと考えたんだが」

グレーンジは笑った。「頭のいい人間は思考が似るのかな。うちの部隊にもコンピュータ・マニアのアイルランド人がいて、旧式のゲーム用コンピュータを使ってそういうウイルスを作ったところです。バレラ軍のコンピュータにはいつでも攻撃を仕掛けられますし、メディアを押さえる態勢もすでに整っています」

「それは楽しみだ」フィッツヒュー教授はくすくす笑った。「私の教え子にも圧政に反対してきた者が何人かいてね。メディナのことをよく知っている。今は最終試験の時期だが、声をかければ協力してくれるだろう」

「申し出はありがたいですが」グレーンジは答えた。「よほどのことがない限り、罪のない民間人を巻き込みたくはないですね。別の手段に頼ることになる可能性もありますし。戦略はその時々で変わるものなんです」

「なるほど」老教授は自分の仲間たちを見回した。「おやおや。我々は路上生活者の群れみたいだな」

「見た目なんてどうでもいいわ」クラリスは笑顔でスープをすすった。「生きているだけで充分よ」

「それはそうだが、できればこの服は着替えたいね」フィッツヒュー教授はため息をついた。「さもないと、そろそろ嗅覚がおかしくなりそうな気がする」彼は自分の袖に鼻を近づけ、顔をしかめた。その場にいた全員が笑った。

グレーンジはペグに視線を移した。「君はうちに帰るべきだ」

「そうよ」クラリスが畳みかけた。

「間違いないわ」マディまでが加勢した。

ペグは強情そうな顔つきで三人を見返し、腕を組んで腰を下ろした。

グレーンジはかぶりを振った。「案の定だな」

愛情のこもった口調にペグは頬を染めた。彼のまなざしに胸が高鳴る。ようやく再会できた恋しい人。だが、二人の周囲には大勢の人間がいた。ここにプライバシーはないのだ。彼女は落胆の声をのみ込んだ。

グレーンジももどかしい思いに耐えていた。それでも、彼の黒っぽい瞳には、ペグを誇らしく思う気持ちと欲望がにじんでいた。「君はここにいろ。ただし、戦いには連れていけない。君はマリアと一緒にこの村に残るんだ」

ペグはにっこり笑った。「いいわよ。ここにいられるなら」

グレーンジは笑みを返し、緑色の瞳をのぞき込んでつぶやいた。「困った子だ」

ペグの頬が赤く染まった。口にできない場所に奇妙な感覚が生じた。私は何も経験したことがないのに、私の体はすべてを知っているみたい。前に見た夢のように、大きなハンモックでグレーンジと横になれたらいいのに。思いきって彼を誘ってみる？考える時間はたっぷりあるわ。今は考えることしかできないんだから。ペグは笑顔で周囲の人々を見回した。なんだか大きな駅の雑踏にいるみたいね。私には友達を作る才能があるのかもしれないわ。

クラリスはグレーンジが調達してきた鉛筆と紙切れを使い、軍司令部における衛兵たちのおおまかな配置図を描いた。衛兵の交代時間とサパラのオフィスの設備については二人の教授に確認した。何カ月も獄中にいた教授たちは、クラリスが知らないことまで把握していたのだ。

「あの男のオフィスには無線の装置があったわ」クラリスは疲れのにじむ声で説明した。「それから、大画面のテレビと娯楽系のシステムも。ゲーム用のコンピュータまでそろってたわ」

「マナウスはこの地域のエレクトロニクス産業の中心地だからな」フィッツヒュー教授が口を挟んだ。「私もコンピュータをいじるのは大好きだ。ここは自由貿易圏だから、税金がかからない。その分、値段も安くなるわけだ」

クラリスは温かなボウルを両手で包み込んだ。ハーブティーの香りに気持ちが安らぐ。周囲の人々の議論を彼女はぼんやりと聞いていた。

ロークがクラリスの隣に腰を下ろした。彼はポケットナイフを取り出し、どこかで見つけてきた木切れを削りはじめた。

「子供の頃もよくそうしていたわね」クラリスはぽつりとつぶやいた。「私が十歳の時にあなたが彫ってくれた白鳥を今も持っているのよ」

「君は度胸のある子供だった。ほかの男の子が行かない場所でも、俺のあとをついてきた。絶対に遅れず、泣き言も言わずに。俺のせいで蛇に噛まれた時も……」

「あれは私のせいよ」クラリスは彼の言葉を遮った。「あなたにはなんの責任もないわ」

ロークはまた木を削る作業に戻った。

しばらくは穏やかな沈黙が続いた。

「ドクターから聞いたぞ。君は整形手術を受けるべきだと。そんなにひどくやられたのか？」ロークの声は怒気を含んでいた。

「名誉の負傷よ」クラリスは彼のアイパッチに目を留めた。「あなたは義眼をしない。私は整形手術を受けない。同じことでしょう」

ロークの眉が上がった。

「これは自ら招いた結果なの」クラリスは表情を引き締め、ハーブティーに視線を落とした。「私は今まで浮ついた気持ちで取材をしてきたわ。戦場の男たちにくだらない質問をし、人の興味を引きそうなネタを大げさに書き立ててね」彼女は息を吸い込んだ。「でも、これで少しは真実が見えてきたわ。戦争って怖いものなのね」

ロークはゆっくりとうなずいた。「十歳の子供たちに銃を与え、薬漬けにして、殺し合いをさせる。それが現実の世界だ」

クラリスは身震いした。

「国に戻るいい口実ができたじゃないか。今後はゴシップのコラムでも書けばいい」

彼女はハーブティーをすすった。「いいえ。私はこの世の中を少しでもよくする方法を命がけでさがしていくつもりよ」

「今さら看護師でも目指すつもりか?」

クラリスは冷ややかな視線を返した。「私はフォトジャーナリストよ。あなたはどう思っているか知らないけど、本気でこの仕事と向き合っているの。私がその気になれば、ロイターあたりの通信社と組んで、そういう少年兵士の問題を追及することもできるのよ」

ロークの顔から血の気が引いた。「冗談じゃない。戦場ではどんなことが起こりうるのか、君にはわかってるのか?」

クラリスはブラウスを広げ、ブラジャーの上からのぞく傷跡を見せた。黒い糸で縫合され、真っ赤に腫れ上がっている。「ええ、わかっているつもりよ」

ロークはひるんだ。むごたらしい傷口を目の当たりにして、胸に痛みが走る。彼は長年クラリスを避けてきた。彼女を嘲り、言葉で攻撃してきた。クラリスの贅沢(ぜいたく)なライフスタイルと道徳観を軽蔑するふりをしてきた。だが実際には、彼女に近づく勇気がなかっただけだ。彼はクラリスが知らないことを知っていた。誰にも言えない秘密があった。秘密を守るためには、距離を置いた付き合いしかできない。それならいっそ敵と思われたほうが話が簡単だ。そう考えたからこそ、彼はわざとクラリスを突き放してきたのだった。

ロークは再び木を削りはじめた。その表情はこれまでにないほど険しかった。「勝手にしろ。どうせ君は男に襲われても平気なんだろう。今までが今までだからな」

クラリスは反撃しなかった。以前の彼女ならロークを殴っていたところだ。だが、今のクラリスにはそれだけの気力も体力も残っていなかった。「なんとでも言って」

ロークはクラリスに暴言を吐いた自分を嫌悪した。クラリスはむごい目に遭わされた。俺は彼女を救えなかった。彼は一瞬目をつぶった。それから、何も言わないまま木彫りの作業に戻った。

クラリスはロークの奇妙な態度を訝しく思った。五分に一度は私を侮辱せずにいられない人なのに。でも、私に災難が降りかかった時――家族を亡くしたり、狂人に拷問されたりした時、真っ先に駆けつけてくれたのはロークだったわ。昔からそうだったのだ。これはどういうことなの？　彼は私を嫌っている。それは誰の目にも明らかなのに。

クラリスが考え込んでいると、心地よい静寂を破って、ジープのエンジン音が聞こえてきた。新たに現れたジープがもう一台のジープの横に停まり、三人の男性が降りてきた。

三人はいずれも軍服に身を包んでいた。先頭に立った男性は長身で、癖のある黒髪にがっしりとした顔をしている。

ロークとグレーンジは即座に立ち上がり、武器を構えた。だが、近づいてきたエミリオ・マチャド将軍を見て、武器をしまった。

「我々の作戦本部はここに移ったのかな？」マチャドは両手を広げた。感じはいいものの憤慨したような口調だった。

はっと息をのむ音が聞こえた。マディがおずおずと前に進み出た。「エミリオ？」

将軍の顔に驚愕の表情が浮かんだ。「マディ、生きていたのか！」

マディは冗談めかした言葉を返そうとした。だがそれより早く、マチャドが駆け寄ってきた。彼はマディを抱き上げ、笑いながら振り回した。

「信じられない。君は連中に捕まり、殺されたんだと思っていた！」マチャドは叫んだ。安堵で声がうわずっている。彼はマディを立たせ、大きな両手で彼女の顔を包み込んだ。「君に会えて本当によかった」マディにキスをしようとしたが、途中で周囲の目を意識し、あわてて身を引いた。「いや、君が無事でよかったよ」

マディはなんとか笑みを浮かべた。彼の熱烈な挨拶のせいで膝に力が入らなかった。もしかしてエミリオ・マチャドは私になんらかの感情を抱いているのかしら？

彼女は笑った。「ええ、私は無事よ。ずっと遺跡の近くにある別の村に身を隠していたの。ここに来たのは、エンリケが撃たれたからよ。マリアに頼まれて、弾丸を摘出したわ。手近に医者がいない時でも、元衛生兵がいると便利よね。クラリスの縫合はマナウスから駆けつけたプロにお任せしたけど」

「クラリスも撃たれたのか？」

「いいえ」マディの声に怒りがにじんだ。「彼女は拷問されたのよ」

マチャドは歯を食いしばった。「次から次へと残虐行為を重ねるサパラには人の心がないのか？」たき火の輪に加わったところで、彼は教授たちとペグの存在に気づいた。「君たちは？」

「こちらの二人が行方不明の教授たちよ」クラリスは笑顔で二人の男性を紹介した。

マチャドは彼女のブラウスの染みに目を留めた。

「気の毒に。連中は君に何をしたんだ？」

同情あふれる言葉をかけられて、クラリスはまた泣きそうになった。それをごまかすために、彼女はわざとふざけてみせた。「ちょっとした拷問をね。でも、たいしたことはないわ。サパラは私がこの国にいる理由を確かめたかったのよ。本当に行方不明の教授たちについて取材するためなのかを。何か隠し事はしていないかを」彼女は意地の悪い笑みを浮かべた。「でも、あなたに関する情報はいっさい聞き出せなかったわ」

マチャドは彼女たちのかたわらに腰を下ろした。

「どうやって逃げ出した?」

「年老いた看守が助けてくれて……」

「ロメロか」マチャドはため息をついた。「私の古い友人の一人だ。君たちを助けたとなれば、彼は殺されることに……」

「それはないね」フィッツヒュー教授が得意げに断言した。「私が彼を野球のバットで殴ったからな。我々が逃げた時、彼は半分意識のない状態で倒れていたが、心配はいらんよ」彼は片手を上げ、マチャドの抗議を制した。「私は植物学が専門だが、元々は医学生だった。殴りどころは心得ておる。銃で撃たれるよりは頭痛のほうがましだろう」

「確かに」マチャドはうなずいた。「ロメロは気のいい善人だ。サパラがよくロメロを残しておいたものだな」

「代わりが見つからなかったんですよ」コンスタンティン教授がむっつりと説明した。「サパラは十人の看守に逃げられて、仕方なくロメロを復職させたんです。彼はあまりに多くの敵を作った。だから、スタッフの数が足りないんです」

「それは朗報だ」マチャドは言った。

「有益な情報ですね」グレーンジもうなずいた。

「ロペスと接触するためにメディナに侵入している二人にも知らせてやらなければ」

「ドクターの知恵を借りたらどうかしら」クラリスはマナウスから来た医師に笑顔を向けた。「たしか、メディナにいとこがいると言ったわよね？」

ドクター・カルヴァハルは答えた。「親戚なら何人もいるよ。口の堅いのがいるから、彼に連絡を取ってみよう」

マチャドが口を開いた。「その人物に頼んでもらえないか。ドミンゴ・ロペス将軍と接触して、この村に来るように伝えてほしいと。敵に勘づかれたらおしまいだが、ドミンゴが協力してくれるだろう。

私は元々彼を国外に逃がすつもりでいた。彼がサパラに殺されることを恐れたからだ。彼が生き延びたのは、軍事作戦の第一人者だったからだろう。サパラは政治家だ。銃を撃ったことさえない。私のクーデターに協力した時も、サパラは体を張ることはせず、マスコミ対応に専念していた。私は彼を新政府の長に据えた。彼に裏切られることなど考えもしなかった。彼にそんな度胸はないと思っていたんだ」

「バレラの独裁者はコカの葉に目がないようだな」ドクター・カルヴァハルは冷ややかに言った。「使用量も増える一方だ。その事実もうまく使えば武器になる。ロペス将軍からサパラの習慣について教えてもらうよう、いとこに言っておきますよ」

「サパラはメディナの郊外に宮殿のような豪邸を建築しているわ」クラリスは言った。「その進み具合をチェックするために、時々現場に出かけているんじゃないかしら」

「いいところに目をつけたな！」マチャドは感嘆の声をあげた。

クラリスは微笑した。「私の頭、だんだん冴えてきたみたい。銃弾で刺激を受けたおかげかしら」

ロークは何も言わなかった。だが、クラリスを見やった彼の瞳には動揺の色があった。

たき火のそばでは議論が続いていたが、グレーンジとペグは人々の輪を離れ、広場の周囲を散歩した。獣の鋭い咆哮が夜の静寂を切り裂いた。

「ジャガーか」グレーンジはあっさりと言った。

「ジャガーは火を嫌う。普通は人里には近づかないものなんだが」彼はペグを見下ろした。だが、真っ暗な中で彼女の瞳を見ることはできなかった。「熱帯の夜は本物の夜だ」グレーンジはペグを引き寄せた。「それは長所であり、欠点でもある」そうつぶやきながら頭を下げた。「長所は誰にも見られずにこれができることだよ……」

11

ペグは爪先立ちになり、もっとグレーンジの唇に近づこうとした。グレーンジは彼女をきつく抱きしめて、温かく柔らかな唇を貪欲に味わった。

「君が恋しかった」グレーンジはうなった。「君に会いたくてたまらなかった。そうしたら、君がここに現れた！」彼のキスが激しさを増した。

ペグはため息をつき、小さく笑った。「私のこと、怒ってる？」

「頭は怒っている。でも、体はそうじゃない」

「じゃあ、頭を黙らせたら？」ペグは提案し、さらに体を押しつけた。

グレーンジは彼女の腿を両手でとらえ、二人の腰を密着させた。大きな体に震えが走った。彼は痛いほど興奮していた。だが、この村に二人きりになれる場所――彼の痛みを和らげられる場所はなかった。

「せめてどこかにベッドがあれば！」

「ハンモックならあるわ」ペグは身震いした。体の奥から熱いものが広がっていく。服を脱いでしまいたい。この不思議な気分はなんなの？

「ハンモックでは愛し合えないよ」グレーンジは彼女の唇に歯を立てた。

「いいえ、できるわ」しだいに硬さを増す彼の欲望の証を感じながら、ペグはささやいた。「私、夢で見たの」

「夢？」グレーンジはかすれた声で聞き返した。

「どんな夢だった？」

「そう言われても……」

「僕にならなんでも話せるだろう。いいから言ってごらん」

「あなたはハンモックに横たわっていたわ。あなたはショートパンツ一枚で、私はハワイのサロンみたいなものを着ていたの」グレーンジの両手に力が加わった。ペグは大きな体に押しつけられた。「あなたはそのサロンを解いて、床に放った。そして、ショートパンツを脱いで……」

「それから？」グレーンジは彼女のブラウスに包まれた胸の膨らみの片方を手でとらえた。

ペグはなんとか話を続けた。「私、ハンモックじゃ無理よって言っちゃって、それで目が覚めたの」

グレーンジはくすくす笑った。

「でも、あそこで目が覚めたのは私に経験がないせいだと思うわ。その先に何が起きるのか、私は知らないんだもの。本や映画を通じた知識はあるけど、実際に知っているわけじゃないから」

「その先を君に教えてあげたいよ」グレーンジはささやいた。「経験がないのは僕も同じだ。でも、僕たちならきっと最初からうまくいくだろう」

ペグは身震いしながら笑った。「じゃあ、試してみる？」

「ああ。結婚したらすぐに」

彼女ははっと息をのみ、グレーンジの顔を見上げた。だが、夜の闇の中では彼の表情までは見えない。

「結婚？」

グレーンジは重々しくうなずいた。「君には勇気がある。僕に会うだけのために戦闘地域までやってきたんだから。君は料理もうまい。何より、僕は君が欲しくてたまらない。君がそばにいると、立ち上がることも歩くことも難しくなるくらいだ」

「ほんと？」ペグは嬉しそうに叫んだ。

グレーンジは彼女の腰に自分の腰をこすりつけた。

「これでも信じられないかい？」

「ええと、気づいてはいたけど」ペグはしどろもどろで答え、笑いながらたくましい胸に顔を埋めた。

「どこかに平らな場所はないのか？　君を横たえられる場所が」グレーンジは熱に浮かされたように彼女の唇を貪った。「もう自分を止められない。でも、ここは人目が……。せめてハンモックでもあれば！」

「ハンモックはあるけど、どれも誰かが使っているわ」ペグはすすり泣くような声をもらした。

グレーンジはブラウスの下に両手を差し入れると、ブラジャーをずらして、柔らかく温かな素肌に触れた。硬く尖った蕾の感触が彼の興奮をかき立てた。彼が親指でその蕾を刺激すると、ペグは背中を反らし、込み上げてくる快感にあえいだ。

ペグも彼のシャツをたくし上げ、広くたくましい胸を両手でたどった。

「ペグ……」グレーンジは抗議しかけてやめた。あまりに気持ちがよかったからだ。彼はペグのブラウスを上にずらし、肌と肌を直接触れ合わせた。わずかに残っていた理性が吹き飛んだ。

ペグは息をするのもやっとの状態だった。痛いほどの緊張から早く解放されたい。ずっとこの緊張を感じていたい。彼女は混乱していた。グレーンジがペグの唇を開かせ、そっと舌を差し入れた。甘く温かな感触を味わいながら、別の柔らかな感触を求めて、彼女のパンツの後ろを下げた。

ペグは声を詰まらせた。「ええ、そうよ。お願い！」

「ああ」グレーンジはうなった。

「はい、そこまで」暗闇の向こうから、笑いを含んだ声が聞こえた。「その先はだめよ」

二人はその場に凍りつき、声のする方角を見やった。まばゆい光が彼らの足下を照らし出している。

「二人とも、たき火のそばに戻って。子供たちにその勉強は早すぎるわ」クラリスが懐中電灯を動かし、周囲の茂みを照らした。恋人たちは気づいていなかったが、十人ほどの子供がくすくす笑いながら見物していたのだ。

「まあ、いやだわ」ペグはグレーンジから身を引き、服装を整えた。

「ライブの性教育か」グレーンジはぶつぶつ言ったが、シャツを元に戻している最中に突然笑い出した。「車のヘッドライトを浴びた鹿みたいだな」

ペグも真っ赤な顔で笑った。「夜の闇って怖いわね」

「だから、たき火のそばを離れちゃだめなのよ」クラリスはやんわりとたしなめた。「マリアの話だと、何日か前に村人の一人がジャガーに殺されたらしいわ。問題のジャガーはまだ見つかってないんですって。今、我らが部隊の指揮官を失うわけにはいかないでしょう？」悪戯（いたずら）っぽい笑みを浮かべて、彼女は付け加えた。

三人はたき火が見える場所まで戻った。ここまで来れば、お互いの顔も見ることができた。

「ごめんなさい」ペグは咳払いをした。「私たち、ちょっとおしゃべりをしていたの」

「人類史上最も古い言語でね」クラリスはおかしそうにグレーンジを見やった。

グレーンジも真っ赤な顔をしている。

「君も生身の人間だったか」マチャドはグレーンジに話しかけ、ペグのばつの悪そうな表情を見て微笑した。「大丈夫、気にすることはない」

「どのみち、みんな気にしてなかったし」オベイリーを顎で示しながら、クラリスは恋人たちに説明した。二人の教授とマリアとドクター・カルヴァハルは、オベイリーの口から語られるアイルランドの古い物語に聞き入っていた。「彼はなかなかの聞かせ上手ね」話の流れを邪魔しないように、クラリスは身を乗り出して声をひそめた。「それに、コンピューターを扱わせたら、かなり危険な人物らしいわね」

「あの人がそうなの?」ペグは尋ねた。「ウイルスを作った人なの?」

グレーンジはうなずいた。「オベイリーはうちの新人の中ではぴかいちだ。エブ・スコットに鍛えられたから戦闘能力も高いし、肝も据わっている」

「私とは大違いね」ペグはクラリスに視線を移した。「その点、あなたは勇敢だわ。もし私があなたの立場に立たされたら、あなたみたいに行動できたかどうかわからないわ」

クラリスはそっとペグを抱擁した。「あなただって勇敢じゃないの。しかも、あなたにはめったにない才能があるわ。最悪の敵さえも友達にしてしまう才能がね」彼女は自分自身を指さした。「私がその最たる例よ」

「あなたは敵じゃないわ」ペグは抗議した。

「でも、最初は敵意を持っていたのよ」クラリスは微笑した。

彼女をじっと見つめてから、ペグは口を開いた。「誰だって自分がつらい経験をしたら、人につらく当たってしまうものだわ。大切なのは、自分をあまり痛めつけずにその経験を乗り越えることよ」

「若いのに老成したことを言うね」マチャドが言う。

ペグはにっこり笑った。「私は古いタイプの人間なんです」

「なるほど」マチャドはうなずき、重い口調で付け加えた。「コーヒーはあるかね？　今夜は長い夜になるだろう。私は偵察に出した二人のことが心配だ。二人ともサパラに捕まったのかもしれない」

「だとしても、彼らは口を割りませんよ」グレーンジが静かに断言した。「どんな拷問にも耐えるよう、訓練を受けていますから」

マチャドは答えなかった。彼はグレーンジ以上に拷問のことを知り尽くしていた。若い頃に世界を放浪し、さまざまな政府の仕事を請け負ってきたからだ。彼自身は拷問を認めていないが、サパラとその手下たちは拷問を得意としている。そのため、大統領の座を追われる前は、メディアの人間を拷問したサパラを厳しく叱責したこともあった。

小柄な先住民の男性が光の輪の中に入ってきた。水着のようなものを身につけ、髪は耳の上で丸くカットしている。たき火の炎が浅黒い肌に彫られた入れ墨を照らし出した。男性は自分よりも丈の高い弓と長い矢の束を携えていた。

マリアの目配せを受けて、マチャドは立ち上がり、小柄な来訪者に歩み寄った。相手の言語を使って何度かやり取りをする。彼が笑顔でうなずくと、来訪者はその場を立ち去った。

「やれやれ、一安心だ！」マチャドは叫んだ。「偵察に出した二人は彼の村にいるそうだ」彼は遠ざかる来訪者を身ぶりで示した。「ドミンゴ・ロペスとは接触できたが、尾けられている節があったから、ベースキャンプには戻れなかった。それで、追っ手から逃れるためにコースを変更し、ここから北の方角にあるヤマミの村の客になったらしい。ヤマミはこの村と同族だから、あそこにいる限りは安全だ。

「僕もご一緒します」グレーンジが言った。

「これから彼らに会いに行こう」

「俺も」ロークが立ち上がった。

オベイリーも腰を上げようとしたが、皆に手を振って制された。

「人数は少ないほうがいい」マチャドはオベイリーに言い渡した。「ただでさえ困難な道のりだ。カヌーで行くしかあるまい」マチャドは村の長老の一人に向き直った。彼の話を聞いて、長老はうなずいた。

「夜の移動は危険だが、この老人は川と難所を知り尽くしている。彼に案内してもらえば、なんとか行けるだろう。距離もそう遠くはない」

「だったら、これを持っていってください」オベイリーが携帯式の無線機を差し出した。「僕たちは敵にモニターされない周波数を使っています。連絡を取る必要がある時は、一言か二言だけしゃべったら、すぐに切ってください。そうすれば、敵に居場所が知られることもないはずです」彼はにやりと笑った。

「携帯電話は人工衛星に電波を飛ばさなきゃならないんで、見つかる恐れがありますから。でも、敵の監視も今のうちですよ。ウイルスの準備はできてます。指示があれば、いつでも仕掛けられる状態です。あれを仕掛けてしまえば、敵はもうミサイルを発射できません。攻撃を命じることも、お互いに連絡を取ることも不可能です」

「君はたいした男だな、オベイリー」グレーンジはくすりと笑った。

「ここにペンと紙があるんで、僕のガールフレンドに一筆書いてもらえませんか？　僕はたいした男だって彼女にも教えてやってくださいよ」

オベイリーの言葉に全員が笑った。

「指示は我々がメディナの郊外に着くまで待ってくれ」マチャドはむっつりと言った。「あそこには、サパラのような軍の部外者は知らない秘密のトンネルがある。部隊や武器の移動に使われていたもので、ロックを解除するコードを知っているのは私一人だ」

「それこそ本物の朗報だ」ロークが言った。「実は気になっていたんですよ。どうやって敵に見つからずにメディナへ侵入するつもりだろうと。俺の読みが甘かった。そういう隠し球があったのか」

「私は常に切り札を取っておくんだよ」マチャドは白い歯をのぞかせた。「このトンネルを使えば、メディナ市内での流血は回避できるかもしれない。コントロール装置が今も機能していればの話だが。トンネルを使えば、天候の影響も受けずにすむだろう」

「もしその作戦が使えなくても」ロークは自分のピストルを軽くたたいた。「俺たちがなんとかしますよ。俺の部隊にはイラク戦争の経験者も大勢いる。都市の戦闘なら任せてください」

「僕はそうならないことを祈るが」グレーンジがつぶやいた。「準備しておくに越したことはないな」

「ちゃんと準備をして、無事に帰ってきてね」ペグは彼に言った。「私も一緒に行けたらいいのに」

グレーンジは彼女の額にキスをした。「僕もそう思うよ。でも、君がいると足手まといになる」

「慰めになるかどうかわからないけど、行けないのは私も同じよ」マディがペグの肩に腕を回した。「最近の私は土を掘り返すことしかしていないでしょう。腕が錆（さ）びついちゃって、戦闘では使い物にならないわ」

「土を掘り返すのも大切な仕事だ」マチャドは温かみのある真摯なまなざしをマディに向けた。「私が政権を取り戻したら、君も発掘を再開できるな」

マディは少しはにかんだ様子で微笑を返した。

「その時が楽しみだわ」

「私もだよ」マチャドはマディの瞳をのぞき込んだ。あまり長く見つめるので、彼女が赤面したほどだ。

「ちょっと話せないかしら？」クラリスがロークに声をかけた。

「ちょっとだけだぞ。時間がないんだ」ロークは彼女のあとに続いた。ほかの者たちに聞こえない距離まで来ると、じれったそうに問いただした。「タット、話はなんだ？」

クラリスは常にブラウスの下に十字架を身につけていた。彼女はその十字架を外し、ロークの首にかけた。「お守よ」

ロークは十字架をいじりながら顔をしかめた。

「君には信仰心なんてないだろう。君のようなライフスタイルの人間に信仰心があるはずがない」

「なんとでも言って。それは母からもらって、ずっと身につけていたものなの。おかげで何度か命拾いをしたわ」クラリスはアフリカで暴動を取材した時のことを思い返した。イスラム地区で撃たれそうになった時、キリスト教徒の将軍に救われたのだ。

ロークの唇が引き結ばれた。「俺は迷信は信じない」吐き捨てるように言うと、彼は十字架を外そうとした。

クラリスは彼の胸に手を当て、十字架に触れた。視線を落としたまま話を続ける。「とにかくこれを身につけていて。お願いよ。作戦が終わったら、返してくれていいから」

ロークはうなだれたクラリスの頭を見つめた。たき火の光を受けて、ブロンドの髪が光り輝いている。クラリスは信じられないほど美しい。だが、彼にはクラリスに優しい言葉をかけられない事情があった。何年も前、本当の意味でクラリスに関心を抱きはじめた頃、彼女の母親にあることを言われたのだ。クラリスはそのことを知らない。知るはずがない。彼女の母親が娘には絶対に言わないと約束したのだから。本当なら十字架をむしり取り、クラリスに投げつけるべきだろう。実際、ロークはそうしかけた。だが、クラリスのいつもと違う態度が彼を思いとどまらせた。

「わかった。これは身につけておく」

クラリスはなんとか笑顔を作った。「幸運を祈っているわ」

一瞬、二人の視線がぶつかった。ロークは目を合わせたことを悔やんだ。クラリスの表情には、彼を暴力的な気分にさせる何かがあった。彼はあわてて向きを変え、たき火のそばに引き返した。

「すぐに戻ってくるよ。あっと言う間に」グレーンジが気を揉むペグをなだめていた。「でも、何があったとしても、君はここから動くな」

「また先を越されちゃったわ。こっそりあなたについていこうと思ったのに」

「あなたをロープで縛ってあげてもいいのよ」クラリスは警告した。「ロープがないなら、ハンモックで代用するまでだわ」

ペグはクラリスにしかめ面を見せ、グレーンジとロークに言った。「とにかく気をつけて」

「俺は行く先々で友達を作れるからな」ロークはにやりとほくそ笑んだ。

クラリスはロークを見ず、たき火のほうへ視線を向けた。火のそばでは、教授たちがオベイリーにもっとアイルランドの言い伝えを聞かせてくれと懇願していた。

「すぐに戻るから」グレーンジはペグの瞳をのぞき込み、彼女だけに聞こえるようにささやいた。「君は僕の命そのものだ。だから、無茶はしないでくれ。もし君を失ったら、僕は何を支えに生きていけばいいのか」

いんだ？」

彼のキスを受けながら、ペグはすすり泣いた。

「それはこっちの台詞よ。怪我なんかしたら絶対に許さないんだから」

グレーンジは笑って彼女を抱きしめた。「それでこそ僕のペグだ」

最後にもう一度キスをすると、グレーンジはロークたちのあとを追って森の中に消えた。


遠くからその音が聞こえてきたのは、夜が明けようとする頃だった。

ペグとクラリスはもたもたとハンモックから下りて、小屋の外に出た。マディと教授たちはすでに広場に出て、耳をそばだてていた。大きくはないが、はっきりとわかる音がする。それは来訪者を知らせる先住民の合図だった。

「サパラの手下かしら？」ペグは不安げに尋ねた。

「川のほうから聞こえてくるわ」マディが言った。

「サパラなら北から攻めてくるはずよ」

「カヌーが近づいてきているの？」ペグは質問を畳みかけた。

「だとしても、小さなカヌーね。私はこの川で変わったカヌーをいくつも見たわ」マディは答えた。

クラリスは何も言わず、ただ目を凝らしていた。

数分後、一人の男性が先住民たちを従えて村に入ってきた。男性はカーキ色の服を着ていた。背が高く、人目を引く風貌をしている。

「本当だったのか！」彼は叫んだ。「ガルシアから話を聞いた時はまさかと思ったが」

三人の女性は立ち上がり、しげしげと男性を観察した。しかし、マディだけは笑顔で彼を出迎え、握手した。

「お久しぶりです、牧師」挨拶を交わすと、マディは男性を皆のところに案内した。「こちらはブレーク・ハーヴェイ牧師よ。アメリカのプロテスタント教会から派遣されて、ここで布教活動をなさっているの」マディは牧師に二人の女性を示した。「こっちがクラリスで、そっちがペグです。クラリスはアメリカのニュース雑誌と契約しているフォトジャーナリストです。ペグは遺跡について私の話を聞くためにここに来たのよね」マディは二人がここにいる本当の理由を話さず、これから起きることになる革命についてもいっさい触れなかった。

「ここは危険な土地だよ」ハーヴェイ牧師はたき火のそばに腰を下ろすと、マリアが用意したスープを笑顔で受け取った。そして、スープを一口すすってから続けた。「最近私が食べていたものと比べたら、まさにご馳走だね。ガルシアのところの人々は猿の肉を食べるんだよ。それも、たいていは生で。彼らが飲んでいるものも私の胃には合わなくてね。それでも、彼らは私を精いっぱいもてなしてくれている。知らない土地で知らない人々の優しさに触れるのは実にすばらしいことだ」

「私もこんなに親切な人たちには会ったことがありません」ペグは穏やかに言った。「ここに来たおかげで、色々なことが学べました」

「君は学生なんだね？」牧師が尋ねた。

ペグは返事に困った。正直に話していいものかしら？ マチャド将軍の計画に少しでも影響するようなことは言いたくないわ。

彼女を救ったのはフィッツヒュー教授だった。

「ああ、彼女はうちの留学生だよ」老教授は前に進み出て、牧師と握手をした。「私はフィッツヒュー教授だ。メディナで教えている。いや、教えていたと言うべきだな。反乱を扇動した罪で逮捕されたから」彼はくすくす笑った。「だが、コンスタンティン教授――あそこで方言を教わっている紳士と私はなんとか監獄から逃げ出した。我々の友人の力を借りてね」そう言って、クラリスを指し示した。

クラリスのブラウスに残る血の染みに気づき、牧師は眉をひそめた。「怪我をしたのかね？　私には多少医学の心得があるから……」

「ありがとう。でも、大丈夫です」クラリスは笑顔で答えた。「マナウスから来たドクター・カルヴァハルに治療してもらいましたから。彼は急用で街に戻りましたけど」

「善良なるドクターか」ハーヴェイ牧師はスープをすすりながらつぶやいた。「彼は数週間前に私がいる村にも来てくれたよ。初産の若い女性を助けるために。生まれた子供は丸々とした健康な男の子だった」

「あなたのお噂は、ここにも届いてます」マリアが牧師に話しかけた。「サパラ政権から来た男たちがヤマミの土地を取り上げようとした時、銃弾が飛び交う中に飛び込んでいかれたとか」ペグがその名前を耳にしたのは、これで二度目だ。のちに彼女はヤマミがヤノマモという部族の分派であることを知った。この村の一族とマチャドの偵察兵たちが滞在する村の一族は、二世代前に部族の本体から離れて、バレラ国内に居を構えた。彼らは今もほかの先住民族と物々交換をおこなっていたが、基本的には自給自足で暮らしていた。森の民の古い伝統を守り、石油採掘のために彼らを追い払おうとする昨今の実業家たちに抵抗していた。サパラはこれ以上抵抗を続けるならばマリアの部族を全滅させると脅した。それもマチャドが独裁者を追放しようとしている理由の一つだった。

〈リッター石油〉も先住民族を絶滅させてまで石油開発をする気はないはずよ。ペグはマディにそう断言した。マディはオベイリーに相談し、ヒューストンにいる〈リッター石油〉の警備責任者コルビー・レインに連絡を取ることにした。ユージン・リッターにバレラの現状が伝われば、マリアの部族が脅かされることはなくなるだろう。サパラ追放作戦がどんな結果に終わったとしても。

その頃、グレーンジとマチャドとロークは先住民たちとともにメディナ郊外を目指していた。彼らは夜陰に乗じてジャングルを抜け、迷彩を施した仮設キャンプで行方不明になっていた二人の偵察兵と合流した。そこにはヤマミの先住民たちが二十人ほど結集していた。いずれも戦いのために顔を塗り、長弓と矢を携えていた。

「できたてほやほやの特殊チームですよ」偵察兵の一人がにんまり笑って、先住民たちを示した。「彼らはジャングルのことをよく知っています。僕たちが協力を頼んだら、サパラの手下たちをまくためにはるばるここまで案内してくれました。彼らの話では、この近くにメディナに通じるトンネルがあるようです。でも、電子ロックのようなもので封鎖されているんだそうです」

マチャドはくすりと笑った。「ああ、そうだよ。あのトンネルは私の前の大統領が作らせた。最初のクーデターの時、私はあそこを通ってメディナに入り、彼を倒したんだ。ただし、そのことはサパラには話していない。軍の最高機密だからな。トンネルの存在を知っているのはドミンゴ・ロペスだけだ」

「それは天の恵みですね」グレーンジが言った。

「ああ、まさに天の恵み」マチャドはむっつりと同意した。「敵に気づかれることなくサパラのオフィスまで侵入できれば、銃を使わずに政権を奪還することも可能だからな」

「まあ、一、二発くらいは撃つかもしれないが」あとからやってきたロークが口を挟んだ。

「これならいける」グレーンジは宣言した。「勝利は確実だ」

「私もそう思う」マチャドは言った。「あとは二、三分でいいから雨がやんでくれれば……」

その言葉が終わらないうちに、雨が再び勢いを増した。マチャドは笑った。ずぶ濡れにならないように、全員がテントの中に駆け込んだ。

マリアと三人の女性が食事をしている小屋は中央に巨大な柱があり、草葺きの屋根を支えていた。ペグはその構造に興味を引かれたが、それ以上に興味を持ったのが、小屋の中の土間で火がたかれていることだった。屋内で火をたけば少し煙たくなるが、効率的だし、魅力的でもある。中央の柱のそばには機が置かれ、別の女性が美しい色合いの毛布を織っていた。

ペグのしかめ面に気づいて、クラリスが言った。

「浮かない顔ね」

「パパのことが気になるの」ペグは答えた。「パパには二日くらい留守にすると言ってきたでしょう。きっと心配しているわ」

「オベイリーに頼んでみたら？」クラリスは提案した。「彼はコンピュータの達人よ。彼ならあなたのお父さんに連絡が取れるわ」

「そうね！」

オベイリーは携帯用の小型発電機につないだコンピュータの前に座っていた。近づいてきた女性たちに、彼はにやっと笑いかけた。「こいつは本部の近くじゃ使えないんですよ。ジャングルでは音が遠くまで聞こえますからね。男二人がささやき声でしゃべっていても、どこにいるかばれてしまう」彼はコンピュータのディスプレイを示した。「あとは将軍の指示を待つだけです。指示が出たら、サパラは誰とも話せなくなりますよ」

「さすがね」クラリスはおだてた。「ところであなた、テキサス州のジェイコブズビルにメッセージを送ることはできる？　ペグのお父さんは彼女がここにいることを知らないの。きっと心配していると思うのよ」

「ジェイコブズビルならアマチュア無線家の知り合いがいますよ。一度、グレーンジが彼を通して、ペグにメッセージを送ったんじゃなかったかな」

「そうよ！」ペグは叫んだ。「すっかり忘れていたわ。誰だかわからないけど電話がかかってきて、グレーンジは無事だと教えてくれたの」彼女は声をあげて笑った。「その人に連絡を取って、私は元気にしている、じきうちに帰ると父に伝えてもらえないかしら？」

「いいですよ。今は暇だから、さっそくやってみましょう」

オベイリーは無線機を組み立てた。スクランブルをかけて交信し、相手の男性にペグの父親に連絡してくれるよう依頼した。交信が終わると、彼はペグに言った。「快く引き受けてくれましたよ。あなたの居場所は伝えなかったけど、それでよかったんですよね？」

ペグはまた声をあげて笑った。「ええ。帰ったらパパにこってり絞られそうだけど」

「私も一緒に行って、お父さんに事情を説明するわ」クラリスはきっぱりと言った。「あなたをトラブルに巻き込んだのは私だもの。できるだけの埋め合わせはさせてもらうつもりよ」

「埋め合わせってどういうこと？　私は五つ星のホテルに泊まったあと、アマゾン川の流域を旅したのよ。先住民の村で暮らして、彼らの文化をじかに経験したわ。そのうえ、虐げられた人々に自由を取り戻すための革命にも立ち会えたのよ」

クラリスはペグを抱きしめた。「悪意があってしたことなのに、そんなふうに言われると、自分がいいことをしたような気分になるわ。言い訳できるとすれば、私があなたという人間をまったく知らなかったということだけ」クラリスは愛情を込めたまなざしでペグを眺めた。「あなたは筋金入りのお人好しよ。それを知っていながら、わざとあなたを傷つけようとする人間はいないわ」

ペグはかすかに頬を染め、にっこりと笑った。

「ありがとう」

「ちょっと見て！」不意にマディが声をあげた。

女性たちはいっせいに振り返った。エンリケが頼りない足取りで広場のたき火に近づいてきたのだ。

「こんなことになって申し訳ない」エンリケは照れくさそうに微笑したが、クラリスの血の染みが残るブラウスを見てたじろいだ。「これは申し訳ないじゃすまないな」

「あなたは悪くないわ」クラリスは静かに言った。

「さすがのあなたも軍の巡回までは予想できないでしょう。向こうはいきなり撃ってきたんだし」

「連中に借りを返したいね」エンリケは母親の隣に腰を下ろし、たき火にかけてあった鍋からすくったスープを受け取る。「たっぷりと利子をつけて。というわけで、誰かピストルを貸してくれないか？」

エンリケはオベイリーに向かって付け加えた。

オベイリーはくすくす笑った。「喜んで、と言いたいところだが、じきに今の政権は終わるよ。指でも交差させて、幸運を祈っていたら？」

「じゃあ、私は全部の指を交差させちゃうわ」ペグはそう宣言し、実演してみせた。

たき火の周囲は笑い声に包まれた。

幸いなことに、トンネルのコントロール装置は今も機能していた。トンネルに通じる巨大な鋼鉄のドアを開けるにはロックを解除する必要があったが、数年間使っていなかったにもかかわらず、マチャドは暗証番号を覚えていた。ロックが外れ、ドアが勢いよく開くと、彼は部下たちににやりと笑ってみせた。

「すごいですね」グレーンジが感嘆の声をもらした。「僕は自分の電話番号さえまともに覚えられませんよ」

「忘れていても、問題はなかったけどな」ロークがにやにやと笑った。「電子式だろうとなんだろうと、俺に解除できないロックはないからな。で、このトンネルはどこに続いてるんです？　距離はどれくらいあるんですか？」

「これは軍の司令部に続いている」マチャドは答えた。「向こう側には壁を模した扉があって、そこから地下に出られるようになっている。これは私の前任者がドイツ人技師たちに作らせたものだ。最新型の爆弾にも耐えられるほど深く頑丈にできている」

「我々の来ることが敵に知られていないといいんですが」偵察兵の一人が言った。「ロペス将軍は陽動作戦を計画していると言っていました。準備ができたら、彼に連絡を取ります」

「連絡はオベイリーに任せろ」トンネルの闇の中で、ロークはマチャドを見やった。ドアを閉じると、あとは小さな懐中電灯の光だけが頼りだった。「準備ができたら、いつでも言ってください。オベイリーに指示を出して、サパラのコンピュータの通信システムを破壊し、ロペスに合図を送らせますよ」

マチャドは部下たちを見渡した。いかめしい表情のグレーンジ。相変わらず飄々（ひょうひょう）とした様子のローク。ブラッド・ドゥナガン——金髪で背の高いグレーンジの副官は質問に答える時以外は口を開かないが、善良な男であることは間違いない。二人の偵察兵——カーソンとヘイルはネイティブ・アメリカンだ。カーソンはいつも長い黒髪を縛っているが、トンネルに入る際にそれを解いていた。マチャドは頬を緩めた。前にネイティブ・アメリカンに関する本で読んだことがある。その戦士たちは戦いに臨む時は必ず髪を垂らしていたという。

「みんな、準備はいいか？」マチャドは同志たちに問いかけた。

長弓と矢を携えたヤマミの戦士たちが前へ進み出た。彼らの方言を学んだ偵察兵の一人が、マチャドの言葉を通訳した。戦士たちはにやりと笑い、大きくうなずいた。

「俺はいつでも準備オーケーですよ」ロークが言った。

グレーンジは微笑した。「右に同じです。指示をお願いします、将軍」

マチャドは小さくほほ笑み、ピストルをホルスターから抜いた。「では紳士諸君、行くぞ！」

コンピュータが小さく鳴った。それを聞き取ったオベイリーは、険しい表情でキーボードを打ちはじめた。一分後、彼はエンターキーを押した。

メディナではこれから地獄が始まるだろう。でも、そのことをたき火の周囲にいる人々に伝えていいのだろうか？　女性たちは牧師の若かりし頃の冒険談に聞き入っている。幸せそうな笑顔を曇らせる必要はない。オベイリーは迷いを振りきり、作戦の成功を祈りつつ、コンピュータのディスプレイに視線を戻した。

メディナの通りは暗かった。近代都市というよりも中世の街のようだ。サパラが前政権を倒して以来、メディナは貧困にあえいでいた。都市の機能を改善しようにも、その費用がなかった。街灯もなく、公共バスもない。そもそも公共の交通機関自体がないのだろう。舗装されていない道が雨でぬかるんでいた。いくつかの小さな家から明かりがもれていた。

酒場の前を通ると、音楽と酔っ払いの笑い声が聞こえた。

「この街に警官隊はいないんですか？」軍司令部の建物へ続く路地を一列になって進みながら、グレーンジは小声で尋ねた。

「あそこにいるよ」マチャドは酒場に視線を投げた。「酒に溺れている」

「俺たちにとってはありがたいことだ」ロークが押し殺した声でつぶやいた。

「ここで待っていろ」マチャドは建物の裏口に近づき、一瞬ためらってからドアを開けた。彼がそろそろと中に入ると、グレーンジもピストルを構えてあとに続いた。

角を曲がり、閉ざされたドアの前を二度通り過ぎたところで、太った老人がやってきた。

老人は足を止め、はっと息をのんだ。その場に棒立ちになり、撃たれるのを待った。

マチャドは身ぶりで老人に合図を送り、暗い廊下に入った。

「あんたか？」老人は叫んだ。「本当にあんたなんだな？」

マチャドは老人を抱擁した。「ああ、私だ。すぐに君を元の役職に戻してやる。サパラはどこだ？」

ロメロは慎重に周囲を見回した。「階上(うえ)のオフィスにいるよ。女と一緒にな」彼は嫌悪もあらわに吐き捨てた。「オフィスの外に見張りが二人立っている。ホセとミゲルだ」

「おい、カーソン」グレーンジが小声で呼びかけた。長い髪を垂らした偵察兵が前へ進み出た。

グレーンジは無言でうなずいた。

カーソンはちらりと白い歯をのぞかせ、大型のナイフを鞘(さや)から抜いた。

「ミゲルは残しておけ」ロークが言った。「そいつは俺の獲物だ」

ロメロが教えた。

「大柄なほうがミゲルだ」ロメロが教えた。

カーソンはロークに視線を投げ、低いささやき声で尋ねた。「私怨ですか?」

ロークはうなずいた。「そいつは女性を拷問した。俺の友人を」

カーソンの顔がこわばった。「了解。すぐ戻ります」

彼は廊下の角を曲がり、足音を忍ばせて階段を上がった。

その時、建物の正面玄関から二人の男が駆け込んできた。サパラの手下たちだった。

壁に貼りついたマチャドたちを残して、ロメロは二人に歩み寄り、何食わぬ顔をして問いかけた。

「どうした?」

「情報通信網がダウンした」手下の一人がスペイン語で答えた。「早く司令官に報告しないと!」

12

「それはちょっと困るんだよな」ロークがみぞおちへの一撃で最初の男を倒した。

「余計なお世話ってやつだ」もう一人を倒しながら、グレーンジがくすくす笑った。

階上でどすんと大きな音がした。さらに大きな音が何度も続いた。

グレーンジたちが廊下に駆け出ると、階段の下に大柄な男——ミゲルが転がっていた。ミゲルは現れた男たちをぽかんとした顔で見つめ、何か言いかけた。

ロークは即座に猿ぐつわを嚙ませた。大男を縛り上げ、ぞっとする口調で告げた。「おまえの始末はあとだ」

「急げ」マチャドが階段を上がりはじめた。「絶対にサパラを逃がすな」

しかし、心配する必要はなかった。もう一人の見張りはカーソンに両手と両足を縛られ、廊下に横たわっていた。ドアは開いたままだった。贅を尽くしたオフィスの中では、床に広げたラマの毛皮の上で毛布にくるまった男女が、銃を構えるネイティブ・アメリカンの戦士を呆然と見上げていた。

「お見事だ、カーソン！」グレーンジは部下の背中をたたいた。

「エブ・スコットに言ってくださいよ」カーソンは答えた。「俺の給料を上げてやれって」

「マチャド！」アルトゥーロ・サパラが真っ赤な顔で叫んだ。麻薬で意識が朦朧としているようだ。

「私が来るとは予想していなかったようだな」マチャドが冷ややかに言った。「一つ教えてやろう。人を裏切る時は報復を覚悟しておけ」

サパラはもたもたと立ち上がった。床に残された女性はあわててラマの毛皮で体を隠した。「事情があったんだ！　説明させてくれ！」言い訳をしながら、サパラはデスクに近づこうとした。

だが、先にデスクに着いたのはグレーンジだった。彼は通信装置を切った。「あいにくだったな。ここの通信網は我々が破壊した。どのみち、軍は応答しない。今頃はロペス将軍が武装解除を命じているはずだ」

「勝手な真似をするな！」サパラは激高した。「この国の支配者は私だぞ！」

「それは違うね」マチャドは愉快そうに答えた。「おまえはたった今、支配者ではなくなった。これから五十年は刑務所で大逆の罪を償うことになる。ロペスをはじめとする私の同志たちも、喜んで証言してくれるだろう」

「私も証言するわ」ラマの毛皮にくるまった若い女性が怒りの声をあげた。「彼は私の父を監獄に入れて、私が言うことを聞かなければ父を殺すと脅したの。私には夫も子供たちもいるわ。それなのに、この男は――」彼女は震える指をサパラに突きつけた。「ミゲルとうちにやってきて、私を無理やりここに連れてきたのよ！」

「おまえの家族は皆殺しだ！」サパラは女性に向かって怒鳴った。

「おまえはもう誰も殺せない」グレーンジが静かに告げた。「カーソン、こちらの元大統領を地下の快適とは言えない独房にご案内してくれないか。彼のガードはロメロにお願いしろ」

「あの豚野郎！　あいつは今夜、首にしてやった！」サパラはわめいた。

「彼は私が復職させた。今後は警察本部長として厚遇されることになる」マチャドはにやりと笑った。


「残念だったな」

「このままですむと思うな！　国民が黙っていないぞ！」サパラはいきり立った。

「確かに黙っていられないだろうな。自分たちの血税で建てられたおまえの新しい宮殿を見たら。監獄に入れられた同胞たちの悲惨な状況を知ったら。世界のマスコミがバレラに戻ってきて、ここでおこなわれた残虐行為を報じたら」言葉を重ねるたびに、マチャドの語気は荒くなっていった。「おまえは国際司法裁判所で裁かれることになるだろう。人道に対する罪で！」

サパラは言葉を失い、太った体に毛布を巻きつけた。

「この男を連れていけ」マチャドは片手を振った。

「見ているだけで気分が悪くなる。ローク、こちらのご婦人の服を見つけてくれ。彼女が着替えられる場所も。着替えがすんだら、部下の一人を護衛につけて、彼女を自宅までお送りしろ」

「喜んで」ロークは言った。「セニョーラ？」

女性はうなずき、奥のオフィスに通じるドアを指さした。「服はあそこにあるわ。すぐに着替えてきます」

彼女がドアの向こうに消えると、マチャドは通信装置のスイッチを入れ、ロペス将軍と連絡を取った。話が終わった時には、彼は満面に笑みを浮かべていた。

マチャドは同志たちに報告した。「軍はドミンゴが掌握したぞ。サパラ派の兵士たちは拘束された。彼らはサパラとともに反逆罪に問われることになるだろう。抗議活動に参加して秘密の収容所に入れられた者たちも、すぐに解放されるはずだ」彼は笑った。「今日は感謝の一日になりそうだな」

ロメロがもたもたと階段を上がってきた。「神父が来てますよ。聖堂を再開し、ミサをおこなう許可が欲しいそうです」

「許可すると伝えてくれ」マチャドはロメロの肩をたたいた。「君の協力に感謝する、警察本部長」

「警察本部長？」ロメロの表情がぱっと明るくなった。「わしがですか？」

マチャドはうなずいた。「勇気に対する当然の報酬だ。君は勇敢な若いレディの命を救い、彼女と二人の教授の脱獄を助けた。三人とも君を褒めたたえていたぞ」

「若いレディ。彼女は無事なんですか？　あんなむごいことをされて……」

「彼女は無事だ」マチャドは断言した。「むしろ君のことを心配していた。我々もだ」

ロメロは笑った。「わしは石頭ですからね。もう痛くもなんともありません。あの教授の殴り方がよかったんでしょうな」彼はふと眉をひそめた。「さっき片目をアイパッチで覆った男がミゲルをどこかに連れてったんですが」

「ほう?」マチャドは素知らぬ顔で聞き返した。

「どこに行くか訊くべきでしたかね?」ロメロは尋ねた。

グレーンジが前に進み出た。「僕の経験から言って、ロークの邪魔をしてもいいことはないですよ。ミゲルというのはクラリスを拷問した男だ。彼はそのことをクラリスから聞いているんです」

ロメロはむっつりとうなずいた。「あいつは人を拷問することを楽しんでいた。特に女性を」彼はそこでいったん言葉を切った。「ミゲルは戻ってきますかね?」

「おそらく腹を空かした獣の餌になるだろう」マチャドは静かにつぶやいた。「獣のほうは一日消化不良に苦しむことになるだろうが」

「僕もそう思います」グレーンジはうなずき、笑顔で男たちを見回した。「みんな、よくやった。本当によくやってくれた。おかげで犠牲者を一人も出さずにすんだよ」

「君たちの働きには特別手当で報いよう」マチャドは皆に言った。「希望する者には私の政府の役職も与えるぞ」

中年の傭兵がカーソンに歩み寄った。「俺は最近エブ・スコットと契約を結んだばかりなんだが、彼には子供がいるのか?」

「いるよ」カーソンは答えた。

「娘と息子、どっちだ?」

「両方だ」そう言うと、カーソンはその場から立ち去った。

その後はあちこちで会話が始まった。マチャドとグレーンジはただ笑っていた。政府を建て直し、バレラを元の状態に戻すにはそれなりの時間がかかるだろう。だが、これはいい始まりなのだ。

「どんな長旅も最初の一歩から始まるものです」グレーンジはつぶやいた。「これは最高の一歩ですよ」

「ああ」マチャドはグレーンジに視線を据えた。「マリアの村には、君を待っている若いご婦人がいるんだろう?」

グレーンジはうなずいた。黒っぽい瞳がきらめいた。「こっちが一段落して、僕が結婚相手を見つけることができたら、結婚式で新郎の付き添いをやってもらえませんか?」

マチャドの顔に笑みが広がった。「喜んでやらせてもらおう」

それから一時間ほどたった頃、ドミンゴ・ロペス将軍が大統領の執務室に現れた。彼はマチャドと熱い抱擁を交わした。彼の後ろには大学生の集団が続いている。

「最高の気分だわ!」アメリカ人と思われる女子学生がグレーンジにほほ笑みかけた。「行方不明になってるうちの教授たちをさがしたいんだけど、手伝ってもらえます? 何カ月も前にサパラに逮捕されて――」

「フィッツヒュー教授とコンスタンティン教授のことか?」グレーンジは相手の質問に割り込んだ。

「ええ、そうですけど」

「彼らなら国境に近いヤマミの村にいるよ。二人とも意気軒昂(けんこう)でぴんぴんしている」

「まあ、よかった!」女子学生はグレーンジに抱きつき、思わせぶりに視線を上げた。「ちょっと思ったんだけど……」

グレーンジは片手を上げた。「僕には婚約者がいる」彼は気まずそうな表情になったが、すぐに笑顔に戻った。「彼女は僕に会うだけのためにわざわざテキサスから来てくれたんだ。今は先住民の村で手伝いをしている」

「勇敢なのね」女子学生は感心した。

「勇敢すぎるほど勇敢でね。彼女がまた無茶な真似をしないように、僕は彼女と結婚するつもりだ」

「あなたが家にいればいいのよ」女子学生は素っ気なく指摘した。「そうすれば、彼女も無茶をしなくてすむはずよ」

「確かにそうだ」

「教授たちはいつ戻ってくるんですか?」男子学生が質問した。「大学にいる部隊はいつ出ていくんです? 僕たちはいつ自由を取り戻せるんですか?」

「今、我々の仲間が街の掃除をしている」マチャドは答えた。「民主主義を取り戻すといっても、一朝一夕にはできない。我々が完全に首都を掌握するまで、君たちは表立った行動を慎んでくれ。反政府分子が抵抗する可能性もある。君たちを危険にさらすわけにはいかない」

「ありがとうございます」別の女子学生が上気した顔で言った。「あなたが戻ってきてくれてよかった。クーデター以来、バレラは本当にひどい状態だったんです」

「バレラは変わるよ。瞬く間に」マチャドは約束した。「恐怖による支配は終わった。秘密警察の連中も今頃は逃げ場を求めて右往左往しているだろう」

「私たちも残党狩りに協力するわ」グレーンジのそばにいた女子学生が言った。「教授たちを助けてくれてありがとう」

「彼らを助けたのは僕じゃない」グレーンジは答えた。「フォトジャーナリストの若い女性だ。彼女はサパラの手下から拷問を受けた」学生たちがざわついた。「それでも、彼女は逃げ道を見つけ、教授たちを連れて脱獄した」

「メディナが正常に戻ったら、彼女に勲章を贈るつもりだ」マチャドは言った。「我々が血を流すことなく勝利を手にできたのは、彼女のおかげだからな」

その時、ロークが戻ってきた。彼は何も言わず、むっつりと押し黙っていた。ミゲルはどうなったのだろう？　グレーンジは考えたが、ロークに尋ねることはしなかった。

近づいてくるエンジン音に気づき、村の全員が泥道に向かって走り出した。

先頭に立ったのはペグだった。彼女の心臓は轟いていた。緑色の瞳は興奮に輝いていた。先頭のジープから降り立ったグレーンジを見つけると、彼女は一目散に駆け寄った。グレーンジは飛びついてきた彼女を抱き留めると、大きな両腕で包み込み、これが人生最後の日であるかのように彼女の唇にキスした。

ペグは自ら唇を開き、全身全霊でキスに応えた。どんなにグレーンジを味わっても、まだ満足できなかった。彼に触れたい。彼がまだ生きていることを、無事であることを確かめたい。待たされていた間の不安が彼女を必死にさせていた。

「私、怖くてたまらなかったの」ペグはうわごとのようにささやいた。

グレーンジはくすりと笑った。「信用されてないんだな」

「そういうことじゃないの。あなたが絶対にミスを犯さないことはわかっていたわ。でも、サパラの手下には狙撃兵もいたんでしょう」

「彼らはもう何も撃てないよ」グレーンジは再び彼女にキスをした。

「おい、場所を変えたらどうだ？」ロークが二人に近づいてきた。

グレーンジは顔をしかめてみせた。「これからプロポーズするところなんだ。証人が必要になるまで引っ込んでろ」

ロークは仏頂面をしてからにやりと笑い、どこかに行ってしまった。

「プロポーズ？」ペグは目を丸くした。「この村で結婚式を挙げるつもりなの？」

「そうだよ」グレーンジは答えた。「結婚するんだ。君が承知して――」

ペグは最後まで言わせなかった。いきなりキスをされて、グレーンジはうなった。

「もちろん、あなたと結婚するわ」

「あとは結婚許可証と牧師が必要だが……」

「牧師ならたき火のそばに座って、教授たちに冒険談を披露しているわ。もう二日もここにいるのよ」

グレーンジは目をしばたたいた。「牧師が？」

ペグはうなずいた。「布教活動をしているの。とてもいい人よ」

グレーンジは微笑した。「君はジャングルの中でも牧師を見つけられるんだね」

「私の人徳よ」

「なるほど。じゃあ、君は故郷で白いドレスを着るより、ここでジーンズと汗臭いシャツを着て結婚したいわけだ」グレーンジはからかった。

「これ以上待ちたくないの」熱いまなざしに見つめられ、ペグは頬を赤らめた。「ごめんなさい」

「謝るなよ。つらい思いをしているのは君だけじゃない」その言葉を実証するために、グレーンジは彼女の腰をそっと引き寄せた。

ペグは真っ赤になったが、目を伏せたりはしなかった。

「僕は飢えているんだ」彼はささやいた。「生まれてからずっと君を待っていたから」

ペグの呼吸が乱れた。「私もよ。ずっとあなたを待っていたわ」

グレーンジはゆっくりほほ笑んだ。「自然が僕たちに教えてくれるよ。一緒に学んでいこう」

ペグは大きな体に寄り添い、まぶたを閉じた。

「これがあるべき姿なのね」

グレーンジは金色の髪にキスをした。何度も深呼吸を繰り返して、体の緊張をほぐした。「その牧師に相談しに行こう」

「ええ」ペグはささやき返した。

ハーヴェイ牧師はグレーンジと握手した。「君のことは色々と聞いているよ。よくぞ無事にこの愛らしいレディのもとへ戻ってきた。革命はこじれると厄介なものだ」

グレーンジは厳しい表情でうなずいた。「運がよかったんです。メディナを掌握する際にはいくつかトラブルもありましたが、それもじきに片付くでしょう。あとは投獄されていた政治犯たちを解放し、国民が以前の暮らしを取り戻すのを待つだけです」

「みんな、君たちに感謝している。私はサパラの支配を見てきた。全国民が圧政に苦しんでいた」

「中でも油田計画はひどかった」エンリケが話に加わった。彼の体調はまだ万全とは言えなかったが、順調に回復しつつあった。「母さんも心配してたよ。計画を推し進めるために、この村が潰されるんじゃないかって」

「その問題については私たちが手を打ったわ」クラリスも話に加わった。「ペグ、彼に話してあげて」

「私たち、オベイリーに頼んで、テキサスのアマチュア無線家に連絡を取ってもらったの。その人が〈リッター石油〉を所有するユージン・リッターに電話して、ここで何がおこなわれているか伝えてくれたわ。その結果、マチャド将軍――じゃなくて、今はマチャド大統領ね」ペグはにっこりと笑って訂正した。「マチャド大統領が復権して、直接リッターに連絡してくるまで、バレラでの石油採掘は中止されることに決まったのよ」

「やったな！」グレーンジは言った。「おい、オベイリー、バレラ軍の通信防衛部隊の隊長になる気はないか？」

オベイリーは立ち上がった。「ありがたいお話です。僕もエブ・スコットの訓練所でくすぶってるつもりはないですから。ただ、返事をする前に少し考えさせてください」

「返事は急がなくていい」グレーンジは言った。

「大統領の心づもりを伝えたまでだ」

「大統領、万歳！」オベイリーは叫んだ。

ロークはグレーンジのジープの後ろに自分のジープを停めた。むっつりとした表情でクラリスに近づくと、十字架を外し、彼女の手に押しつけた。

「なんだか様子が変だけど」クラリスはためらいがちに指摘した。

ロークは顎をそびやかした。「君はうちに帰れ」

クラリスは肩をすくめた。「私はマナウスで生まれたのよ。厳密に言えば、南米が私の故郷だわ」

「俺の言う意味はわかってるはずだ。君はワシントンに帰って、カクテルパーティでも開いてろ。戦闘地域には近づくな」

彼女は片方の眉を上げた。「私に命令する権利はあなたにはないわ」

ロークの顔がこわばった。「そうか。じゃあ、殺されるといい」

「殺されるのにあなたの許可は必要ないわ」クラリスは身じろいだ。「ミゲルは見つかったの？」

ロークの表情がさらに冷たくなった。「ああ。あいつはもう二度と女性を拷問できないだろう」

「そう」クラリスは戸惑った。そんなことを言われて、私はどうすればいいの？　彼に感謝すべきなの？　どういうことか尋ねるべきなの？　それとも、黙って立ち去るべきなの？

「タット、俺たちの間には相容れないものがある」ロークは低く抑えた口調で続けた。「だが俺は、君が拷問されればいいと思ったことはない」

クラリスは目を逸らした。「ありがとう」

ロークは長々と息を吸い込んだ。「ああ」

一分ほど沈黙してから、クラリスは問いかけた。「あなたは？　アメリカに戻るの？」

「行く先は自分でもわからない。先の予定は立てない主義でね。俺が次に何をするかはミスター・カンターの計画しだいだ」

クラリスは彼を見上げた。「スタントン、あなたはミスター・カンターの意向に振り回されない生き方をするべきだわ」

一つしかない茶色の目に危険な光が宿った。「君には関係ないことだ」

クラリスはため息をついた。「そうね。あなたの言うとおりよ」彼女は背中を向けた。二度とロークには話しかけなかった。

結婚式は簡素だが心温まるものだった。ハーヴェイ牧師は結婚証明書を取り出し、ロークとクラリスを証人として自ら認証した。グレーンジとペグに手をつながせ、結婚式ではお馴染みの聖書の一節を読み上げた。

指輪の交換まで進んだところで、カップルは愕然として互いに見つめ合った。

「僕たちには指輪がない」グレーンジがうなった。

「指輪はあとでいいわ」ペグは言った。「ウエディングドレス抜きで結婚できるなら、指輪抜きでも結婚できるはずよ」

「街に出たら、すぐに買ってやるよ」グレーンジは約束した。「僕の予算で買える最高の指輪を」

ペグはにっこりと笑って彼を見上げた。「私は葉巻のバンドでもかまわないけど」

グレーンジはくすくす笑って彼女を抱擁した。が、すぐに咳払い（せきばら）をして、牧師に謝罪した。「失礼しました」

ハーヴェイ牧師はにやにやしながら儀式を締めくくった。「ここにあなた方は夫婦であることを宣言します。では、花嫁にキスを」

グレーンジはペグに向き直り、所有欲と優しさの入り混じったまなざしで見下ろした。「ミセス・グレーンジ」小声で呼びかけると、彼は頭を下げ、そっとキスをした。

ペグは笑みを返し、グレーンジに抱きついた。「ミセス・グレーンジ」これが私の新しい名前なのね。私たちは本当に結婚したのよ。

男性たちがグレーンジと握手し、ペグの頬にキスをした。

「マチャド大統領も来たがっていたんだよ」グレーンジは花嫁に言った。「でも、大統領執務室の片付けもできないほど多忙な状態でね。そうだ」彼はオベイリーに視線を転じた。「君にお礼を言っておかないと。おかげでダウンした通信網も復旧した。何があっても、君だけは敵に回したくないね。さもないと、一生ネットが使えなくなる」

「まあ、ありえない話じゃないですね」オベイリーは白い歯をのぞかせた。「コンピュータは僕の命ですから」

「すべてが元に戻ろうとしている。マチャド大統領は世界のメディアに復権を宣言した」グレーンジはロークを見やり、クラリスを顎で示した。「彼女に話したのか？」

ロークは首を横に振った。

グレーンジはクラリスにほほ笑みかけた。彼女は今も染みのついたブラウスを着ている。普段は美しいブロンドの髪も乱れてひどい状態だ。顔にはここ数日間の緊張が現れている。「マチャド大統領は君の勇敢な行動に対して勲章を贈るそうだ」

「勲章？」クラリスは頬を赤らめた。「私に？　でも、私は何もしていないわ！」

「監獄から二人の仲間を救い出した」ロークが静かに言った。「それだけでも立派な功績だ。しかも、深手を負いながら冷静さを保ち、メディナからの脱出を果たした。ここまでいくと伝説になっていいレベルだぞ、タット」

　ロークのまなざしを前にして、クラリスの顔はさらに赤くなった。だが、ロークはすぐに目を逸らし、その場からいなくなった。余計な発言をしたことを後悔しているかのようだった。

「私、なんて言ったらいいか」クラリスは口ごもった。

　ペグはクラリスを抱きしめた。「何も言わなくていいのよ。あなたはすごいことをやってのけたんだから」

　クラリスは抱擁を返した。「たまにはワシントンにも遊びに来てね。夫婦二人で。五つ星ホテルのプレジデンシャル・スイートを用意させてもらうわ。ショッピングにも連れてってあげる。あなたにひどいことをしたせめてもの償いよ」

「前にも言ったけど、償いなんていらないのよ。私は人生最大の冒険をしたんだから」

「その台詞（せりふ）はまだ早いんじゃないか？」グレーンジはにやりと笑った。「結婚こそ人生最大の冒険だ」

「そうね」ペグは大きくうなずいた。「結婚生活を維持していく大変さに比べたら、ジャングルなんてかわいいもんだわ」

「僕たち二人ならきっとうまくいくよ」グレーンジは花嫁を抱き寄せた。

　大きな体に寄り添い、ペグは笑みをもらした。

「当然よ」

彼らは大量のプレゼントとともに村をあとにした。マリアがプレゼントしてくれたのは織物で作ったバッグと、村の中央の小屋で若い女性が織っていたあの毛布だった。ペグは涙を流し、村のみんなのことは絶対に忘れないと答えた。

教授たちはロークとオベイリーに送られてメディナへ戻った。ハーヴェイ牧師も彼らに同行した。国の情勢が変わった今、自分を必要としている人々がいるかもしれないから、ということだった。エンリケは体力が回復するまで母親の村に残ることになった。

クラリスはグレーンジやペグと同じ車でマナウスに戻った。彼らは増水した川に浸かりかけた橋をいくつも渡り、泥まみれの状態でホテルにたどり着いた。ここに荷物を預けて旅立った日が遠い昔のことのように思える。

クラリスと顔馴染みのフロント係は、彼女の有様を見て目を丸くした。「セニョリータ、いったい何が……?」

クラリスは片手を上げ、相手の言葉を遮った。「心配しないで、カルロス。ワニと泥レスリングをしてきたの。私もぼろぼろだけど、相手のワニはもっとぼろぼろにしてやったわ」

一瞬置いてからカルロスは噴き出した。

クラリスはにっこりと笑った。「私たちの部屋、まだ残してあるといいけど」

「もちろん、そのままにしてございますよ。必要なものがあれば、なんなりとお申しつけください」

「もう一部屋追加したいの。スイートを。新婚の友人たちのためにね」クラリスはグレーンジとペグを身ぶりで示した。

グレーンジが抗議しかけた。

彼女はまた片手を上げた。「結婚祝いのプレゼントよ。せめてこれくらいはさせて」

グレーンジの視線を受けて、ペグは笑顔でかぶりを振った。「あなたに勝ち目はないわ。ここは素直にお礼を言うべきね」

しばらく迷ったあげく、グレーンジは観念し、クラリスを抱擁した。「ありがとう。君には色々と世話になった」

「私は仲直りがしたいの。ロークとの溝は埋まりそうにないけど、せめてあなたたちとはいい関係になりたいのよ」そう言ったクラリスの顔には寂しさがにじんでいた。

クラリスとロークの関係はどうなっているの？ペグは湧いてきた疑問をのみ込んだ。詮索するのはよそう。二人が昔からの知り合いだということは明らかだわ。でも、何かがあって溝ができてしまったのよ。

「結婚祝いをありがとう」ペグはお礼を言った。

クラリスは笑みを返した。「どういたしまして」

新婚夫婦のスイートからははるか遠くにネグロ川を眺めることができた。美しい国際都市の向こうにはジャングルの緑も見えている。

「南米に関する本を読んだ時は、こんな大都会があるなんて考えもしなかったわ。ジャングルの中に村が点々とあるようなイメージだったの」外の景色を眺めながら、ペグは夫に話しかけた。

「マナウスはこの地方の中心地なんだ」グレーンジは答えた。「エレクトロニクス産業が盛んで、クルーズ船も寄港する。ここは自由貿易港で税金がかからないからね」

ペグは彼を振り返り、崇拝するようなまなざしで見上げた。「長い数日間だったわね」

グレーンジはうなずき、金色の髪をなでた。「君はどうか知らないが、僕には風呂が必要だ」

ペグは笑った。「私もよ」

グレーンジは浴室に向かって手を振った。「レディファーストだ。君が一緒がいいと言うなら話は別だけど。水の節約って意味でね」

ペグはためらった。頬がしだいに赤く染まっていく。彼は私をからかっているの？　それとも……。

困惑するペグを見て、グレーンジはこの微妙な状況を強く意識した。彼はペグの顔を両手でとらえた。

「君にとっても、僕にとっても、これは初めての経験だ。焦らずに一歩ずつ進んでいこう。まずは君が風呂に入る。次に僕が風呂に入る。それから食事をして、ワインを一杯飲むんだ」何か言いかけたペグに、彼は付け加えた。「ああ、僕は酒は飲まない。でも、グラス一杯程度のワインなら問題ないだろう。そのあとは自然の流れに任せる。いいね？」

ペグは彼に抱きついた。「わかってくれてありがとう。臆病な自分がいやになるわ。本当はもっと大胆になりたいんだけど、どうしていいかわからなくて……」

グレーンジはキスで彼女の言葉を遮った。「君は何も知らなくていいんだよ。僕も映画や本やほかの男たちの話から得た知識だけで、実際のところは何もわかってない。つまり、僕たちは同じ地点からスタートするわけだ。僕はそのほうがいい」

「私もそのほうがいいわ」ペグは身を引いた。「じゃあ、お風呂に入ってくるわね」

「石鹸（せっけん）を使えよ」グレーンジは命令した。

ペグはしかめ面をしてみせた。

「水も使え」

ペグはわざと大きな音をたててドアを閉めた。

グレーンジはくすりと笑い、ルームサービスの注文に取りかかった。

13

ペグは高価なピンクのネグリジェにおそろいの化粧着を羽織った。それぞれのスイートへ向かう前、クラリスにショッピングに連れ出されてプレゼントされたものだ。ブロンドの髪は浴室で乾かし、垂らしたままにした。鏡をのぞき込んで、彼女は目をみはった。シルクが小ぶりな胸の膨らみを半ば覆い、レースがその下に隠された曲線をほのめかしている。そこに映る彼女はいつもよりも大人びて見えた。

ペグはショッピングのあとに父親と交わした気まずい会話を思い返した。彼は娘が突然姿を消したことにひどく腹を立てていた。

「キャッシュ・グリヤに頼んで、あちこちに当たってもらっていたんだぞ」接続の悪い電話の向こうから、エド・ラーソンの怒りの声が聞こえた。「どれだけ心配したことか！」

「本当にごめんなさい、パパ。この埋め合わせは必ずさせてもらうから。パパに話すことがいっぱいあるの。私、すごい冒険をしたのよ。結婚もして……」思わず口走ってしまい、ペグは唇を噛んだ。

不気味な沈黙が流れた。「相手は誰だ？　妻が十人もいるような口のうまい南米の色男か？」

「ウィンスロー・グレーンジよ」

エドははっと息をのんだ。「ウィンスロー？」

「ええ」一瞬ためらってからペグは続けた。「もうすぐ二人でそっちに帰るわ。新しい友達もできたの。フォトジャーナリストで、かなりのお金持ちらしいわ。彼女が私たちのハネムーンにホテルのスイートをプレゼントしてくれたの。ショッピングにも連れていってくれて……本当にいい人よ」

「なんと言っていいやら」電話の向こうからどすんという音が聞こえた。エドはリビングルームのロッキングチェアにへたり込んだようだ。「あきれて声も出ないよ」

「パパがびっくりするのも無理ないわ。状況を知らせなかった私がいけないの。でも、作戦は大成功だったのよ。マチャド将軍は政権の座を取り戻したし、サパラ元大統領は今や独房の中で国家反逆罪で裁かれる日を待っている。サパラを逮捕したあと、通りで戦闘になって何名か負傷したけど、死者は一人も出なかったわ」

「その時、おまえはどこにいたんだ？」エドは怯(おび)えた口調で尋ねた。

「バレラの国境に近い小さな先住民の村よ。そこで身を隠していた考古学者に会ったわ。彼女はすごい発見をしたのよ。それから、二人の大学教授とお医者様とプロテスタントの牧師様にも」

「でたらめを言うな！」

ペグは笑った。「いいえ、パパ。本当の話よ。全部話すには何日もかかりそう。でも、最後はハッピーエンドで終わるから」

エドはため息をついた。「急な結婚だが、よしとするか。相手は俺も認めるまともな男だしな。で、いつ帰ってくるんだ？」

「あと何日かしたら」ペグは咳払(せきばら)いをした。「帰国前に二人でマナウスを観光したいの。今のところ、ジャングルと川とワニしか見ていないんだもの」

「ワニ？」

「心配しないで。誰も食べられてないから」あわてて父親をなだめたところで、ペグはクラリスを拷問したミゲルという男の噂(うわさ)を思い出した。その男は自ら川の近くにあるワニの巣に飛び込んでいったというが、そんな不思議なことがあるのだろうか？

「少なくとも、私たちの味方は一人も食べられずにすんだわ」

「まあ、終わりよければ、すべてよしというしな」エドは怒りをおさめて笑った。「そうか。ペグ、おまえはミセス・グレーンジになったのか。俺としてはこっちで結婚式を挙げてほしかったんだが……」

「その点は大丈夫よ。そっちに戻ったら、白いドレスを買って、もう一度式を挙げるつもりなの。シンプルな式だったから、教会で挙げ直すのもいいわね。でも、とてもいい式だったのよ。牧師様も勇敢な人で。サパラの手下が石油採掘のために先住民を追い払おうとした時、彼は銃弾の雨の中に進み出て、先住民たちを救おうとしたんですって」

「その問題はこっちでも報道された。バレラ政府との交渉が決裂して、〈リッター石油〉がバレラでの試掘計画を中止したという話だ」

「でも、計画はきっと再開されるわ。マチャド大統領は先住民族を脅すような人じゃないもの」

「そうだろうな。石油産業は今やビッグビジネスだ。文明が続く限り、石油は必要不可欠なんだよ」

「またその話?」ペグはからかった。

「わかった。今はやめておこう。ハネムーンを楽しんだら、うちに帰って、料理を作ってくれ。もう炭は食べ飽きた」エドはそこでいったん言葉を切った。「俺は引っ越すべきだろうな……」

「引っ越しなんてだめよ」ペグはきっぱりと断言した。「私たちは家族でしょう。家族は一緒に住むものだわ」

エドはくすりと笑った。「わかった。ただし、おまえたちが戻ったら、俺は休暇を取るかもしれんぞ。ミスター・ペンドルトンにコロラドの牧場管理セミナーを受けてみないかと言われていてな。向こうでは五つ星のホテルに泊まって、なんでも好きなものを食べていいらしい。このところ自分で料理していた俺にはありがたい申し出だ」

「その申し出、絶対に受けるべきだわ」ペグは助言した。「パパもたまには休まなきゃ」

「じゃあ、クリスマスが来る前に行ってみるか。おまえがいなくて寂しかったよ。心配で頭がおかしくなりそうだった」

「悪かったと思っているわ。本当にごめんなさい」

「心配するのも親の仕事だ。マチャド大統領も復活したし、めでたいことじゃないか」

「パパからバーバラ・ファーガソンに電話してくれる？　あなたの父親は国家元首に戻ったってリックに伝えるよう頼んでほしいの」

「任せておけ。将軍といえば、彼はこっちにやってきて、バーバラと町を巡ったらしいな。彼女をサンアントニオのオペラに連れていったという噂だ」

「そうなの？」

「少々暗いニュースもある。グレーンジをトラブルに巻き込んだあげく自殺した男がいただろう。あの男に息子がいたという話は覚えているか？」

ペグの心臓がどきりと鳴った。そうだったわ。その人はウィンスローに復讐を誓っていたのよ。帰国したら、私たちは狙われることになるのかしら？

「ええ、覚えているわ」

「二日前、その息子が十階建てのビルの屋上から飛び降りた」エドは静かに続けた。「彼は麻薬でハイになり、遊び仲間に自分は飛べると言い出し、実演してみせた。麻薬に支配された哀れな末路だ」

クラリスも一時は危なかったわ。そうなってもおかしくない状態だった。「悲しい話ね」

「そろそろ切るぞ。国際電話は料金が高いからな。帰国する日時が決まったら教えてくれ。サンアントニオの空港までおまえとウィンスローを迎えに行くから。いいな？」

「ええ、パパ」クラリスは明るく返事をした。

「二人におめでとうを言わせてもらうよ。おまえの結婚相手としては最高の男だ」

「ありがとう」

「じゃあ、またな」

ペグは改めて鏡に映る自分の姿を眺めた。まるで別人だわ。私じゃないみたい！

ちょうどその時、グレーンジが浴室から現れた。彼はシルクのボクサーパンツしかはいていなかった。むき出しになった胸とたくましい腕や脚がたまらなくセクシーだ。ペグはただ息をのむことしかできなかった。

グレーンジは唇をすぼめ、彼女をじっくりと観察した。「いい眺めだ。その寝間着もすてきだね」

ペグは肩をすくめた。ひどく緊張していたが、なんとかほほ笑むことができた。「そのボクサーパンツもすてきよ。ルームサービス係が食事とワインを運んできたわ。私はレインコートを着て応対したんだけど」彼女はもじもじと体を動かした。「あの人、笑っていたわ」

グレーンジは顔をしかめた。「笑いたいやつには笑わせておけばいい。たぶん、テレビの前で一人の夜を過ごさなきゃならない寂しい男なんだよ」

ペグは笑った。「私もそう思ったの。じゃあ、食事とワインを……あの、あれって痛いものなの？」

つい口走ってから、彼女は頬を染めた。

グレーンジは眉を上げた。

ペグは真っ赤な顔で目を伏せた。「ごめんなさい。こんなことを言うつもりじゃなかったんだけど」

グレーンジは二人の距離を詰めた。温かな両手でペグの顔をとらえ、緑色の瞳を探った。「痛みはあるかもしれない。最初のうちは。でも、気をつけるよ。なるべく君に痛い思いをさせないようにする」

彼は落ち着かなげに肩をすくめた。「不安なのは僕も同じだ。これが初めてなんだから」

「そうしたいと思ったことはないの？」ペグは消え

入りそうな声で尋ねた。

「一、二度あるかな」彼は正直に答えた。「でも、危険を冒すほどの気持ちにはならなかった」

「それは病気のこと？」

「僕はセックスと結婚は切り離せないものだと信じている。我ながら時代遅れな人間だと思うが、自分を変えることはできないし、変えたいとも思わない。善と悪が混在する世界にあっても、信仰心のある者にとって、善は善であり、悪は悪だ。純潔を守ってきた男女が結婚し、ともにある喜びを初めて知る。それは気高いことだし、理想でもある」グレーンジは微笑し、低く滑らかな声で付け加えた。「僕はそのほうがセクシーだと思うな」

「私もそう思うわ」ペグは小さく笑い、たくましい胸に両手を当てた。「あなたのこともとてもセクシーだと思ってる」

グレーンジは彼女の顔を傾け、二人の唇を合わせた。「蜂蜜と砂糖の味がする」そうささやきながら、彼女の唇に舌を這わせた。

ペグはわずかに身を乗り出した。彼の唇のゆったりとした動きに緊張がほぐれていく。彼女は守られている気がした。愛されている気がした。キスを受けながら、彼女はグレーンジの首に両腕を絡ませた。裸の胸に引き寄せられ、はっと息をのんだ。二人の間にあるのは薄いシルクだけだ。だが、今はそれさえも邪魔に思えた。

ペグは喉を鳴らした。グレーンジはすぐに反応した。化粧着の袖とともにネグリジェの肩紐をずらし、きれいな胸の膨らみをあらわにした。胸の膨らみの頂はすでに硬くなっていた。彼は頬を紅潮させ、飢えたまなざしでその頂を見つめた。

ペグは身震いし、少しだけ背中を反らした。「触っていいのよ。触ってほしいの！」

「ベイビー」両手で彼女の腰をとらえ、シルクの寝間着を取り払いながら、グレーンジはささやいた。

「僕がこれをどうしたいと思っているか、君には想像もできないだろうね」

その言葉が終わらないうちに、彼はペグを床から持ち上げ、柔らかな胸の膨らみに唇を押し当てた。快感の波にのみ込まれ、ペグはあえいだ。両手で黒い髪をつかみ、その先をせがんだ。

グレーンジが寝室に向かって歩き出した。ペグはそのことに気づいたが、止めようとは思わなかった。

ペグとともにベッドに横たわると、グレーンジはもどかしげにボクサーパンツを脱いだ。柔らかな胸の膨らみを口の中にとらえ、舌で先端を刺激する。ペグはうめき、無意識に体を動かしはじめた。

グレーンジは喉から顎へ、唇へとキスを続けながら、膝で彼女の両脚を押し広げた。

こんなに急に？　ペグは不安を覚えた。だが、その不安は彼のキスにかき消された。誰にも触れられたことのない部分を探られるのを感じ、彼女は抗議しようと口を開いた。しかし、その抗議もキスで封じられた。グレーンジは彼女の唇を貪りながら手を動かした。彼女にとって、それはあまりにショッキングなことだった。

もう一度抗議しようとしたその瞬間、ペグの体を快感が突き抜けた。彼女はベッドから腰を浮かした。全身を小刻みに震わせながら、目を大きく見開き、黒っぽい瞳をのぞき込んだ。

グレーンジは彼女の中に押し入り、荒々しい声をあげた。初めて知る感触に身震いした。彼はペグの頭の左右に両手をついた。緑色の瞳を探りながら、少しずつ体を沈めていった。

彼が腰を動かすたびに、ペグの体が震えた。「ああ……ウィンスロー」

「そんなに痛くないだろう？」グレーンジはうわずった声でささやいた。「ほら、これで楽になる」

　次の瞬間、二人を隔てていたものが破れ、ペグは顔をしかめた。グレーンジは再び動き出した。今度の動きには自信が感じられた。彼はペグの反応を確かめた。自分に向かって開かれた彼女の体を、その奥へ進んでいく自分自身を見下ろしながら、ゆっくりと動きつづけた。

「ペグ」グレーンジはうなった。初めて知る快感の波にまぶたを閉じた。

「ああ、あなたって……大きいのね」ペグはショックに目を見開いた。

「そうだ。しかも……ますます大きくなってくる」グレーンジは心地よいリズムで執拗に彼女を貫いた。

「男は大きくなるんだ……興奮すると」

「あなた……興奮しているの？」

「ああ、そうだ！」答える間も、グレーンジは動きを止めなかった。片手で彼女の腰を持ち上げ、深く激しく貫いた。「だめだよ、ペグ。目を閉じないで。君を見ていたいんだ」

　ペグの肌が赤く染まった。ウィンスローは誰にも見られたことのない私の姿を見ているんだわ。なんて生々しいの。私は一生忘れないわ。この初めての時を。初めての愛の営みを。

　グレーンジはペグの両脚をさらに押し広げ、柔らかな体の奥深くまで入った。ペグの唇から甲高い悲鳴がもれた。だが、それは痛みを訴える悲鳴ではなく、痛いほどの喜びがもたらした叫びだった。

　ペグはたくましい腕に爪を食い込ませ、黒っぽい瞳をのぞき込んだ。リズムが性急なものに変わった。彼女の中にあった緊張がさらに膨れ上がる。ペグは体が裂けてしまうのではないかと思った。

　グレーンジが動きを止めた。猛り狂った欲望が彼の全身を震わせている。「目を開けて」彼はざらついた声でささやいた。「僕がやることを見ているんだ」

グレーンジはペグの奥深くに身を沈めた。膨らんでいた緊張が破裂し、ペグは悲鳴をあげて絶頂の波に押し流された。瞳に映るグレーンジの姿がぼやける。彼女はもどかしげに体を動かした。必死に快感を保とうとした。ずっとこの喜びを感じていたい。

グレーンジが背中を丸めた。かすれ声で叫びながら、とうとう情熱に屈服した。耐えがたい喜びを長引かせようと、彼はむきになって動きつづけた。しかし、その瞬間はあっと言う間に去っていった。彼はペグの汗ばんだ体にくずおれ、絶頂の余韻に身を震わせた。

ペグは大きな体にしがみつき、濡れた肩に唇を押し当てた。彼を感じるわ。彼はまだ私の中にいる。これが男女の結びつきというものなのね。こんなに喜びにあふれたものだなんて夢にも思わなかった。

一分ほどしてから、グレーンジがささやいた。

「ごめん。最後は自分を抑えきれなかった。君に痛い思いをさせてしまったかもしれない」彼は頭を起こし、心配そうに付け加えた。

ペグは彼の額にかかる濡れた黒髪を押しやった。

「ちっとも気づかなかったわ」そう答えてから、恥ずかしそうに笑った。

グレーンジも笑った。「僕も気づいてなかったよ。こんなふうに感じるものだとは。本で読んでも、実際に経験してみないとわからないものだね」

「そうね」ペグは指先で彼の唇に触れた。彼は美しいわ。美しすぎるくらいよ。「私、本気であなたに望まれることなんてありえないと思っていたの。私は美人にはほど遠いもの。ここも小さいし」彼女は自分の胸の膨らみを示した。

「僕は小さいのが好きなんだ」グレーンジは頭を下げ、小ぶりな胸の膨らみを吸った。

ペグは身震いした。

再び頭を上げた時には、彼の体はまた硬くなりかけていた。それを感じたペグは、ゆっくりと腰を動かした。

グレーンジは大きく息をのんだ。「ペグ……」

ペグは同じ動作を繰り返し、彼の反応を眺めた。

「私、あなたを興奮させるのが好きみたい」

「僕は走り出したら止められないぞ」

ペグは今までに見せたことのない自信に満ちた笑みを浮かべ、自ら腰を押しつけた。「じゃあ、証明して！」

二人の唇が重なった。手つかずの食事とワインを思い出したのは、長い時間が過ぎたあとだった。

三日後、二人は手をつないでマナウスを散策した。動物園を訪ね、インディオ博物館を見学して、パーシー・フォーセット大佐の運命について思いを巡らせた。一九二五年、フォーセットは息子とその親友を伴い、黄金郷（エルドラド）をさがすためにジャングルに分け入った。その後、彼らの姿を見た者はいなかった。この出来事を扱った書物はいくつもあるが、謎はいまだに解けないままだった。

「解けない謎が人を惹（ひ）きつけるのね」フォーセット関連の展示ブースをそぞろ歩きしながら、ペグはつぶやいた。「何が起きたかわからないから、私たちは興味を抱くんだわ」

グレーンジはうなずいた。「家族が気の毒だね。フォーセットには娘と息子がいた。息子の妻は今も存命だそうだ。何もわからないまま、夫の帰りを待ちつづける。つらい人生だったと思うよ」

「何かの本で読んだけど、失われた都市が見つからなかったら自分のライフワークは失敗だ、とフォーセットは考えていたそうね」ペグは立ち止まり、グレーンジを見上げた。「でも、彼はこの世界に日誌を残した。八十年前に彼の末息子によって公表されて以来、その日誌は世界中の人々に冒険とロマンを与えてきた。そのおかげで、現地に行けない冒険好きな人たちもジャングルの謎を知ることができるのよ。これは価値のあるライフワークと言えるんじゃないかしら？　私はそう言いたいわ。彼の発見が世界にもたらした洞察は、失われた都市を発見することよりもすばらしい遺産だと思うから」

グレーンジは微笑した。「マディはそれをやってのけたのかもしれないね。彼女が発見した遺跡群はアマゾンの歴史を書き換えるだろう。でも、この地で高度な文化の痕跡を見つけたのは彼女が最初じゃない。ここで発掘作業をおこなった考古学者は何人もいるんだ。フロリダ大学から来た青年は、自分の発見について本も書いている。セオドア・ルーズベルト大統領の直系の子孫に当たる女性考古学者もいる。再選の夢が破れた直後、ルーズベルトはこのジャングルで数週間を過ごし、自身の体験を書き残した。これは面白い記録だよ。帰国したら、君にも貸してあげよう」

ペグは爪先立ちになり、夫にキスをした。「二人で一緒に読むのはどう？　夜にすることがなくなったらだけど」

グレーンジは唇をすぼめ、緑色の瞳をのぞき込んだ。「だとすると、何年も先になりそうだな」

「何十年も先かも」ペグは笑いながら展示物に視線を戻した。「いつかこのハネムーンのことを子供たちに話してあげたいわ」

グレーンジは彼女の表情をうかがった。「僕はいつでもいいよ。一緒に冒険もしたし、二人の時間もある程度持てたから」

ペグは微笑した。「私もよ。家族が増えるのが楽しみだわ」

グレーンジはうなずいた。「そうだね」

クラリスは新婚夫婦とともに空港へ向かった。ホテルをチェックアウトする前に、ロークと少しだけ言葉を交わしたが、和やかな会話にはならなかった。結局、彼女は一度も振り返らず、挨拶もせずにロークの前から立ち去ることになった。

それでも、クラリスは明るくふるまいつづけた。グレーンジとペグを気遣ったからだ。税関と出国審査を通る間も、顔に笑みを貼りつけたままだった。

マイアミまでの空の旅は快適だが時間がかかった。クラリスはそのほとんどを寝て過ごした。新婚夫婦がサンアントニオ行きの便に乗り継ぐ段になると、彼女は別れの言葉を口にした。

「私はとりあえずワシントンに戻るわ。しばらく向こうで気持ちの整理をするつもり」クラリスは乾いた声で笑った。「それがすんだら、何かやる価値のあることを見つけるわ。カクテルパーティとは別の何かをね」

「トラブルには関わらないようにしてね」ペグはからかった。

クラリスはため息をつき、ペグを抱きしめた。「できるだけ努力はするわ。色々とありがとう、ペグ。あなたにはいっぱい借りができたわね」

ペグは友人の頬にキスをした。「借りも何もないわ。今の私は回想録だって書けそうよ。ジャングルでの暮らしをテーマに衝撃の物語でも書いてやろうかしら」

「ぜひそうなさいよ」クラリスはグレーンジと握手した。彼女はグレーンジの分のビジネスクラスのチケットも買おうとしたが、結局、マチャド将軍に先を越されてしまったのだ。「私の友人をお願いね」

グレーンジはにやりと笑った。「任せてくれ。君も気をつけて」

クラリスはうなずいた。最後にもう一度二人を見やってから、手荷物受取所に向かって歩き出した。

サンアントニオ便の搭乗案内が始まるまでにはまだ時間があった。その間にペグとグレーンジは軽い食事をとり、手をつないで空港ターミナルの中を散策した。今はただ二人でいるだけで楽しかった。

マイアミからの空の旅はそれほど長くはなかったが、サンアントニオに到着する頃にはペグはくたくたの状態だった。コンコースでは彼女の父親が待っていた。

エドはそわそわと落ち着かない様子だったが、二人を見つけたとたん笑顔に変わり、娘を抱きしめた。

「愛しているぞ。おまえがいない間、俺がどんなに寂しい思いをしたか。もしまたこんな真似（まね）をしたら、彼にお仕置きしてもらうからな」そう言って、エドはグレーンジを指さした。

「ご心配なく」グレーンジはくすくす笑い、エドを抱擁した。「僕はしばらくうちにいる。彼女が僕をさがしに行く理由はないんだ。迎えに来てくれてありがとう、お父さん」

その言葉はごく自然に出てきたもののようだった。エドはかぶりを振り、にやりと笑った。「昔から息子が欲しかったんだよ」

「今度、一緒に釣りに行こう」グレーンジは約束した。「でも、今は食事をしたい気分だね。ハニー、君はどう？」

「そうね。じゃあ、私が何か作って……」

「おまえは何もしなくていい」エドが娘の言葉を遮った。「バーバラがカフェで準備して待っている。結婚祝いだそうだ」

「結婚祝い！」ペグは叫んだ。「なんて親切なの！」

「ただし、覚悟しといたほうがいいぞ」エドはぶつぶつ言った。「彼女とリックに革命のことで質問攻めにされるからな。リックの嫁さんも話を聞きたがっている。彼女が誰の下で働いているか、知っているだろう」

「ああ」グレーンジは笑顔で答えた。「彼女にはすごい人脈があることもね。僕の親友もそうだし、彼女の父親も今は……とある政府組織のトップだ。恐れ入るよ」

三人は声をそろえて笑った。

リック・マルケスは生き別れの家族と再会したかのように彼らを出迎えた。彼の最初の質問は〝父さんはどうしてる？〟だった。

「元気だよ。どっぷり仕事にはまっている」グレーンジは答えた。彼らは壁際のテーブルを囲むように腰を下ろした。バーバラの合図でコックが食事を運んできた。「サパラはすてきな独房生活を楽しんでいる。身から出た錆だが」グレーンジはかぶりを振った。「女性を拷問させるような男にとっては、なんとも手ぬるい罰だろう」

「女性を拷問させるですって？」バーバラは愕然としてペグを見つめた。

「私のことじゃないわ」ペグはあわてて否定した。「バレラで私たちと一緒だったフォトジャーナリストよ。彼女はサパラの手下たちに尋問されたの。でも、マチャド将軍の作戦についてはいっさいしゃべらず、自分は取材で行方不明の教授たちをさがしに来ただけだと信じ込ませたのよ」

「勇敢な人ね」バーバラは言った。

「大変だったのよ」ペグは厳しい口調で続けた。「彼女のガイドが撃たれて。教授たちも独房暮らしで餓死寸前だったわ。彼女はその教授たちと脱獄して、私が泊まっていた小さな先住民の村まで戻ってきたの。あっ、トウモロコシ！　私の大好物よ！　それにバーベキューも……。なんだか天国に来たみたい」テーブルに並んだ料理を見て、彼女ははしゃいだ声をあげた。

　バーバラはくすくす笑った。「あなたはこれが大好きなのよね。さあ、召し上がれ」

「あんたは本当にいい人だ」エドが言った。

「ああ」グレーンジは同意した。ペグもトウモロコシをかじりながらうなずいた。

「あなたたちがおなかを空かしているだろうと思って。それに、彼が父親のことを知りたがっていたから」バーバラは養子のリック・マルケスを身ぶりで示した。

　リックは一言も聞き逃すまいと耳をそばだてていた。「どうにも心配でね」

「みんな心配していたわ。私の義理の娘も」バーバラはうなずいた。「でも、一時間ほど前に仕事で呼び出されたの。殺人事件の捜査みたい。彼女はとても仕事ができるのよ」

「ああ」リックはにんまり笑った。「ライバル登場で、僕もうかうかしてられない」

「文句を言っているわけじゃなさそうね」ペグはからかった。

「まあね」リックは答えた。「彼女は一緒にいて飽きないよ。これで一人きりのランチも卒業できたし。もちろん、うちにいる時は別だよ」彼は母親に向かってウィンクした。

「一つ訊いていい、ペグ？」バーバラが切り出した。「どういういきさつで南米のジャングルに行き着いたの？」

　ペグは食べかけのトウモロコシを手にためらった。クラリスの評判を傷つけずに説明するにはどうしたらいいのかしら？

「それは僕から説明しよう」グレーンジが代わって口を開いた。「僕には通信社の仕事をしている知り合いがいるんだ。僕がペグに会いたいと泣き言を言ったら、その人が一肌脱いでくれた」彼は片手を上げた。「ああ、わかっているよ。南米は危険な土地だ。そこにペグを呼び寄せるのは無責任なことだと思う。でも、僕は彼女が恋しくて頭がおかしくなりそうだったんだ！」彼は熱っぽい口調で締めくくった。とても演技とは思えない迫力だった。

食い入るように新妻を見つめるグレーンジを前にして、周囲の人々は一瞬沈黙した。

エドはコーヒーカップを手にして笑った。「まあ、気持ちはわかる。作戦は成功したし、あんたも娘と結婚して無事に帰ってきた。俺としては文句なしだ」

「でも、怖い思いをしたんでしょう」バーバラが言った。「アマゾンは未開の土地よ。向こうの人たちは草でできた家に住んで、狩りや釣りをして……」

「マナウスは世界でも有数の近代都市よ」ペグは指摘した。「エレクトロニクス産業の一大拠点で、百五十万を超える人々が暮らしているの。自由貿易港だから、海からクルーズ船が川をのぼってくるのよ。〝熱帯のパリ〟と呼ばれているんですって」

バーバラはぽかんと口を開けた。「まあ、そんな話、ニュースではやってないわ」

「連中は有名人のプライバシーを暴いたり、ソーシャルサイトのくだらないネタを拾ったりするのに忙しくて、本当に有益な情報まで手が回らないのさ」エドはぶつぶつと言った。

「パパはテレビを観ないの」ペグは言葉を添えた。「テレビは有害だと思っているのよ」

「それは事実よ」バーバラは力説した。「マスコミが報じているニュースなんて、大半はでっち上げなんだから。世界で起きていることが知りたかったら、テレビより私のウェブサイトを見るべきね。たとえばアナク・クラカタウの噴火だけど、あれが始まった時、テレビで報道した？　カナリア諸島のエル・イエロ島で火山性の群発地震が起きた時も、テレビが報じたのは何週間もたってからだったわ」

「母さんは陰謀マニアだから」リックがおどけた口調で言った。

「私はマニアじゃないわ。でも、実際に陰謀はあるのよ」バーバラはグレーンジに向かって顔をしかめてみせた。「あなたの義理の父親に訊いてみるといいわ。あなたを軍隊から追い出した男の息子がどうなったか。彼は自殺したのよ。父親が自殺した直後にね」

グレーンジはうなずいた。「ペグから聞いたよ。悲しい話だ」

「まったくだわ。麻薬のせいでどれだけの若い命が失われたことか」

ペグも無言でうなずいた。クラリスの経験から薬の恐ろしさを痛感していたからだ。

14

結婚式は町を挙げての一大イベントになった。エブ・スコットの訓練所からはメンバー全員が出席した。キャッシュ・グリヤをはじめとする元傭兵たちも多数詰めかけた。ヒューストンの〈リッター石油〉に勤めるコルビー・レインも妻と一緒に顔を見せた。

式は地元の長老派教会でおこなわれた。ペグはグレイシー・ペンドルトンから贈られたサテンのドレスに白いレースを垂らし、結婚行進曲の調べに合わせて通路を進んでいった。顔にこぼれんばかりの笑みを浮かべ、祭壇の前で待っていたグレーンジと並び立った。

二人を長年知る牧師は柔和な笑顔で儀式を進め、最後に二人が夫婦であることを宣言した。今回は指輪の交換もおこなわれた。ペグの指には二つの指輪が並んだ。父親から贈られた祖母の形見の指輪と、グレーンジがどうしても贈ると言い張った小さなダイヤモンドの婚約指輪だ。グレーンジも幅広のシンプルな金の指輪をはめていた。彼らは二度目の誓いのキスを交わし、客たちの祝福の言葉と笑い声に包まれて通路を歩いた。

披露パーティは教会のホールで開かれた。料理は地元の女性たちが総出で用意してくれた。

ペグはコルビー・レインとその妻に紹介された。コルビーの妻はブロンドのきれいな女性で、麻薬取締局の捜査官をしているということだった。

「結婚式に押しかけるのもどうかと思ったんだが」コルビーは言った。「ユージン・リッターに代わって、君にじかにお礼が言いたかったものでね。うちのボスは何も知らなかったんだ。バレラで起きていることも、自分のプロジェクトのせいで先住民たちが苦しんでいることも。それを知った時はかんかんに怒っていたよ」

「そうなると思っていました」ペグは答えた。「ミスター・リッターは公正さで有名な人ですもの」

「実際そのとおりだ」

「石油プロジェクトの件ですが」グレーンジが口を開いた。「マチャド大統領があなた方との話し合いを望んでいます。今回はちゃんとやりますよ。先住民と政府の合意のうえで」

「ボスに伝えておくよ」コルビーは唇をすぼめた。黒っぽい瞳が光った。「噂によると、君はバレラ陸軍の参謀長に就任するらしいね」

グレーンジは眉一つ動かさなかった。「そんな噂もあるようですね。実際にはまだ何も決まっていませんが」

「やりがいのある仕事だと思うよ」コルビーは言った。

「ええ。大統領は立派な人物ですから」グレーンジは同意した。

ペグはベッドでグレーンジの横に丸まっていた。エドがセミナーを受けるためにコロラドへ旅立ったので、ランチハウスにいるのは彼女たち二人だけだった。

「あの仕事、受けるの？」彼女は尋ねた。

グレーンジはため息をつき、柔らかなブロンドの髪を指に絡ませた。「どうするかな。受けたら、状況が大きく変わるだろう。当分はバレラで暮らすことになる。向こうの医療体制はひどい状態だ。サパラ政権の時代に、多くの医師がバレラを離れてしまった。それを立て直すには時間がかかるし、熱帯特有の危険な病気もある。何年もあとに症状が出て、死に至る病気も多いんだ」

ペグは寝返りを打ち、かたわらの力強い体が発する清潔な匂いに浸った。「人はいつか必ず死ぬものよ」

グレーンジは真剣な面持ちで彼女を見下ろした。「でも、危険は無視できない。特に子供ができたら」

ペグは物憂げにほほ笑んだ。「子供は落ち着いてからでいいわ。二、三年はマチャド将軍に協力したら？　私もバレラの役に立てる方法を見つけるわ。児童養護施設を手伝ってもいいし。ハーヴェイ牧師から聞いたんだけど、そういう施設を運営する人間がいなくて困っているんですって。みんな、やりたがらないらしいの」

「君もバレラに？」グレーンジは眉をひそめた。「君はこの町から離れられないよ。サンアントニオへ食事に行くことさえ乗り気じゃないんだから」

ペグは微笑した。「私、だんだんわかってきたの。

すべてのものは相互につながっているってことが。私たちはみんな一つの大きな家族に属しているのよ。ジェイコブズビルとコマンチ・ウェルズみたいに。危険もあると思うけど、マチャド将軍はこれからもっと人の助けが必要になるわ。私たちは今すぐ子供を欲しがっているわけじゃないでしょう。だったら、子育てができる状態になるまで待てばいいのよ。パパがバレラを訪ねることもできるし、私たちがこっちに戻って、パパに顔を見せることもできる。ここ とバレラはそんなに遠くないんだから」

「ベイビー、君には驚かされてばかりだ」

ペグはため息をついた。「私は冒険をして少し変わったの。二、三年くらいならバレラに住んでもかまわないわ。あなたがやるだけのことをやって、バレラの陸軍があるべき姿になったら、ここに戻ってきて、あなたは牧場主になり、私は牧場主の妻になる。私たちがいない間は、パパが牧場を運営してくれるわ。パパなら、この牧場をもっと大きくできるはずよ」

グレーンジは寝返りを打ち、緑色の瞳を見下ろした。「これで答えは出たな」

「いいえ、まだよ」ペグは身じろぎ、ネグリジェを引き下げた。あらわになった胸の膨らみをグレーンジは欲望のまなざしで見つめた。「人生の謎はまだ解けていないわ。私はもっと学びたいの。協力してくれる?」

グレーンジは硬くなった胸の頂を口に含み、素早い動きでネグリジェを取り去った。「こうすれば楽しく学べる。僕に脚を絡ませて。ああ、そうだ」

姿勢が変わったことで快感はさらに高まった。ペグはうめき、背中を弓なりに反らして、彼の動きに合わせた。今はもう痛みも不安も感じない。喜びがあるだけだ。その喜びは自ら成長しているように思われた。

「君は熱い」荒々しく腰を動かしながら、グレーンジは彼女の耳元でささやいた。「柔らかくて熱い！」

「あなたを求めているせいだわ」ペグはあえいだ。

グレーンジはペグの腰の下に片手を差し入れ、体勢を変えた。彼女が頭をのけ反らせてうめくと、嬉しそうに笑った。「君は見ていて飽きないね。君は何も隠さない。すべてをさらけ出して、応えてくれる」

ペグは息も絶え絶えで答えることができなかった。彼女は再び背中を反らし、黒っぽい瞳をのぞき込んだ。体の中にある快感がさざ波から激流に変わっていく。彼女の唇から悲鳴がもれた。

「どんどんよくなってくるだろう？　しっかりつかまって」彼はうなった。「そうだ、もっと強く！」

グレーンジはペグの腰を引き寄せ、リズミカルな動きで深く貫いた。

「もうだめ。我慢できないわ」ペグはすすり泣いた。

「いいぞ」彼の声がうわずった。「最高だ！」

絶頂は不意に訪れた。グレーンジは叫び、身を震わせた。ペグは彼の腰に両脚を巻きつけた。体を浮かせて、快感にしがみつこうとした。だが、すぐに彼女自身も絶頂を迎え、ぐったりと横たわった。ペグは震えながら大きな体を抱きしめた。

「こんなにいいものだと知っていたら」グレーンジの耳元で彼女はささやいた。「あの時、納屋であなたを誘惑するんだったわ！」

グレーンジは噴き出した。「でも、こんなによくはなかったはずだ。あの時点ではね。それに、いい思い出になったとも思えないな」

ペグは彼の喉に顔を埋めて微笑した。「そうね。このほうがずっといいわ」

グレーンジは彼女を抱き寄せた。「あまり期待しすぎるなよ」

ペグはにっこり笑い、グレーンジの肩に歯を立てた。「いつも百点満点とはいかないわよね」頭を上げた彼に問いかける。「もうやめちゃうの？　体力の限界？　そろそろ老いが忍び寄って……あっ！」

グレーンジは彼女をマットレスに押しつけ、唇を重ねて笑った。「僕がまだ若いってことを証明してやるよ」

それからだいぶ時間がたったあと、二人はキッチンに移動した。チーズとクラッカーを冷たいミルクで流し込む夫を、ペグは愛情のこもったまなざしで見守った。

「何を見ているのかな？」グレーンジが冗談めかして尋ねた。

「世界よ」ペグは静かに答えた。「私の世界のすべてを見ているの」

グレーンジの喉が詰まった。返事をすることができなかった。

「そうよ。思い出したわ！」不意にペグが叫んだ。

グレーンジは問いかけるように眉を上げた。

「来週はクリスマスでしょう。ツリーを用意しなきゃ！」

「明日、僕が仕入れてくるよ」

「プレゼントも買ってないのよ」

「それも明日買いに行けばいい」

ペグはため息をついた。夫と視線を合わせ、緑色の瞳をきらめかせた。「今年はどんなクリスマスになるかしら？」

彼は笑った。「今までで最高のクリスマスだ」

ペグはうなずいた。「そうね。待ちきれないわ！」うわずった声でつぶやくと、彼女は思いのすべてを込めてほほ笑んだ。

エピローグ

「ねえ、パパが軍隊を率いて、冷酷な独裁者を追放したってほんと?」ジョン・グレーンジが黒っぽい瞳を丸くして尋ねた。

グレーンジはくすりと笑い、息子の豊かな黒髪をくしゃくしゃにした。「そうだよ。また同じことをしたいとは思わないけどね」彼は穏やかな笑顔で付け加えた。

「ママも同感よ」ペグは夫に歩み寄り、たくましい胸に頬を預けてため息をついた。「もうくたくた。この長旅もだんだんつらくなってきたわ」

グレーンジは金色の髪をかき上げて、彼女の額にキスをした。「僕もだ」

「じゃあ、ずっとこっちにいればいいじゃない」ジョンが指摘した。「ミスター・マチャド……じゃなくてマチャド大統領が奥さんたちの発掘が終わったから、僕を遺跡に連れていきたいって。僕、絶対に行くからね!」

「彼はいい決断をしたわね。マディを国の考古学研究の責任者に任命するなんて」ペグは小さく微笑した。「彼女以上の適任者はいないもの。それに、今は小さな息子もいるんだし、彼女を発掘作業から引き離すいい口実だわ」

「あの子ができた時は、リック・マルケスが大喜びしていたな」グレーンジは当時を振り返った。「ずっと兄弟が欲しかったと言ってね。彼が年に二回はこっちに来るのも、あの子に会うためだろう」

「あの子が僕と同い年だったらな」ジョンはため息をついた。「僕の遊び友達は女の子ばかりだ」

「あと六年もしたら、そんな文句は言えなくなるわよ。それに、あなたが女性にもてるのはお行儀がいいからだわ。ミセス・ケイツも電話で言っていたわよ。あなた、彼女の具合が悪い時にお花を持っていったでしょう。それがとても嬉しかったって。ほんと、あなたは優しい子だわ」

「ママに似たんだな」グレーンジが愛情あふれる口調で言った。

「パパにもね」ペグの緑色の瞳がきらめいた。「でも、そのことは絶対に口外しないと約束するわ」彼女は胸元で十字を切った。「バレラ共和国陸軍参謀長のイメージを台無しにしたくないから」

「肩書きが立派な分、仕事も多い。国に戻ったら、牧場の仕事もあるし」

「それはうちのパパに任せておけばいいわ。新たに家畜担当の監督も雇ったし」ペグは顔をしかめた。「ただ、あの人の性格はちょっと問題ね。話しかけるだけで反抗的な雄牛を従わせられるくせに、人間相手だとほとんど口をきかないんだから」

「彼はラコタ族だからな」グレーンジはあっさりと言った。「祖父の教えを守っているんだ。自分は近寄りがたい人間であるべきだと思っているんだよ」

「とにかく、かなりの変人よ。仕事の腕は確かだと思うけど。侵攻作戦の時に一緒だった彼の息子のヘイズ・カーソンもちょっと変わっていたわね」ペグはくすくす笑った。

「やつも今では立派な所帯持ちだ」グレーンジはかぶりを振った。「独身男もだいぶ減ってしまったな。オベイリーでさえ、とうとうフィッツヒュー教授の助手――あのコンピュータ・マニアの女性と結婚することになった」

「彼女がペットに蛇を飼っていないといいけど」オベイリーの蛇嫌いを思い出し、ペグは軽口をたたいた。

「その点は心配ないだろう」

ペグは腕時計に目をやった。「メディナ行きの飛行機に乗る前に食事する時間くらいはありそうね。あそこに本物の空港ができるなんて、当時は夢にも思わなかったわ。しかも、小型ジェット機が離着陸できる滑走路まであるのよ」

「ああ。今ではマチャドも小型ジェット機のオーナーだ。バレラの人々はサパラの圧政から解放されたことがよほど嬉しかったんだろう。なにしろ、特別売上税まで設けて、マチャドにジェット機をプレゼントしたんだから。もっとも、彼は一週間以上国を留守にしないと約束させられたわけだが。またサパラみたいな人間が出てきたら困るしな」

「彼も人がいいわね。里帰りしていた参謀長の出迎えにわざわざジェット機をよこすなんて」ペグは皮肉っぽくつぶやいた。

グレーンジは背筋を伸ばし、わざと憤慨してみせた。「陸軍の最高司令官に対して、そんな口のきき方があるか」

ペグは夫の顔をとらえ、キスをしながらささやいた。「失礼しました、参謀長」

グレーンジはただ笑っただけだった。

三人は空港内のレストランで食事をすませ、マチャドのジェット機の到着を待った。時間どおりに着陸したジェット機は三人のアメリカ人を乗せ、バレラの首都メディナに向けて飛び立った。今度の空の旅は長くはなかった。

メディナの空港には、三人を大統領宮殿まで送り届けるリムジンが待機していた。サパラが国民を搾取して築き上げた、あの宮殿だ。当初、マチャドはそこに住むことを後ろめたく思っていた。しかし、国民の反応は違った。大統領宮殿は近代化を望むバレラ国民の夢と希望の象徴だ、西洋諸国から来た外交官たちにそのすばらしさを見せるべきだ、という意見が大半だった。

〈リッター石油〉はすでにバレラでの事業を始めていた。ユージン・リッターの資金援助によって、先住民の優秀な若者たちの大学進学を支援する信託基金も設立された。油田開発は先住民の文化と伝統に配慮して、慎重に進められた。ある部族は自分たちの風習を尊重してくれたとして、リッターに名誉ある地位を贈呈したほどだ。

「バレラもこの十年でずいぶん変わったわね」メデイナの街を眼下に眺めながら、ペグはつぶやいた。

「まったくだ」グレーンジはうなずいた。「これだけの石油埋蔵量があれば、バレラは国際市場で重要な存在になるだろう」

「ええ。考古学における発見でも世界から注目されているわね」ペグは夫を見やった。「私もバレラ市民として嬉しい限りよ。でも、アメリカの市民権も持っておきたいわ。いつか引退して故郷に帰りたくなる日が来るかもしれないもの」

彼は微笑した。「テキサスが恋しいんだね」

「それはそうよ。パパに会えないのも寂しいわ。でも、インターネット電話サービスを使えば、パパの顔を見ながら話ができるでしょう。当面はそれで満足しなきゃ。私たちにはまだここでやるべきことがあるもの。あなたは陸軍の長として、私は慈善団体の責任者として、大切な役割を担っているわ。バレラの復興は私たちの努力の結果でもあるのよ。私はそのことを誇りに思っているわ」

「僕たち、ずっとこっちにいるの？」ジョンがため息混じりに尋ねた。「もう飛行機に乗るのは飽きちゃった」

「飛行機に飽きたですって？　パイロットになるのが夢なのに？」ペグは大げさに驚いてみせた。

「パイロットにはなりたいけど、ただ乗ってるだけなんて退屈だよ」ジョンはぶつぶつ言った。

「人生を粗末にするな」グレーンジは息子をたしなめた。「今日が最後の日だと思って、一日一日を楽しむんだ」

ペグは頬を緩めた。夫の言葉でクラリスのことを考えたからだ。二人は今でも連絡を取り合っていた。最初は敵として現れた彼女だったが、今では仲のいい友達だ。その友達がつらい経験を乗り越えて幸せをつかんだことを、ペグは心から嬉しく思っていた。

リムジンが大統領宮殿の正面玄関前で停まると、グレーンジはほっとした表情になった。「やっと到着だ」

玄関の前ではマチャド大統領本人が待っていた。彼はグレーンジを抱擁で出迎え、ペグの手にキスをし、ジョンの髪をくしゃくしゃにした。

「また背が伸びたな。私の次男はあんなにちびなのに。あの子も先々は私くらい大きくなってくれるといいんだが」

「まだ五歳でしょう」ペグは笑った。「すぐに上へ上へと伸びてきますよ」

「マディにもそう言われているよ。さあ、中に入って、旅の話を聞かせてくれ。私の長男には会ったかね？」

「ええ」グレーンジはポケットから封筒を取り出し、マチャドに手渡した。「彼とグウェンから預かってきました。最近撮ったあなたの孫たちの写真だそうです」

二人の孫はどちらも女の子だった。リックとグウェンはよき親となり、幸せに暮らしていた。

「前に見た写真より大きくなっている」二人の少女を眺めて、マチャドは相好を崩した。一人はリックと同じ黒っぽい髪で、もう一人はグウェンのようなブロンドの髪をしていた。「いい家族だ」マチャドは視線を上げた。「グレイシー・ペンドルトンの息子にはピアノの才能があるそうだな」

「ええ、かなりのものですよ」グレーンジは答えた。「天才じゃないかと言われています。もしペンドルトン一家がここを訪れることがあったら、あの子にギターを教えてやってください」

マチャドはくすくす笑った。「ああ、いいとも。最近は練習する暇もない状態だがね。自分では充実した豊かな人生だと思っている」

「パパ！」

ジーンズにTシャツを着た小柄な少年が両手を広げて部屋に飛び込んできた。マチャドはその少年を宙で受け止め、抱きしめて振り回した。「おお、坊主。今日は何をした？」

「ポルトガル語を習ったよ。オブリガードは、ありがとうって意味なんだ」

「よしよし。ジョンと一緒に練習したらどうだ？」

マチャドは息子を床に下ろした。「ジョンは色々な国の言葉を話せるぞ」

「だいたいはスペイン語とポルトガル語だけど」ジョンは謙遜した。「今はペルシア語を習ってるよ。でも、すごく難しいんだ」

「もっと本を読んで勉強しないとな」グレーンジは息子をからかった。

「僕もポルトガル語の本を持ってるよ！　ねえ、読んで聞かせて」少年はジョンにせがんだ。

「行っておいで」グレーンジは手を振って促した。

「パパたちはここにいるから」

「わかったよ、パパ」ジョンは少年と一緒に別の部屋へ移動した。

「マディも君たちを出迎える予定だったが、エジプトから急な来客があってね。遺跡を管理する政府組織の幹部で、最新の出土品を見せてほしいと言うんだ」マチャドは説明した。「出土品を展示する博物館はまだ完成していないしな」

「立派な博物館ですよね」ペグは言った。「完成したら、世界中から観光客が詰めかけますよ」

「寄せ集めの部隊で独裁政権を倒してから十年で、よくぞここまで来たものだ」マチャドは感慨深げにつぶやいた。

「ええ」グレーンジは大統領の向かいに腰を下ろした。「実はその件に絡んで、お話ししたいことがあります。今まで言い出せずにいたんですが」

マチャドは小首を傾げて微笑した。「私は人の心が読めるんだよ。おおよその察しはついている」

グレーンジはうなずき、ペグに視線を投げた。

「彼女は愚痴一つ言いません。僕の行くところに黙ってついてきてくれます。でも、彼女の父親も年老いてきました。牧場はますます拡大し、僕の目が届かない規模になっています」彼はためらった。「ロペス将軍はずっと僕の右腕を務めてくれました。軍をここまで近代化できたのは、彼の協力があったからです。彼には軍の司令官になる資格がある。僕は彼にあとを託して、国に帰りたいと考えています」

「ウィンスロー！」ペグは叫んだ。「いきなり何を言い出すの？」

グレーンジは穏やかにほほ笑んだ。「いきなりじゃない。ずっと考えていたことだ」彼はマチャドに向き直った。「僕はバレラを愛しています。だが僕の心は今でもテキサスにあるんです。ペグも僕ももう若くありません。故郷が恋しいんです。あなたに迷惑がかかるのでなければ、僕は我が家に帰りたい。バレラから完全に手を引くということではありません。いざという時には必ず戻ってきますから」

マチャドは椅子の背にもたれた。黒っぽい瞳には笑みが浮かんでいる。「よくわかった。ロペス将軍は喜んで君の仕事を引き継ぐだろう。ただし、君が手当を受け取ることが条件だ。アメリカで言うところの退職金だな」

「その必要は……」グレーンジが抗議しかけた。

「いや」マチャドは譲らなかった。「君の協力がなければ、私は今の立場には戻れなかった。それは君にもわかっているはずだ」

「でも、作戦が成功したのはあなたがトンネルの存在を知っていたからです。あのトンネルを利用して、敵の裏をかくことができたからですよ。僕が立てた戦術は実際には使われませんでした」

「だとしても、私一人では成功できなかった。ここは私のわがままを聞いてくれ」マチャドは椅子から身を乗り出し、にやりと笑った。「もし心苦しく思うなら、たまに最上級の牛肉を贈ってくれてもいいんだぞ」

「任せてください」グレーンジは笑顔で請け合った。

ペグはどきどきしながら夫に問いかけた。「本気なの？　私たち、本当にうちに帰るの？」

「そうだよ。こっちにも時々は戻ってくるけどね」グレーンジは大統領に視線を戻した。「今はインターネット電話サービスがありますから、動画付きで会話ができます。あなたの息子の成長を見ることもできるわけです」

「私も君の息子の成長を見せてもらうよ」マチャドは立ち上がり、グレーンジを抱擁した。「バレラのためによく働いてくれた。君たちが帰ってしまうと寂しくなるな」彼はペグに向かってうなずきかけた。

手にキスをされて、ペグは笑みを返した。「私もバレラが恋しくなると思います。でも正直に言って、うちに帰れるなら、こんなに嬉しいことはありません。どんなにすばらしい土地でも、やはりうちとは違いますから。私はここで大勢の友人ができました。南米の文化について、世界について多くのことを学びました。ここでの経験は私の大切な宝物です」

「そう言ってくれると嬉しいよ」マチャドはにっこ

り笑った。「では、よい旅を。テキサスに戻って一段落したら、ぜひ連絡してほしい」

「必ず連絡します」グレーンジは約束した。

ホテルの部屋に戻ると、ペグは何度も夫にキスをした。「最高のサプライズよ!」

グレーンジは彼女を抱きしめてキスを返した。

「君は一度も愚痴をこぼさなかったね。でも、僕にはわかっていたんだ。君がお父さんや友達を恋しがっていることも、自分自身の場所で暮らしたいと思っていることも」

ペグはうなずいた。「ここでの暮らしは楽しかったわ。ジョンも色々なことを学べたし。あの子は今の学校の友達と別れることになるけど、コマンチ・ウェルズでまた新しい友達ができるわよね」

「友達ならもういるだろう」グレーンジは指摘した。

「リック・マルケスの上の娘とは大の仲よしだ。向こうにいる時はいつも一緒にゲームをやっている」

「そうね」ペグはうなずき、ため息をついた。「私、最高に幸せよ」

「よかった。おい、ジョン、荷造りはできたか?」

グレーンジは息子に声をかけた。

ジョンがドアから頭を突き出した。「元々荷物を解いてないよ。これからはいつでも好きな時に馬に乗れるんだね。お祖父ちゃんの昔話も聞けるし。やったね!」

「あなたはここが大好きなんだと思っていたわ」

ジョンは顔をしかめた。「大好きだよ。でも、うちといったらテキサスじゃないの」

ペグは息子を抱きしめた。「そうね」

「じゃあ、出発だ」グレーンジは言った。「向こうに着いたら、お父さんに電話して迎えに来てもらおう」

「パパはきっと腰を抜かすわよ」

三人がサンアントニオ空港から電話をかけると、エドは車で駆けつけた。ターミナルで彼らに会った時は不安そうな様子で、いきなり質問を畳みかけた。

「バレラで何かあったのか？　誰か怪我でも？」

ペグは父親を抱擁した。「うちに帰ってきただけよ。ウィンスローの考えなの。私たちはテキサスに住むべきだ、ここで息子を育てて、牧場を大きくするべきだって」

エドは瞳を潤ませ、下唇を噛んだ。そして顔を背けて、ジーンズのポケットに両手を押し込んだ。

「そういうことか」

「パパが恋しかったわ」ペグはそっと声をかけた。

エドは咳払いをした。「俺もおまえが恋しかったよ。おまえたち三人が」彼はグレーンジと視線を合わせた。「だが、あんたには大きな犠牲を払わせてしまったな。一国の軍隊の長なんて、そうそうなれるもんじゃないのに」

「僕には恩給があるし、最高の思い出もある」グレーンジは温かい口調で答えた。「それに、僕はうちに帰れて喜んでいるんだ。テキサスのような場所は世界中のどこにもない」

エドは娘婿の手を強く握った。「俺もそう思う。世界で唯一の場所だ」彼はいきなりにやっと笑い、衝動的にグレーンジを抱きしめた。次にペグを抱きしめてから、ジョンを腕に抱き上げた。「幸せすぎて踊り出したい気分だ！」

ペグの瞳が潤んだ。ウィンスローは大切な仕事を犠牲にした。私がホームシックだから、パパのそばに住みたがっているからというだけの理由で。あきらめたからじゃない。世間体を気にしたからでもない。彼は愛情からそうしてくれたのよ。彼女はきらめく瞳でハンサムな夫を見上げた。言葉は必要ないわ。ウィンスローは知っているもの。私が彼に感謝していることを。心から彼を愛していることを。

訳者あとがき

ダイアナ・パーマーはキャリア三十年を超えるロマンス界の重鎮です。一九七九年に作家デビューして以来、彼女は様々な作品を世に送り出してきました。そのなかでも〈テキサスの恋〉は彼女の代表作であり、ライフワークと言ってもいいシリーズでしょう。同シリーズではテキサス州の小さな町ジェイコブズビルを中心に、多彩な人間模様、複雑な人間関係が描かれてきました。過去の作品で少しだけ顔見せした人物がのちにヒーロー、ヒロインとして主役を張ったり、かつての主役たちが思わぬ形で再登場したり。ですから、新しい登場人物が現れるたびに、読む側は「いつかはこの人も……」と考え、あれこれ想像してしまいます。小さな物語がいくつも積み重なって、一つの世界の姿が浮かび上がる。そんなスケールの大きさを感じます。

本作のヒーロー、ウィンスロー・グレーンジも過去のシリーズ作品に何度か登場してきました。ときにはヒロインを支え、ときにはヒロインを救出し、最後にはヒーローに花を持たせる渋い脇役として。そのグレーンジについにスポットライトが当たる時が来たのです。彼は暗い過去から立ち直り、アメリカ陸軍で少佐の地位まで登り詰めました。今は小さな牧場の主として日々を過ごしていますが、自分に厳しい生き方は相変わらずです。酒にもタバコにも手を出さず、女性に関しても慎重で、浮いた噂(うわさ)の一つもありません。彼の望みはただ一つ。自分の牧場を大きくすること。その資金を得るために、彼は南米の小国バレラを巡る戦いに身を投じる決意をするのです。

一方、ヒロインのペグ・ラーソンは父親とともにグレーンジの牧場に住み込む家政婦です。料理が得意で、趣味はガーデニング。まともにデートをした経験もないおくてな女の子で、十九歳の今に至るまで一度もテキサス州から出たことがありません。そんな彼女がある人物にそそのかされ、グレーンジのあとを追って南米に旅立ちます。ところが、思わぬ事態が起きて、ジャングルに取り残されてしまうのです。過酷な大自然の中で、それぞれの試練と向き合うことになったグレーンジとペグ。彼らはそこでどんな出会いを経験し、何を学び、どう生き延びていくのでしょうか。

　本作では過去のシリーズ作品に出てきた人物が数多く登場します。リックとグウェンのマルケス夫妻。ジェイソンとグレイシーのペンドルトン夫妻。かつてのヒーローとヒロインが幸せに暮らしていると、読んでいるこちらまで嬉しくなりますよね。今や同シリーズの常連と化したロークも大活躍します。自宅でライオンを飼う南アフリカ出身の傭兵、神出鬼没な謎多き男として語られてきたロークですが、ここに来て、ついに彼の過去の一端が垣間見えてきました。いよいよ彼がヒーローになる日が近づいたのでしょうか。今まで色男気取りでヒロインたちに愛想を振りまいてきた人物だけに、彼の過去と未来は大いに気になるところです。早く彼のロマンスが読みたい。読者の皆様もそう思われませんか？

平江まゆみ

ハーレクイン®

愛される日は遠く
2013年5月20日発行

著　　者	ダイアナ・パーマー
訳　　者	平江まゆみ（ひらえ　まゆみ）
発 行 人	立山昭彦
発 行 所	株式会社ハーレクイン 東京都千代田区外神田 3-16-8 電話 03-5295-8091（営業） 0570-008091（読者サービス係）
印刷・製本	大日本印刷株式会社 東京都新宿区市谷加賀町 1-1-1
装　　丁	居郷遥子
デジタル校正	株式会社鷗来堂

定価はカバーに表示してあります。
造本には十分注意しておりますが、乱丁（ページ順序の間違い）・落丁（本文の一部抜け落ち）がありました場合は、お取り替えいたします。ご面倒ですが、購入された書店名を明記の上、小社読者サービス係宛ご送付ください。送料小社負担にてお取り替えいたします。ただし、古書店で購入されたものについてはお取り替えできません。
®とTMがついているものはハーレクイン社の登録商標です。

この書籍の本文は環境対応型の植物油インクを使用して印刷しています。

ISBN978-4-596-80074-9 C0297